古代文史名著选译丛书

主编 章培恒 安平秋 马樟根

通鉴纪事本末选译

修订版

译注 谈蓓芳
审阅 章培恒

凤凰出版传媒集团 凤凰出版社

图书在版编目（CIP）数据

通鉴纪事本末选译 / 谈蓓芳译注. -- 南京 : 凤凰出版社, 2011.5
（古代文史名著选译丛书）
ISBN 978-7-5506-0391-2

Ⅰ. ①通… Ⅱ. ①谈… Ⅲ. ①中国历史：古代史—纪事本末体 Ⅳ. ①K220.44

中国版本图书馆CIP数据核字(2011)第045861号

书　　名	通鉴纪事本末选译
译 注 者	谈蓓芳
责任编辑	陈晓清
出版发行	凤凰出版传媒集团 凤凰出版社(原江苏古籍出版社) 南京市中央路165号　邮编　210009 发行部电话025-83223462
集团网址	凤凰出版传媒网　http://www.ppm.cn
照　　排	江苏凤凰制版有限公司
印　　刷	江苏凤凰扬州鑫华印刷有限公司 扬州市江阳工业园蜀岗西路9号　邮编 225008
开　　本	960×1304毫米　1/32
印　　张	10.125
字　　数	164千字
版　　次	2011年5月第1版　2011年5月第1次印刷
标准书号	ISBN 978-7-5506-0391-2
定　　价	21.00元

（本书凡印装错误可向承印厂调换，电话:0514-85868858）

《古代文史名著选译丛书》修订版出版说明

呈献在读者面前的这套《古代文史名著选译丛书》是2011年的修订版。全书共134册，包括了中国从先秦至清末两三千年间的著名典籍。每部典籍都选其精粹(《论语》《老子》则全文收录)，收录原文，加以简明的注释，力求准确地译为现代汉语，并于每一篇之前写有对该文的提示性说明。这是近一个世纪以来，规模最大、收录种类相对齐全、译注质量较高的一套普及传统文化的今译丛书。

这套丛书，原在1992年—1994年由巴蜀书社分三批出齐，印行过万套；不久，又由台湾的出版机构买去海外版权在台湾及海外发行，可见这套丛书当年在两岸受欢迎的程度。时隔17年，丛书编委会决定重新修订，改由江苏凤凰出版集团所属的凤凰出版社出版。

这套丛书是由教育部属下的全国高等院校古籍整理研究工作委员会（简称古委会）于 1985 年策划的。古委会组织了全国 18 所大学的古籍整理研究所的所长任编委会编委，由我们三人任主编，在全国范围内选请学有专长的学者承担各书的译注。从 1986 年—1992 年，历时 7 年完成。当时，编委会制订了严明、可行的体例和细则，译注者按要求完成书稿。每部书稿完成后，都在全国范围内请编委会之外的专门研究这一学术领域的两位专家初审，合格后再请两位编委参照初审意见审改，然后退还原译注者改正。待原译注者改正后，再由编委会集中常务编委和部分编委、相关专家在一地将每部书稿从头至尾审改。这样的集中审稿会一般都在 8—15 天，7 年中开了 12 次审改会。审改后，三位主编再集中在一起逐一审定，交付出版社。这一工作程序，使得这套丛书的译注质量有了一定的提高。所以，这套丛书，在一定程度上是个人与多人合作的结果。关于这套丛书的编纂始末，我们曾在 1992 年 4 月全书交稿后写有一篇文章，这次附在修订版书末，便于读者了解。

这次修订，是交由原译注者自己修改。少数译注者已去世，则书稿一仍其旧。个别译注者已联系不上，也保持原貌。

1992年—1994年出版时，书前有当时古委会主任周林先生写的序。周林先生是这一丛书的发起者。他已于1997年6月去世，至今已14年了。为了尊重历史，也为了纪念他，修订版仍用他的序。

我们三人在1985年—1992年主持这套丛书工作时，年龄大的是从51岁到58岁之间，年龄小的是从44岁到51岁之间，那时尚有精力组织、参与这一工作，今天我们都已年逾古稀。全书修订版出版之际，心情似乎比当年更惴惴不安地期待着读者的评头品足，期待着不要对读者贻误太多。

回想这套丛书，真应该感谢我们的祖先为我们留下了这样深厚、丰富的思想、文化遗产，使我们今天仍然受用无穷。应该感谢这套丛书的全体译注者、审阅者、编委和当年的出版者巴蜀书社、今天的出版者凤凰出版社，是他们的学识、辛勤与真诚使得这套丛书得以面世。

章培恒　马樟根　安平秋

2011年3月15日

序

《古代文史名著选译丛书》与广大读者见面了。这是丛书编委会的同志与众多专家学者通力协作、辛勤耕耘的结果。

中华民族在五千年漫长的岁月里,创造了光辉灿烂的文化,给人类留下了丰富的精神财富。“观今宜鉴古,无古不成今”。今天,以马克思主义的科学理论为指导,整理研究我国古代文化典籍,做到汲取精华,剔除糟粕,古为今用,推陈出新,使人们在正确认识民族历史的同时,得到爱国主义的教育,陶冶道德情操,提高全民族的文化素质,促进社会主义文化的繁荣,使文明古国的历史遗产得以发扬光大,这是我们每个炎黄子孙的责任。而要做到这样，对古籍进行整理与研究是重要的基础工程。但是，整理与研究古籍仅作标点、校勘、注释、辑佚还不够，还要有今译，使老年人、中年人、青年人都愿意去读，都能读懂，以便从中得到教益。

基于以上认识，全国高等院校古籍整理研究工作委员会于1986年5月组成了以章培恒、安平秋、马樟根三位同志为主编的《古代文史名著选译丛书》编委会，确定了以全国十八所大学的古籍整理研究所为主力承担这一看似轻易、实则艰巨的今译任务。在第一次编委会议上，拟定了《凡例》、《编写与审稿要求》、《文稿书写格式》和一百余种书目。以每一种书为十万至十五万字计算，这套丛书大约有一千余万字，应该说是一项大工程。经过一年的努力，完成了第一批三十六部书稿的译注任务。在各研究所的专家与所长把关的基础上，于1987年5月和7月，先后在复旦大学、北京大学召开了部分编委参加的审稿会，通过了二十五部书稿，作为《古代文史名著选译丛书》与广大读者见面的第一批作品。与此同时，在1987年7月6日，邀请了在京的十几位专家教授与编委会十几位编委一起座谈这套丛书与古籍今译的问题。专家们肯定了今译工

目　录

前　言

我国很早就有编纂历史著作的传统，古代的史学家为我们留下来的史学著作之丰富，在全世界各个国家中是首屈一指的。我国第一部完整的编年体史书，是相传由孔子编定的《春秋》，这是一部断代的编年史，只记录了春秋时期的史事。我国第一部纪传体史书是《史记》，《史记》的记事，起于上古，止于司马迁所生活的汉武帝时期，是我国的第一部纪传体通史。到北宋时，司马光主编《资治通鉴》，其记事上起战国，下迄五代，虽然没有战国以前的史事，但如把标准稍稍放宽一些，不妨将它当作保存至今的我国第一部编年体通史，它与《史记》都是我国史学史上的杰构。《史记》由“本纪”、“世家”、

"列传"、"表"、"书"五部分组成。前三者基本上是人物传记,"书"则具有专史的性质。纪传体的好处是使读者能较清晰地看到历史人物的面貌,但如要较具体地了解历史的演变过程,却必须由读者自己把"本纪"、"世家"、"列传"的记事综合起来,这就颇为不便了。《资治通鉴》所用的是编年体,逐年记述当年的大事,就显示历史的具体演变过程来说,比纪传体要清楚得多。当然,历史人物的较为完整的面貌,在《资治通鉴》中就无法看到了;但好在这也并不是通史性质的著作所必须完成的任务。

作为一部历史著作,《资治通鉴》的最大弱点在于不能使读者方便地了解每个重大历史事件的经过。因为每个重大的历史事件都由种种具体事情所构成,而且往往前后延续几年甚或几十年,而在这几年或几十年内,还有许多其他的重大历史事件在进行,所以在每一年的记事中,都必须将分别从属于不同历史事件的具体事情记录下来,却又不能一一注明这些事情各属于什么事件。加以很多历史事件又是断断续续地展开的,有时是并行的,有时又是前后相错的。因此,要从《资治通鉴》的每年纪事里理清每个重大历史事件的脉络,实在是很花力气的事。

为了弥补《资治通鉴》的这一缺陷，南宋时的袁枢编了《通鉴纪事本末》。袁枢（1131—1205），字机仲，建州建安（今福建建瓯）人。乾道七年（1171），任太学录，后因不满于政治现状，要求到地方上去做官，遂于乾道八年被任命为严州教授。他本来就喜欢读《资治通鉴》，因而也深深感到其内容浩博，难以掌握，到严州后就着手编纂《通鉴纪事本末》。到淳熙元年（1174）春天，他的老朋友、著名文学家杨万里经过严州时，他已把书编成，共四十二卷，就请杨万里写了篇序。淳熙三年，此书在严州刊行；至南宋宝祐五年（1257），又在湖州校正重刊。因前一种本子字较小，后一种本子字较大，所以被分别称为小字本和大字本。

此书刊行后，受到宋孝宗的赏识，袁枢也因此而又调到中央去做官，在孝宗时最高做过权工部侍郎兼国子祭酒。光宗时知常德府。宁宗时擢右文殿修撰、知江陵府，不久受言官弹劾而免职。因他敢于直言，所以在仕途上一直不怎么得意。

《资治通鉴》全书共二百九十四卷，所记史事的时间跨度达一千三百几十年，《通鉴纪事本末》则从其中选了二百三十九件重大的史事，对其过程作了较详细的叙述，把很多具体事情都纳入这些历史事件之中，并为这些重大历史事件一一标目。尽管《通鉴》的有些记事无法附属于这些历史事件，因而未被收入，但《通鉴》中过程繁复的重大历史事件，却已基本网罗在内。而且由于把原书中与每个重大历史事件有关的各种事情都按时间的顺序编排在一起，各重大事件本身的脉络及内部的因果关系都显得相当清楚，读者很容易掌握。所以，《通鉴》的上述弱点确因此书的出现而得到了弥补。

当然，此书不能代替《通鉴》。除了它不能包括《通鉴》所有的全部史事外，还有三个原因：其一，此书把战国至五代的历史分解为二百几十个大事件，这就使人难以把握历史的总体面貌以及历史进程的全部复杂性，其二，就重大的历史事件来说，原也是彼此关联的，但由于此书是分别地叙述这些大事件，相互间的关联就被冲淡了。例如，东晋末期刘裕获取帝位、建立宋王朝的事件，此书立了《刘裕篡晋》一题来作专门叙述，又另立《刘裕灭南燕》、《刘裕灭后秦》二题来叙述他在东晋时所建立的这两大功勋，至于刘裕推翻桓玄统治的具体过程则在《伪楚之乱》中来交待。其实，若没有平桓玄、灭南燕和后秦的事，刘裕的篡晋是根本不可能的。现将这些事件分列在不同的题目之下，其相互关联被冲淡了，一般的读者难免对刘裕何以能在这么短的时期内轻易地篡权成功感到难以理解。其三，此书所收入的，是有本末可纪的历史事件，至于各种具体制度的变迁却并不涉及，即使《通鉴》里原有这方面的材料，也删而不录。而对于历史研究来说，这却是一个绝不应忽略的问题。所以，《通鉴》与《通鉴纪事本末》两书是相依相存的，但也是不能相互取代的。如果不是为了研究历史，只是想增加些历史知识，不妨读读《通鉴纪事本末》，因为此书读来能使人感到兴味盎然。

《通鉴纪事本末》不但弥补了《通鉴》的上述缺陷，而且对历史学界产生了重大的影响。因为《通鉴》的这种弱点乃是编年体史书所共有的，此书一出，一些学者恍然大悟：原来编年体史书的弱点可以用这种方式来弥补。于是从南宋到清代，《皇宋通鉴长编纪事本末》、《左传纪事本末》等一批书陆续编成。接着，人们又进一步推而广之，将这种体裁用来弥补纪传体史书的不足。《宋史纪事本末》、

《元史纪事本末》、《明史纪事本末》之类的书也问世了。这些书除《明史纪事本末》早于《明史》成书，是一部独立的史学名著之外，都跟《通鉴纪事本末》一样，是依附于另外一部书的。但在这种体裁的优点显示出来后，人们觉得完全可以用它来直接记述一些历史事件，而不必依附某一部原书，因而又有了《三藩纪事本末》一类的著作；至于采用纪事本末的体裁而不用“纪事本末”作为书名的史学著作就更多了。总之，随着《通鉴纪事本末》的出现，在我国的史书中，除了基本上以人物为纲的纪传体、以年月日为纲的编年体外，又多了一种以事件为纲的纪事本末体。袁枢编纂此书，虽然在史料上完全以《通鉴》为依据，并无增补，在文字上也多用《通鉴》原文，但他创造了一种新的史学体裁，从而在我国史学史上占有相当重要的地位。因此，以选译的形式将此书向广大读者介绍，应该说是值得的。

现在，简单地谈一下《通鉴纪事本末选译》的编选原则。

《通鉴纪事本末》一书的最大特点，是通过历史事件的叙述来显示作者的所谓“治道”。即如何治理国家，驾驭臣民，维护专制统治。今天读者中的大多数人对他所看重的治道未必有多大兴趣。因此,在选译本书时,更多的是考虑到一般读者的需要,定了以下几条原则:第一,在篇幅容许的范围内,尽可能地多介绍一些历史事件,以增加读者的历史知识。而为了做到这一点,本书入选的各篇——除《祖逖北伐》以外——都有所删节,以便节省些篇幅。《资治通鉴》原书本有司马光所写的对历史事件的不少评论,用来宣扬其政治主张,它们都以"臣光曰"开头。袁枢的政治见解与司马光基本一致,这些评论在《通鉴纪事本末》中也保留了下来,成为其阐明"治道"的重要组成部分。而本书对原书中的"臣光曰"都予以删去。第二,由于《通鉴纪事本末》的记事上起战国,下迄五代,本书所选的历史事件在时间上也力求有合理的分配。但仍为篇幅所限,战国和五代的历史事件未能选入。此外,三国的历史事件中,没有东吴的;南北朝的历史事件中,也只选了南朝的。这都很令人遗憾。但好在本丛书的其他史籍的选本中,对这些时期的历史事件有过不少介绍,有兴趣的读者可以参看。第三,历史事件本身是丰富多采的,本书所介绍的历史事件,在类型上也努力做到多样化。因而在本书中，既有《豪杰亡秦》那样天翻地覆的剧变，也有《巫蛊之祸》那样表现宫廷内部矛盾的事件；既有对君主忠心耿耿的忠臣诸葛亮，也有取皇帝而代之的豪杰刘裕；既有关涉经济的《奸臣聚敛》，也有在政治上相互倾轧的《朋党之祸》。第四，《通鉴纪事本末》叙述历史事件，篇幅长短不一。为了显示原书在形式上的特点，本书对长、中、短篇均酌量选入。长篇以《朋党之祸》为代表，短篇则以《祖逖北伐》为代表。第五，本书入选各篇所叙历史事件，在时间上的相互距离多数都很遥远。为帮助读者对这些历史事件的理解，在篇首的解题中力求将其与上一篇所述历史事件联系起来。

限于功力，笔者在选译《通鉴纪事本末》一书时，难免有不妥当和错误之处，还望读者批评指正。

谈蓓芳（复旦大学古籍研究所）

豪杰亡秦

中国历史上第一个大一统的中央集权封建王朝，是秦始皇在消灭了六国后所建立的秦朝。在秦朝以前，全国实际上处于各个诸侯国的联盟状态之中，所谓天子，不过是联盟的盟主，对各诸侯国的内政已无力干预；即使在西周的盛世，情况也是这样。因此，秦始皇的统一全国和建立秦朝，是我国历史上具有极其重大的意义和深远影响的事件。但秦王朝建立后，很快就灭亡了。本篇所叙述的，就是秦朝灭亡的过程和原因。通过这种叙述，我们可以看出：在统一全国后，秦始皇完全为胜利所迷醉，一再出游，一再为自己歌功颂德，一切都以个人的意志和好恶来决定，以为凭着个人的突出才能和一系列专制独裁的制度就可以万世一系地统治下去；其子胡亥上台以后，他昏庸无能，却又变本加厉地推行秦始皇的那一套，秦王朝终于二世而亡。秦朝的灭亡从根本上来说，是肇始于秦始皇自己。

秦始皇帝二十六年，王初并天下，自以为德兼三皇①，功过五帝②，乃更号曰"皇帝"③，命为"制"，令为"诏"，自称曰"朕"。追尊庄襄王为太上皇④。制曰："死而以行为谥，则是子议父，臣议君也，甚无谓。自今以来，除谥法⑤。朕为始皇帝，后世以计数，二世、三世至于万世，传之无穷。"

---

① 三皇：传说中的远古帝王，说法不一，据《风俗通义》引《礼纬含文嘉》，为燧人氏、伏羲氏、神农氏。 ② 五帝：传说中的上古帝王，说法不一，据《世本》、《大戴记》及《史记·五帝本纪》，指黄帝、颛顼、帝喾、唐尧、虞舜。 ③ 皇帝：将"皇"、"帝"二字连用，作为专门的称号，是从秦始皇开始的，以前并无"皇帝"之称。 ④ 庄襄王：秦始皇的父亲。 ⑤ 谥法：古代帝王、贵族死后根据其生前事迹评定一个称号，叫作"谥号"。确定谥号的一整套礼制，就是谥法。

二十七年，始皇巡陇西、北地①，至鸡头山②，过回中焉③。作信宫渭南④；已，更命曰极庙。自极庙道通骊山⑤。作甘泉前殿⑥，筑甬道⑦，自咸阳属之⑧。治驰道于天下⑨。

二十八年，始皇东行郡县⑩。……初，燕人宋无忌、羡门子高之徒称有仙道、形解销化之术⑪，燕、齐迂怪之士皆争传习之⑫。自齐威王、宣王、燕昭王皆信其言⑬，使人入海求蓬莱、方丈、瀛洲⑭。云此三神山在勃海中，

① 陇西：郡名，治所在今甘肃临洮。北地：郡名，治所在今甘肃宁县西北。 ② 鸡头山：在今宁夏隆德东。 ③ 回中：宫名，在今陕西陇县西北，西汉时遭烧毁。 ④ 渭：水名，源出甘肃渭源西北鸟鼠山，为黄河主要支流之一。 ⑤ 骊山：在今陕西临潼东南，山北有秦始皇墓。 ⑥ 甘泉：宫名，在今陕西淳化西北甘泉山上。 ⑦ 甬道：两侧有墙的通道。 ⑧ 咸阳：秦朝首都。在今陕西咸阳东北聂家沟一带。 ⑨ 驰道：供帝王驰行车马的大道。 ⑩ 郡县：秦朝地方行政区域的称谓，其中郡大县小，以郡统县。 ⑪ 宋无忌、羡门子高：皆为战国时方士。在以后的传说中，羡门子高成了仙人。形解销化：即尸解。指解销形体，变化成仙。 ⑫ 燕、齐：均为战国时的诸侯国，今河北、山东等地当时分别属于这两个国家。 ⑬ 齐威王：战国时齐国国君，前 356 至前 320 年在位。齐宣王：齐威王子，前 319 至前 301 年在位。燕昭王：战国时燕国国君，前 311 至前 279 年在位。 ⑭ 蓬莱、方丈、瀛洲：均为传说中仙人所居住的地方。

去人不远；患且至，则风引船去；尝有至者，诸仙人及不死之药皆在焉。及始皇至海上，诸方士齐人徐市等争上书言之①，请得齐戒与童男女求之②。于是遣徐市发童男女数千人入海求之。船交海中，皆以风为解，曰："未能至，望见之焉。"……

初，韩人张良，其父、祖以上五世相韩③，及韩亡，良散千金之产，欲为韩报仇。

二十九年，始皇东游，至阳武博浪沙中④，张良令力士操铁椎狙击始皇，误中副车。始皇惊，求，弗得，令天下大索十日。始皇遂登之罘⑤，刻石。旋，之琅邪⑥，道上党入⑦。

三十二年，始皇之碣石⑧，使燕人卢生求羡门，刻碣

---

① 徐市(fú 拂)：秦时方士，亦写作徐福。"市"即"韨"字，与"福"音近。 ② 齐(zhāi 斋)戒：即斋戒，是古人祭祀或做重大事情前向上天表示虔诚的仪式，通常包括沐浴更衣，戒酒戒荤，不与妻妾同寝等。 ③ 韩：指战国时的韩国，于前 230 年为秦所灭。 ④ 阳武：县名，治所在今河南原阳东南。博浪沙：地名，在今河南原阳东南。 ⑤ 之罘(fú 扶)：山名，在今山东烟台北芝罘岛上。 ⑥ 琅邪：郡名，治所在今山东胶南西南夏河城。 ⑦ 上党：郡名，治所在今山西长子西南。 ⑧ 碣石：山名，在今河北昌黎北。

石门。坏城郭①，决通堤坊②。始皇巡北边，从上郡入③。卢生使入海还，因奏录图书④，曰："亡秦者胡也。"始皇乃遣将军蒙恬发兵三十万人，北伐匈奴⑤。

三十三年，发诸尝逋亡人、赘婿、贾人为兵⑥，略取南越陆梁地⑦，置桂林、南海、象郡⑧。以谪徙民五十万人戍五岭⑨，与越杂处。

蒙恬斥逐匈奴，收河南地为四十四县⑩。筑长城，因地形，用制险塞，起临洮⑪，至辽东⑫，延袤万余里。于是

---

① 坏城郭：这里是指拆毁被其所消灭的战国时各国的旧城郭。 ② 堤坊：堤防。此处所指，也是战国时各国所修的堤防。 ③ 上郡：郡名，治所在今陕西榆林东南。 ④ 图书：这里指隐语预示未来祸福的书籍，这些书籍在当时被说成是天神所授。 ⑤ 匈奴：我国古代北方游牧民族之一。当时通称北方少数民族为胡，所以秦始皇以为"亡秦者胡"的"胡"是指匈奴。 ⑥ 贾(gǔ)人：古代做买卖的人，行为商，坐为贾；这里泛指商人。 ⑦ 南越：又称南粤，为今广东、广西一带地区。陆梁地：秦朝时称五岭以南地区为陆梁地，因那里的人居处山陆，性格强梁，故称。 ⑧ 桂林：郡名，治所在今广西桂平西南古城。南海：郡名，治所在今广东广州。象郡：郡名，治所在今广西崇左。 ⑨ 五岭：即今湖南、江西、广西、广东等省交界处五座山岭的总称，具体山名说法不一。 ⑩ 河南：黄河以南的土地，秦汉时期的河南指今内蒙古河套地区。 ⑪ 临洮：县名，治所即今甘肃岷县。 ⑫ 辽东：郡名，治所在今辽宁辽阳。

渡河，据阳山[1]，逶迤而北。暴师于外十余年[2]。

三十四年，丞相李斯上书曰[3]："异时诸侯并争[4]，厚招游学。今天下已定，法令出一，百姓当家则力农工，士则学习法令。今诸生不师今而学古，以非当世，惑乱黔首。相与非法教人；闻令下，则各以其学议之。入则心非，出则巷议，夸主以为名，异趣以为高，率群下以造谤。如此弗禁，则主势降乎上，党与成乎下。禁之便。臣请史官非秦记皆烧之[5]。非博士官所职[6]，天下有藏《诗》、《书》、百家语者，皆诣守、尉杂烧之[7]。有敢偶语《诗》、《书》，弃市[8]，以古非今者族；吏见知不举，与同罪。令下三十日不烧，黥为城旦[9]。所不去者，医药、卜筮[10]、

---

① 阳山：即今内蒙古狼山。 ② 暴师：使部队置身于日炙风吹等各种自然侵害之中。暴，曝露，这里指没有屋宇等遮护。 ③ 丞相：官名，为古代中央政权的最高行政官。秦朝丞相分左、右。 ④ 诸侯：古代对中央政权所分封的各国国君的统称。 ⑤ 史官：掌管文书、史籍的官吏。秦记：秦国的史书。⑥ 博士：古代学官名，要求通晓古今学术，并掌管相应的书籍。 ⑦ 守、尉：皆为地方官，守为一郡之长，尉主管地方治安。 ⑧ 弃市：古代在闹市执行死刑并陈尸街头示众，称作"弃市"。 ⑨ 黥：墨刑，指用刀在人的面额上刺字后再涂上墨。城旦：秦汉时被罚至北方边地四年，昼夜从事守御、筑城之役，称为"城旦"。 ⑩ 卜筮：古人占卜预测吉凶，用龟甲为工具的称卜，用蓍（shī 诗）草为工具的称筮，通称"卜筮"。

种树之书。若欲有学法令，以吏为师。”制曰：“可。”

三十五年，使蒙恬除直道，道九原抵云阳①，堑山堙谷千八百里，数年不就。

始皇以为咸阳人多，先王之宫廷小，乃营作朝宫渭南上林苑中②，先作前殿阿房，东西五百步，南北五十丈，上可以坐万人，下可以建五丈旗。周驰为阁道③，自殿下直抵南山④。表南山之颠以为阙。为复道⑤，自阿房渡渭，属之咸阳，以象天极、阁道绝汉抵营室也⑥。隐宫、徒刑者七十余万人⑦，乃分作阿房宫或作骊山⑧。发北山石⑨，

---

① 九原：郡名，治所在今内蒙古包头西北。云阳：邑名，在今陕西淳化西北。 ② 上林苑：秦汉时帝王打猎、游乐场所，在今陕西西安西。 ③ 阁道：在苑囿中架木为棚、以供车辆通行的，称阁道。 ④ 南山：即终南山，属陕西秦岭山脉。 ⑤ 复道：在较高的建筑物之间修建空中通道，使地面与空中皆有通道，故称复道。 ⑥ 天极：星名，即北极星。阁道：星名，属奎宿。汉：即天汉，又称银河。营室：星名，即室宿。 ⑦ 隐宫：受过宫刑的人必须在荫室里休养一百天，故称隐宫。 ⑧ 骊山：秦始皇自继位后，就在骊山修建自己的陵墓，此处“作骊山”，即指修建骊山的陵墓。 ⑨ 北山：即今陕西关中平原北部各山。“石”下原有“椁”字，是在古书传抄过程中误加上去的，据清初何焯的意见删去。

写蜀、荆地材皆至①。关中计宫三百②，关外四百余。于是立石东海上朐界中③，以为秦东门。因徙三万家骊邑④，五万家云阳，皆复不事十岁。

卢生说始皇曰⑤："方中，人主时为微行以辟恶鬼。恶鬼辟，真人至⑥。愿上所居宫毋令人知，然后不死之药殆可得也。"始皇曰："吾慕真人！"自谓"真人"，不称"朕"。乃令咸阳之旁二百里内宫观二百七十，复道、甬道相连，帷帐、钟鼓、美人充之，各案署不移徙。行所幸⑦，有言其处者，罪死。始皇幸梁山宫⑧，从山上见丞相车骑众，弗善也。中人以告丞相，丞相后损车骑。始皇怒曰："此中人泄吾语！"案问，莫服，捕时在旁者尽杀之。自是后，莫知行之所在。群臣受决事者，悉于咸阳宫。

---

① 写："泻"的古字，倾泻之意，引伸为运输。蜀：古国名，在今四川中部偏西一带。荆：古代楚国的别称，因其原来建国于荆山（今湖北西部）一带，故名。 ② 关中：指今河南灵宝东北故函谷关以西战国末秦国故地，相当于今陕西全境、甘肃东部秦岭以北地区。 ③ 东海：郡名，治所在今山东郯城北。朐：山名，即今江苏连云港西南锦屏山。 ④ 骊邑：县名，治所即今陕西临潼东北阴盘城。 ⑤ 卢生：秦朝时燕国方士。 ⑥ 真人：道家称存养本性的得道之人为真人。 ⑦ 幸：古称皇帝所至为"幸"。 ⑧ 梁山宫：在今陕西乾县西北梁山南麓。

侯生、卢生相与讥议始皇①，因亡去。始皇闻之大怒，曰："卢生等吾尊赐之甚厚，今乃诽谤我。诸生在咸阳者，吾使人廉问，或为妖言以乱黔首。"于是使御史悉案问诸生②。诸生传相告引乃自除，犯禁者四百六十余人皆阬之咸阳，使天下知之，以惩后。益发谪徙边③。始皇长子扶苏谏曰："诸生皆诵法孔子，今上皆重法绳之，臣恐天下不安。"始皇怒，使扶苏北监蒙恬军于上郡。

三十六年，有陨石于东郡④，或刻其石曰："始皇死而地分。"始皇使御史逐问，莫服，尽取石旁居人诛之，燔其石。

三十七年冬十月癸丑，始皇出游，左丞相斯从，右丞相去疾守⑤。始皇二十余子，少子胡亥最爱，请从，上许之。始皇西至平原津而病⑥，乃令中车府令行符玺事赵高为书赐扶苏曰⑦："与丧，会咸阳而葬。"书已封，在赵高

---

① 侯生：亦为当时的方士。但当时的方士和儒生之间没有截然的界限，所以秦始皇因恼恨这些方士而导致坑儒。② 御史：官名，主管监察及文书档案等。其长官为御史大夫，位仅次于丞相。 ③ 谪：罚罪。秦朝征调人民戍边，含有处罚性。即认为这些人应该受罚，故去戍边。 ④ 东郡：郡名，治所在今河南濮阳西南。 ⑤ 去疾：姓冯，任秦朝右丞相。⑥ 平原津：地名，在今山东平原西南古黄河上。 ⑦ 中车府令：官名，或称车府令，掌乘舆路车。符玺：古代帝王的印信；行符玺事即兼管帝王印信。

所,未付使者。秋七月丙寅,始皇崩于沙丘平台①。丞相斯为上崩在外,恐诸公子及天下有变,乃秘之不发丧。棺载辒凉车中②,故幸宦者骖乘③,所至上食、百官奏事如故,宦者辄从车中可其奏事。独胡亥、赵高及幸宦者五六人知之。……乃相与谋,诈为受始皇诏,立胡亥为太子。更为书赐扶苏,数以不能辟地立功,士卒多耗,反数上书直言诽谤,日夜怨望不得罢归为太子。将军恬不矫正,知其谋。皆赐死,以兵属裨将王离④。……太子胡亥袭位。

……

二世元年春,二世东行郡县,李斯从。……夏四月,二世至咸阳,谓赵高曰:"夫人生居世间也,譬犹骋六骥过决隙也⑤。吾既已临天下矣,欲悉耳目之所好⑥,穷心志之所乐⑦,以终吾年寿⑧,可乎?"高曰:"此贤主之所能

---

① 沙丘:地名,在今河北广宗西北大平台;相传殷纣于此筑台,畜养禽兽。 ② 辒凉车:即辒辌车,四周遮蔽并有窗户的卧车。 ③ 骖乘:古人乘车,尊贵者居左,驾车者居中,车右又居一人以防倾侧,称为骖乘。 ④ 裨将:即副将,这里是指主帅的副手。王离:秦大将王翦之孙。 ⑤"譬犹"句:这是以"骋六骥过决隙"的快速,来形容生命消逝的迅速。 ⑥ 悉:尽,具,这里是完全拥有的意思。 ⑦ 穷:穷尽。 ⑧ 终:结束。寿:寿命。

行，而昏乱主之所禁也。虽然，有所未可，臣请言之。夫沙丘之谋①，诸公子及大臣皆疑焉，而诸公子尽帝兄，大臣又先帝之所置也②。今陛下初立，此其属意怏怏皆不服③，恐为变。臣战战栗栗，唯恐不终，陛下安得为此乐乎！”二世曰：“为之奈何？”赵高曰：“陛下严法而刻刑，令有罪者相坐④，诛灭大臣及宗室⑤；然后收举遗民⑥，贫者富之，贱者贵之。尽除去先帝之故臣，更置陛下之所亲信者。此则阴德归陛下⑦，害除而奸谋塞，群臣莫不被润泽、蒙厚德⑧，陛下则高枕肆志宠乐矣。计莫出于此。”二世然之。乃更为法律，务益刻深。大臣、诸公子有罪，辄下高，令鞠治之。于是公子十二人僇死咸阳市⑨，十公主矺死于杜⑩，财物入于县官，相连逮者不可胜数。

……

复作阿房宫，尽征材士五万人为屯卫咸阳，令教射。

---

① 沙丘之谋：即指前文所述秦始皇病逝沙丘平台后赵高与胡亥、李斯篡改遗诏，立胡亥为太子，并赐太子扶苏、将军蒙恬自杀的事。 ② 置：设立，这里指任命。 ③ 此其属：这样的一类人。 ④ 坐：连坐：指一人犯法，连带其他人一同受罚。 ⑤ 宗室：国君或皇帝的宗族。 ⑥ 遗民：世所遗忘的人，这里指不为世所重视的人。 ⑦ 阴德：暗中的感恩戴德。 ⑧ 润泽：本指滋润草木的雨露，借喻人们所受的恩惠。 ⑨ 僇（lù 陆）：通“戮”。 ⑩ 矺（tuō 托）：同“磔”，古代分裂肢体的酷刑。杜：县名，治所在今陕西长安西。

狗马禽兽当食者多，度不足，下调郡县，转输菽粟刍稾；令皆自赍粮食①，咸阳三百里内不得食其谷。

秋七月，阳城人陈胜、阳夏人吴广起兵于蕲②。是时发闾左戍渔阳，九百人屯大泽乡③，陈胜、吴广皆为屯长④。会天大雨，道不通，度已失期。失期，法皆斩。陈胜、吴广因天下之愁怨，乃杀将尉⑤，召令徒属曰："公等皆失期，当斩；假令毋斩，而戍死者固什六七。且壮士不死则已，死则举大名耳。王侯将相，宁有种乎⑥！"众皆从之。乃诈称公子扶苏、项燕⑦，为坛而盟，称大楚。陈胜自立为将军，吴广为都尉。攻大泽乡，拔之，收而攻蕲。

---

① 赍(jī 基)：携带。 ② 阳城：县名，治所在今河南登封东南。阳夏：县名，治所在今河南太康。蕲(qí 其)：县名，治所在今安徽宿县南蕲县集。 ③ 闾左：古代凡居以富强为右，贫弱为左；闾左指住在里门左侧的平民。渔阳：县名，治所在今北京市密云县西南。大泽乡：地名，即今安徽宿县东南刘村集。 ④ 屯长：秦汉时戍边军队中的小吏。 ⑤ 将尉：官名，即尉官，因统领戍人，故称将尉。 ⑥ 种：人的族类。因为族类均有赖于遗传，所以这里的"种"也即强调遗传因素。意为王侯将相并非具有遗传因素的族类，尽管上辈没有人做过王侯将相，自己也仍可当上。 ⑦ 项燕：楚名将，在秦灭六国的战争中被王翦所杀。因为陈胜、吴广等人的出生地，在战国时期都属于楚国，所以对项燕印象深刻；而且楚国幅员广大，假借项燕的名义易于动员这个地区的民众。

蕲下，乃令符离人葛婴将兵徇蕲以东①。攻铚、酂、苦、柘、谯②，皆下之。行收兵；比至陈③，车六七百乘，骑千余，卒数万人。攻陈，乃入据陈。……遂自立为王，号张楚。

当是时，诸郡县苦秦法，争杀长吏以应涉④。谒者使从东方来⑤，以反者闻。二世怒，下之吏。后使者至，上问之，对曰："群盗鼠窃狗偷，郡守、尉方逐捕⑥，今尽得，不足忧也。"上悦。

……

九月，沛人刘邦起兵于沛⑦，下相人项梁起兵于吴⑧，狄人田儋起兵于齐⑨。

---

① 符离：县名，治所在今安徽宿州东北。 ② 铚：县名，治所在今安徽宿州西南。酂：县名，治所即今河南永城西酂城镇。苦：县名，治所在今河南鹿邑东。柘：县名，治所在今河南柘城北。谯：县名，治所即今安徽亳州。 ③ 陈：县名，治所即今河南淮阳。 ④ 长吏：秦朝的县丞县尉称"长吏"。汉代品位较高的官也称"长吏"。此指郡里的郡守郡丞、县里的县令、县丞、县尉等。 ⑤ 谒者：官名，掌宾赞。 ⑥ 尉：郡尉，其职守为辅佐郡守，掌管军事。 ⑦ 沛：县名，治所即今江苏沛县。刘邦：字季，后为汉高祖。 ⑧ 下相：县名，治所在今江苏宿迁西南。项梁：楚将项燕之子，楚霸王项羽叔父，后为秦将章邯所败而死。吴：县名，治所即今江苏苏州。 ⑨ 狄：县名，治所在今山东高青东南。田儋：故齐王族；起兵后略定齐地，自立为齐王，后被章邯所杀。

二年，……二世数诮让李斯："居三公位①，如何令盗如此！"李斯恐惧，重爵禄，不知所出。乃阿二世意，以书对曰："夫贤主者，必能行督责之术者也。……然后能灭仁义之塗，绝谏说之辩，荦然行恣睢之心而莫之敢逆。如此，群臣、百姓救过不给，何变之敢图！"二世说。于是行督责益严。税民深者为明吏，杀人众者为忠臣，刑者相半于道，而死人日成积于市，秦民益骇惧思乱。

……

郎中令赵高恃恩专恣②，以私怨诛杀人众多。恐大臣入朝奏事言之，乃说二世曰："天子所以贵者，但以闻声、群臣莫得见其面故也。且陛下富于春秋③，未必尽通诸事，今坐朝廷，谴举有不当者，则见短于大臣，非所以示神明于天下也。陛下不如深拱禁中④，与臣及侍中习法者待事⑤，事来有以揆之⑥。如此则大臣不敢奏疑事，天下称圣主矣。"二世用其计，乃不坐朝廷见大臣，常居

---

① 三公：秦朝以丞相、太尉、御史大夫为三公。 ② 郎中令：官名，掌宫殿门户。 ③ 富于春秋：意为眼下还很年轻，因而未来的岁月很长。春秋，年岁；这里指未来的岁月。 ④ 禁中：皇帝宫中，以门户有禁，不得随便出入，故称禁中。 ⑤ 与：用。侍中：官名，为自列侯以下至郎中的加官，无定员，侍从皇帝左右，出入宫廷。《汉书》注引应劭说："入侍天子，故曰侍中。" ⑥ 揆：度量，衡量。

禁中。赵高侍中用事①，事皆决于赵高。

……

是时盗贼益多，而关中卒发东击盗者无已。右丞相冯去疾、左丞相李斯、将军冯劫进谏曰："关东群盗并起②，秦发兵诛击，所杀亡甚众，然犹不止。盗多，皆以戍漕转作事苦③。赋税大也。请且止阿房宫作者，减省四边戍转。"二世曰："凡所为贵有天下者，得肆意极欲，主重明法，下不敢为非，以制御海内矣。夫虞、夏之主④，贵为天子，亲处穷苦之实以徇百姓⑤，尚何于法？且先帝起诸侯，兼天下；天下已定，外攘四夷以安边境⑥，作宫室以章得意，而君观先帝功业有绪。今朕即位二年之间，群盗并起，君不能禁，又欲罢先帝之所为，是上无以报先帝，次不为朕尽忠力，何以在位！"下去疾、斯、劫吏，案责他罪。去疾、劫自杀，独李斯就狱。二世以属赵高治之，责斯与子由谋反状⑦，皆收捕宗族、宾客。赵高治斯，搒

① 侍中：此处不是官名，而是侍从宫中之意。② 关东：泛指故函谷关或今潼关以东地区。③ 漕：水运。转：陆运。作：役作、劳役。④ 虞、夏之主：指虞舜和夏禹。舜为古部落有虞氏的首领，禹为夏朝的创建者。⑤ 徇：随，顺。⑥ 四夷：即东夷、西戎、南蛮、北狄，是我国古代对华夏以外民族的通称。⑦ 在李斯与冯去疾、冯劫进谏之前，赵高已诬陷李斯的长子李由与陈胜等勾结，并已对李由的通盗状加以审查。

掠千余；不胜痛，自诬服。……遂具斯五刑论①，腰斩咸阳市②。斯出狱。与其中子俱执，顾谓其中子曰：“吾欲与若复牵黄犬俱出上蔡东门逐狡兔③，岂可得乎！”遂父子相哭而夷三族④。二世乃以赵高为丞相，事无大小皆决焉。

……

三年，……初，中丞相赵高欲专秦权⑤。恐群臣不听，乃先设验，持鹿献于二世，曰：“马也。”二世笑曰：“丞相误邪，谓鹿为马。”问左右，左右或默，或言马以阿顺赵高，或言鹿者，高因阴中诸言鹿者以法。后群臣皆畏高，莫敢言其过。

---

①“遂具”句：于是判处李斯具五刑。据《汉书·刑法志》，汉初凡被夷三族的人，都要先在市上受墨刑、割去鼻子、斩去左右脚趾，然后活活打死，死后再斩去首级，剁碎其骨肉（若犯诽谤詈诅罪的，还要先割断舌头），称为“具五刑”。由于汉初的制度很多是从秦朝沿袭下来的，秦朝的“具五刑”当与此大同小异。论，判决，判处。②腰斩：从腰部把人斩为两截。由于李斯是被判处“具五刑”的，此处所说，当是腰斩其尸体。腰斩比斩首更重，大概因对李斯的处分特别严，故改死后的斩首为腰斩。③上蔡：县名，治所在今河南上蔡西南。④三族：三代家族，具体说法不一。⑤中丞相：赵高以宦者拜为丞相，故称中丞相。

高前数言“关东盗无能为也”，及项羽虏王离等[①]，而章邯等军数败[②]，上书请益助。自关以东，大抵尽畔秦吏应诸侯[③]，诸侯咸率其众西乡。八月，沛公将数万人攻武关[④]，屠之。高恐二世怒，诛及其身，乃谢病不朝见。[二世]使使责让高以盗贼事。高惧，乃阴与其婿咸阳令阎乐及弟赵成谋曰[⑤]：“上不听谏，今事急，欲归祸于吾。欲易置上，更立子婴[⑥]。子婴仁俭，百姓皆载其言[⑦]。”乃使郎中令为内应，诈为有大贼，令乐召吏发卒追，劫乐母置高舍。遣乐将吏卒千余人至望夷宫殿门[⑧]，缚卫令、仆射[⑨]，曰：“贼入此，何不止？”卫令曰：“周庐设卒甚谨[⑩]，安得贼敢入宫！”乐遂斩卫令，直将吏入，行射郎、宦者[⑪]。

---

① 项羽：名籍，秦末下相（在今江苏宿迁西南）人，随项梁起兵，梁死，率领梁部队与秦兵作战。项羽虏王离为三年十二月。 ② 章邯：秦二世时官少府。曾率军先后击破陈胜、项梁等；三年七月，被项羽打败而投降。 ③ 诸侯：秦始皇统一全国后，本已取消了诸侯。但秦末群雄纷起，其力量较大的，并且自立国号，成为新的诸侯。此处所指，即这类新兴的诸侯。 ④ 武关：地名，在今陕西商洛西南丹江北岸。
⑤ 令：官名，管辖范围在一万户以上的县官。 ⑥ 子婴：秦始皇太子扶苏的儿子。 ⑦ 载：戴，拥戴。 ⑧ 望夷宫：在今陕西咸阳东北泾河南岸。 ⑨ 卫令：卫尉掌宫门屯兵，其属官有卫士令。仆射：官名，以善射者掌事，秦汉自侍中、谒者、博士、尚书等皆有此官。 ⑩ 周庐：古代皇宫四周的警卫庐舍。
⑪ 郎：郎中令属官，掌直宿卫。宦者：少府属官。

郎、宦者大惊，或走或格，格者辄死，死者数十人。郎中令与乐俱入，射上幄坐帏。二世怒，召左右，左右皆惶扰不斗。旁有宦者一人侍，不敢去。二世入内，谓曰："公何不早告我？乃至于此！"宦者曰："臣不敢言，故得全。使臣早言，皆已诛，安得至今！"阎乐前即二世，数曰："足下骄恣，诛杀无道，天下共畔足下，足下其自为计！"二世曰："丞相可得见否？"乐曰："不可。"二世曰："吾愿得一郡为王。"弗许。又曰："愿为万户侯①。"弗许。曰："愿与妻子为黔首，比诸公子②。"阎乐曰："臣受命于丞相，为天下诛足下，足下虽多言，臣不敢报。"麾其兵进。二世自杀。阎乐归报赵高，赵高乃悉召诸大臣、公子，告以诛二世之状，曰："秦故王国，始皇君天下，故称帝。今六国复自立，秦地益小，乃以空名为帝，不可。宜为王如故便。"乃立子婴为秦王，以黔首葬二世杜南宜春苑中③。

【翻译】

秦始皇帝二十六年(前221)，秦王刚刚兼并天下，自以为兼备了三皇的道德，功绩超过了五帝，于是改号为"皇帝"，诰命为"制"，号令为"诏"，自称为"朕"。追尊庄

---

① 万户侯：食邑万户的侯。 ② 诸公子：这里指被废黜而成为黔首的诸公子。 ③ 宜春苑：故址在今陕西长安南。

襄王为太上皇。下“制”说:“死后根据行为来定谥号,那就是儿子议论父亲,大臣评议君主了,很没道理。从今以后,去除谥法。朕为始皇帝,后代用数字来计算,二世、三世直到万世,无穷尽地传下去。”

二十七年,始皇巡视陇西、北地,到达鸡头山,经过回中宫。在渭水南岸建造信宫,不久又将信宫改名为极庙。从极庙修路通往骊山。建造甘泉前殿,修筑甬道,从咸阳一直连接到甘泉。在全国各地都整治了驰道。

二十八年,始皇至东方各郡县巡狩。……起初,燕人宋无忌、羡门子高之流声称有成仙之道、尸解之术,燕、齐两国的荒唐怪诞的人都争相传述学习。从齐威王、宣王、燕昭王起全都相信他们的话,派人出海寻找蓬莱、方丈、瀛洲。说这三座神山在勃海中,离人间不远;为难的是,船将要到达时,就有风把船引开;也曾有人到过,众仙人以及长生不死的药都在那里。等到始皇来到海上,齐人徐市等众方士争着上书说这件事,请求能够在斋戒后与童男童女一起去寻找。于是派徐市征发童男童女几千人出海寻仙。船只往来海中,都以风大为借口,说:“没能到达,远远看见这些山了。”……

起初,韩人张良,从其父亲上推到祖父连续担任韩国五代的宰相,等到韩国灭亡,张良花费千金家产,想为韩国报仇。二十九年,始皇至东方巡游,到达阳武博浪沙时，张良叫一个力士拿铁椎伏击始皇，误中侍从的车辆。始皇大惊，搜寻刺客，没抓到，命令天下全面、深入地搜索十天。始皇于是登上之罘山，把一篇称颂秦功德的文章刻在大石上。返回，到琅邪郡，取道上党入关。

三十二年，始皇前往碣石，派燕人卢生寻找羡门，并刻文字于碣石门以颂功德。拆毁战国时的旧城郭，掘去原先的堤防以通水道。始皇巡视北方边境，从上郡入关。卢生出使海上回来，因而进献其所抄录的图书，其中说："灭亡秦朝的人是胡。"始皇于是派将军蒙恬率三十万大军，向北讨伐匈奴。

三十二年，征发所有曾经逃亡的人、入赘妻家的男子、商人为士兵，夺取南越陆梁地，设置桂林、南海、象郡。将遭受处罚而被遣徙的百姓五十万人戍守五岭，与越人混杂相处。

蒙恬驱逐匈奴，将黄河以南的土地收入版图，建为四十四个县。修筑长城，利用原来的地形，以形成险要的关塞，起于临洮，直至辽东，南北蜿蜒万余里。于是渡过黄河，占据阳山，迂回曲折地向北行进，部队在外受苦十多年。

三十四年，丞相李斯上书说："先前诸侯共相争夺，以优厚待遇招引那些背离乡国以求学、讲学的人。如今天下已经平定，法令统一，百姓中主持家业的就应该致力于农业和手工业，士人则应学习法令。如今诸生不学今而学古，用以否定当代，迷惑老百姓。他们一起反对国家之法，并以此来影响别人；听说命令下达，就各自以自己的学说议论它。入室就在心里诽谤，出门就在街头议论，夸耀自己的主张以求名，以旨趣与众不同为高，率领众下民制造诽谤之言。这样的情况不加禁止，那么在上面的君主的权威就会降低，在下面就形成朋党。实在以禁止为宜。我请求将史官所收藏的秦记以外的列国史记全部烧掉。除了博士官所执掌的外，天下有收藏《诗经》、《尚书》、诸子百家著作的，都把它们交到郡守、都尉那里集中起来烧毁。有胆敢一起谈论《诗经》、《尚书》的，杀死后弃尸闹市，用古代来诋毁现代的人灭族；吏看见知道而不举报的，与这类人同罪。命令下达三十天不烧毁的，施以墨刑，到北方边地服四年苦役。所不毁掉的只有医药、占卜、种树的书。假如有想学习法令的，就以吏为老师。”始皇下“制”说：“可以。”

三十五年，派蒙恬修筑直通的道路，从九原直达云阳，挖山填谷一千八百里，多年没有造成。

始皇认为咸阳人多，先王的宫廷小，于是在渭南上林苑中营造朝见的宫殿，先造前殿阿房宫，东西有五百步，南北有五十丈，上面可以坐一万人，下面可以树立五丈高的旗帜。在需要驰车之处皆架设阁道，从前殿下直达南山。在南山之顶树立标志以建为门观。修造复道，从阿房宫横跨渭水，与咸阳连系起来，用以模仿天极星、阁道星跨越天河直达营室星的样子。以判宫刑、徒刑的人七十多万，分别建造阿房宫或骊山的陵墓。开采北山的石块，把蜀、荆两地的木材全都运来。建造在关中的宫室总共有三百，关外的有四百多。于是在东海郡的朐县边界上树立石碑，作为秦朝东面的门户。从而把三万户人家迁移到骊邑，五万户人家迁徙到云阳，在十年里全都免除赋税和劳役。

卢生劝始皇说："方术书中说，人主要时常隐蔽行踪来躲避恶鬼。恶鬼避开了，真人就来了。希望皇上所居的宫室不要让人知道，然后长生不死的药大概可以得到了。"始皇说："我向往真人！"于是就自称"真人"，不再称"朕"。命令咸阳旁边二百里以内的二百七十座宫室用复道、甬道互相连接起来，里面放上帷帐、钟鼓，住上美女，各就所处而不移徙。行游所至，有说出其处所的，处以死刑。始皇曾至梁山宫，从山上看见丞相车马众多，不喜欢。太监把这事告诉丞相，丞相后来减少了车马。始皇发怒说："这是太监泄漏了我的话！"进行审问，都不认罪，就把当时所有在身旁的人全都抓起来杀了。从此以后，就没有人能知道其行踪了。众大臣接受任务、论断政事的，都在咸阳宫。

侯生、卢生共同讥讽、非议始皇，因而逃走了。始皇听说后大怒，说："卢生等人，我对他们礼遇赏赐很优厚，如今却诽谤我。在咸阳的众儒生，我派人察问，有人制造妖言来惑乱平民。"于是派御史详尽地审问众儒生。儒生能互相检举、辗转揭发的就得以自免惩处；被认为犯法的有四百六十多人，全部在咸阳活埋，让天下人知道这件事，借以警诫后来。并更大规模地调发所谓犯人去守卫边境。始皇的长子扶苏直言劝说道："众儒生都诵读孔子之言作为自己的准则，如今皇上都对他们处以重刑，我担心天下人不安定。"始皇大怒，让扶苏到北方去监督蒙恬在上郡的部队。

三十六年，有星体坠落在东郡，有人在这块陨石上刻字，意为"始皇死后国家就分崩离析"。始皇派御史追问，都不认罪，就把住在石旁的人都抓起来杀了，把这块石头烧了。

三十七年冬天十月癸丑日，始皇外出巡游，左丞相李斯随从，右丞相冯去疾留守。始皇有二十几个儿子，小儿子胡亥最受喜爱，他请求随行，皇上答应了。始皇向西到达平原津就生了病，于是命令中车府令行符玺事赵高写信给扶苏说："来参与丧事，在咸阳会合后下葬。"信已封口，在赵高之处，没有交付使者。秋七月丙寅日，始皇在沙丘平台去世。丞相李斯因为皇上在外面去世，恐怕始皇所生的各位皇子及天下发生变乱,于是隐瞒起来不发布死讯。把棺材放在辒凉车里,由原先宠信的太监坐在车右作陪乘,所到之处像以前一样进献食物,百官奏事,太监则从车里批准其所奏的事。只有胡亥、赵高以及宠信的太监五六个人知道这件事。……于是赵高与胡亥、李斯共相谋划,假说受到始皇遗诏,立胡亥为太子,并篡改始皇给扶苏的信,指责他不能开辟疆土建立功勋,士兵损耗太多,反而多次上书直言诽谤,日夜怨恨不能罢兵回朝廷当太子。将军蒙恬不去纠正他,参与他的图谋。他们两人皆赐死,把部队交给副将王离。……太子胡亥继承皇位。……

二世元年(前209)春天,秦二世向东巡视郡县,李斯随从。……夏天四月,二世到达咸阳,对赵高说:"人活在世界上,好比驾着六匹马拉的车奔驰跃过裂开的缝隙啊。我既然已经统治天下了,想完全拥有耳目所喜爱的一切,把内心以为快乐的事全都经历过,就这样地来度过我的一生,行吗?"赵高说:"这是贤明的君主所能够做到,而昏乱的君主所禁止的事啊。虽然如此,但是也有现在还做不到的地方,我请求你让我说明一下。对我们在沙丘所策划的这一系列事件,诸位公子及大臣都已有怀疑,而诸位公子全是皇帝您的哥哥,大臣又是先帝所任命的。如今陛下刚刚即位,这一批人的心里全都不服气，恐怕发生变乱。我恐惧颤抖，唯恐不能有好结果，陛下怎么能享受这样的快乐呢！”二世说：“这可怎么办呢？”赵高说：“陛下使法令严酷、刑罚峻刻，下令使犯罪的人相连坐，诛杀消灭大臣及宗室；然后收用、提拔那些不被重视的人，贫穷的使他们富裕，卑贱的使他们显贵。把先帝原来的大臣全都除掉，换上陛下所亲信的人。这样，人们对陛下就都暗暗感恩戴德，祸害消除而奸谋阻塞，众臣无不承受您的恩惠、蒙受您的厚德，陛下就可以高枕无忧纵情所好、纵情享乐了。没有比这更好的计策了。”二世认为这话很对。于是重新制订法律，力求进一步刻薄严峻。大臣、众公子犯了罪，就交给赵高，叫他审问定罪。于是公子中十二人在咸阳市上被杀戮，十位公主在杜县被分裂肢体而死，财产被朝廷没收，与这些人有牵连而被逮捕的不可胜数。

……

二世重新修建阿房宫，把五万名勇武之士全都征召来作为守卫屯驻咸阳，命令教他们射箭。狗马禽兽要饲养的很多，估计饲料不够，下郡县去调发，让他们把豆料、小米和喂牲口的干草运来，却让运输者自带粮食，不准食用咸阳城三百里以内的谷物。

秋七月，阳城人陈胜和阳夏人吴广在蕲县起兵。当时征发贫民守卫渔阳，有九百名屯聚在大泽乡，陈胜、吴广当屯长。恰好天下大雨，道路不通，估计到渔阳时已经要超期。过了规定的日期，按照法令就得杀头。陈胜、吴广凭借天下人的忧愁怨愤，于是杀了将尉，召集众人发号令说："你们都超过了规定的日期，应当杀头；即使不杀，十有六、七也得因戍守而死在边疆。而且壮士不死就罢了，要死的话就该立下崇高的名声。王侯将相难道是天生的贵种吗？"众人都听从他。于是假称公子扶苏、项燕领导他们起义；他们建了个台，在台上结盟；建号为大楚。陈胜立自己为将军，吴广为都尉。进攻大泽乡，攻克了，调头攻打蕲县。蕲县也降服后，就命令符离人葛婴率领部队扫荡蕲县以东地区。陈胜进攻铚、酂、苦、柘、谯各县，都收服了。一路上招收兵士；等到了陈县，有六七百辆战车，一千多骑兵，几万名步兵。攻打下陈县，于是进据陈县。……于是陈胜自己封自己为王，国号张楚。

在这时，各郡县的民众苦于秦朝的法令，争相杀死长吏以响应陈涉。有一个担任谒者的人从东方来到首都，把反叛的情形向朝廷作了报告。二世发怒，把他交给法官审讯。以后有派到东方去公干的官吏回来，皇上将这事问他，回答说："众盗贼不过像鼠和狗一样地搞点偷窃活动，郡守和郡尉正在追捕，如今已全都捕获，不值得担忧了。"皇上喜悦。

……

九月，沛人刘邦在沛县起兵，下相人项梁在吴县起兵，狄人田儋在齐地起兵。

……

二年，……二世多次责备李斯："你处于三公的位子上，怎么让盗贼这样横行！"李斯害怕了，又看重爵位俸禄，不知怎么办好。于是就曲从二世的心意，上书回答道："贤明的君主必定是能行使监督、责罚之法的人。……行此法后才能杜绝仁义的途径，消除劝阻、诱惑的巧言，公然做自己想做的事而没人敢违抗。这样，众大臣和老百姓弥补过失还来不及，哪里还敢图谋变乱！"二世很高兴。于是施行监督责罚更加严厉。向百姓课税深重的人被认为是清明的官吏，杀人多的被认为是忠臣，受刑的人占了路上行人的一半，而死人天天在市上堆积起来，秦朝百姓更加恐惧害怕，想要作乱。

……

郎中令赵高仗着皇帝的恩宠专断放纵，因私人怨仇而诛杀的人非常多。害怕大臣进朝廷奏事时说到这些事，就对二世说："天子之所以尊贵，只是因为群臣只能听到他的声音、不能看见他的面目的缘故。况且陛下年岁还轻，未必精通所有的政事，如今坐在朝廷上，惩处、举用若有不恰当之处，就在大臣面前显出短处，这不是向天下显示皇帝神明的办法。陛下不如在宫禁里拱手安居，让我以及熟悉法令的侍中等待奏事，奏事来了我们先衡量一下。这样大臣就不敢上奏疑难的事，天下就会称颂您为圣主了。”二世采用他的计策，于是不坐朝廷接见大臣，而常常住在宫禁里。赵高则侍从宫中，独揽大权，朝事都由赵高决定。

……

这时盗贼越来越多，而关中士兵不断地征发到东方去攻打盗贼。右丞相冯去疾、左丞相李斯、将军冯劫进谏道：“函谷关以东群盗纷起，朝廷派兵讨伐袭击，所杀死的盗贼很多，然而还是不能平息。盗贼多，都是因为征戍、运输、劳作太苦，赋税太重。请求暂时停止阿房宫的修建，减少或免除四面边境的戍守和运输。”二世说：“人们之所以都把占有天下作为非常可贵的事，就是因为占有了天下便能任意行事，满足一切欲望。君主着重于严明法度，下民就不敢做非法的事，而得以驾御海内了。虞舜和夏禹虽贵为天子，却亲自处身于穷苦的境地以顺从百姓，还要法干什么？况且先帝由诸侯兴起，兼并天下，天下平定后，向外征讨四夷以安定边境，建筑宫室以显示自己的得意，所以你们看到先帝的功业已经有了头绪。如今我登帝位两年之间，群盗纷起，你们不能禁止，又想废除先帝所开创的功业，这样对上无从报答先帝，其次不为我尽忠竭力，凭什么占居将相之位！”把去疾、李斯、冯劫交给法官审讯，拷问其他的罪行。去疾、冯劫自杀，只有李斯去了监狱。二世把他交给赵高处理，拷问李斯与儿子李由谋反的罪状。把他们同宗的人和宾客全都逮捕入狱。赵高处治李斯，拷打一千多下。李斯熬不住疼痛，只好自己冤枉地承认谋反的罪状。……于是判处李斯“具五刑”，其尸体在咸阳市腰斩。李斯从监狱里出来时，和他的次子一起被捆绑着，他回头对他的次子说：“我想和你再牵着黄狗一起出上蔡东门追逐狡猾的兔子，哪里还有可能呢！”于是父子相对而哭，被诛杀三族。二世就任命赵高为丞相，事情不论大小都由他决定。

……

三年，……起初，中丞相赵高想独揽秦朝的大权，害怕众大臣不听话，就事先作了试验，拿鹿献给二世，说：“这是马。”二世笑着说：“丞相弄错了吧，把鹿说成了马。”询问左右的人，左右人有的沉默不言，有的说是马以承顺赵高，有的说是鹿。赵高就利用刑法暗暗陷害那些说是鹿的人。此后众大臣都畏惧赵高，不敢说他的过错。

赵高以前多次说“关东的盗贼没什么了不起的”，等到项羽俘虏了王离等，并且章邯等部队多次战败，上书请求增援。从函谷关向东,大致上都背叛秦朝官吏而响应诸侯,诸侯都率领各自的士众向西进发。八月,沛公带领几万人攻打武关,把武关的人都杀了。赵高害怕二世发怒,诛杀到自己头上,于是声称有病不入朝觐见。〔二世〕派使者用盗贼的事情责问赵高。赵高害怕了,于是暗中和他的女婿咸阳令阎乐以及弟弟赵成谋划道:"皇上不听劝诫,如今情况危急,想把灾祸归到我头上。我想把皇帝变换一下,改立子婴。子婴仁慈节俭,老百姓都拥护他说的话。"于是派郎中令为内应,假称出了个大恶巨奸,命令阎乐召集官吏、调发士兵去追,并劫持阎乐的母亲把她安置在赵高的住所。派阎乐率领一千多名官兵到望夷宫的宫殿门口,把卫令、仆射捆绑起来,说:"贼人进入这里,为何不阻止?"卫令说:"四周的警卫庐舍里所安排的士兵都很谨慎,哪里有贼人敢进入宫殿!"阎乐就杀了卫令,径直带着官吏入宫,边走边用箭射郎和宦者,郎和宦者大惊,有的逃走有的格斗,格斗的人就被杀,死的人有几十个。郎中令与阎乐一起进入宫中,用箭射皇上帷幕里的坐帐。二世发怒,呼叫左右的人,左右人都恐惧慌乱不与他们战斗。二世身边有一个宦者侍候,不敢离开。二世进入内室,对他说:"你为何不早点告诉我?以致到了这个地步!"宦者说:"我不敢说,所以得以保全。要是让我早点说,都已被杀了,哪里能活到今天!”阎乐走到二世面前,数说道:“足下骄奢纵欲,随便杀人,没有德政,天下人共同反叛足下,足下自己拿主意吧!”二世说:“可以和丞相见面吗?”阎乐说:“不可以。”二世说:“我愿意获得一个郡做王。”阎乐不答应。又说:“愿意当万户侯。”也不答应。说:“愿意和妻子一起当平民,和诸位公子一样。”阎乐说:“我奉了丞相的命令,替天下人杀足下,足下即使说得再多,我也不敢向丞相报告。”指挥手下的士兵逼近。二世就自杀了。阎乐回去报告赵高,赵高于是把众大臣、公子全都召集起来,把杀二世的情形告诉他们,说:“秦本来是王国,始皇统治天下,所以称为帝。如今六国又自立为王,秦朝的土地越来越小,却挂着皇帝的空名,那是不行的。还是应该像以前一样当王的好。”于是立子婴为秦王,用葬老百姓的礼仪规格把二世葬在杜南宜春苑里。

七国之叛

秦末的群雄纷起不但推翻了秦朝，也改变了中央集权的大一统局面，又回到了诸侯国联盟的状态。当时自称为西楚霸王的项羽，就是联盟的盟主。刘邦消灭项羽建立汉朝后，虽想恢复中央集权的制度，但在实际上有很大困难，因为跟他合力打败项羽的很多人，如韩信、彭越等都具有强大的军事、政治实力和相对的独立性，因而形成了不少实力强大的诸侯国。刘邦不能立即消灭他们，随时感受到他们的威胁。为了慢慢消灭他们，刘邦将自己家族里的一批人也封为王，从而建立了一批在当时与中央政府关系密切的同姓诸侯国。刘邦在世时，把异姓诸侯国基本上消灭了。但在他死后，同姓诸侯国与中央政府的矛盾又日渐尖锐起来。因为这些诸侯国既具有相对的独立性，便有自己的特殊利益，因而不可避免地跟中央朝廷产生利益上的矛盾。本篇所写的，就是同姓诸侯国跟中央政府的一场殊死斗争，也可以说是决定中央集权制度能否继续存在下去的大搏斗。结果中央政权得到了胜利，而反叛的诸侯国则遭到了惨重失败。从此以后，诸侯国的力量大为削弱，到汉武帝时又受到了进一步的打击。自此，中央集权制度就在中国牢固地扎下了根基。

汉景帝前三年。初，孝文时吴太子入见①，得侍皇太子饮、博②。吴太子博，争道，不恭；皇太子引博局提吴太子③，杀之。遣其丧归葬。至吴，吴王愠曰④："天下同宗，死长安即葬长安，何必来葬为！"复遣丧之长安葬。

---

① 孝文：即汉文帝刘恒，孝文为谥号。 ② 皇太子：名启，文帝长子，即后来的汉景帝。博：一种用博局和十二枚棋子、通过掷来进行的赌博游戏。博局分为十二道，双方的棋子根据掷采的多少行子道中，行道的结果与最后的胜负关系密切。 ③ 博局：赌博的用具，类似棋盘一类的东西。 ④ 吴王：名濞，汉高祖时封于吴国，治所在今江苏苏州。

吴王由此稍失藩臣之礼，称疾不朝。京师知其以子故①，系治验问吴使者。吴王恐，始有反谋。后使人为秋请②，文帝复问之，使者对曰："王实不病。汉系治使者数辈，吴王恐，以故遂称病。夫'察见渊中鱼，不祥'③。唯上弃前过，与之更始。"于是文帝乃赦吴使者，归之；而赐吴王几杖④，老不朝。吴得释其罪，谋亦益解。然其居国，以铜、盐故，百姓无赋；卒践更⑤，辄与平贾⑥；岁时存问茂材，赏赐闾里⑦；他郡国吏欲来捕亡人者⑧，公共禁弗予。如此者四十余年。晁错数上书⑨，言吴过可削。文帝宽，不忍罚，以此吴日益横。及帝即位，错说上曰："昔高帝

① 京师：天子所居的城池，这里指天子。 ② 秋请：秋天拜见皇帝。古代诸侯拜见皇帝，在春天称朝，在秋天称请。 ③"察见渊中鱼，不祥"：语出《韩非子》。意为把事情考察得太清楚是不吉利的。 ④ 几杖：几和杖。几是倚靠用具，在坐着时使用（因当时没有椅子）；杖为老人走路时供扶持之用。古代以赐几杖为敬老之礼。 ⑤ 践更：汉代男子年二十三至五十六需轮番戍边服兵役，称作卒更；在轮到时，出钱三百文交给政府，由政府雇人代为服役，称为过更；受雇而代人去服役的，称作践更。 ⑥ 平贾：平衡其价格，使价格合理；贾，价（"价"为后出字，本写作"贾"）。此处是说，由政府对践更给予价格补贴，使之有较多的收入。 ⑦ 闾里：乡野；在乡为闾，在野为里。这里指老百姓。 ⑧ 郡国：汉朝的行政单位，其中郡直辖于朝廷，国分封给诸王侯。 ⑨ 晁错：颍川人，当时为御史大夫。

初定天下，昆弟少，诸子弱，大封同姓，齐七十余城，楚四十余城，吴五十余城：封三庶孽，分天下半。今吴王前有太子之郤，诈称病不朝，于古法当诛。文帝弗忍，因赐几杖，德至厚。当改过自新，反益骄溢，即山铸钱，煮海水为盐，诱天下亡人谋作乱。今削之亦反，不削亦反。削之其反亟，祸小；不削反迟，祸大。”上令公卿、列侯、宗室杂议①，莫敢难；独窦婴争之②，由此与错有郤。及楚王戊来朝，错因言：“戊往年为薄太后服③，私奸服舍，请诛之。”诏赦，削东海郡。及前年赵王有罪④，削其常山郡⑤，胶西王卬以卖爵事有奸⑥，削其六县，廷臣方议削吴。

吴王恐削地无已，因发谋举事。念诸侯无足与计者，闻胶西王勇，好兵，诸侯皆畏惮之，于是使中大夫应高口说胶西王曰⑦：“今者主上任用邪臣，听信谗贼⑧，侵

---

① 公卿：即三公九卿；三公在当时为丞相、太尉、御史大夫；九卿指太常、光禄勋、卫尉、廷尉、太仆、大鸿胪、宗正、大司农、少府。列侯：即彻侯，秦汉时爵位名。宗室：即皇族。② 窦婴：汉景帝母亲窦太后的堂侄。当时为詹事，掌皇后、太子家事。③ 薄太后：汉文帝之母。④ 赵王：名遂，文帝时封于赵国，国都在今河北邯郸西南。⑤ 常山郡：即恒山郡，汉置，治所在今河北元氏西北。⑥ 胶西王：名卬（áng 昂），文帝时封于胶西，治所在今山东高密西南。⑦ 中大夫：官名，秦汉时为顾问官。⑧ 谗贼：伤良为谗，害良为贼。

削诸侯，诛罚良重，日以益甚。语有之曰：'狧穅及米[①]。'吴与胶西，知名诸侯也，一时见察，不得安肆矣。吴王身有内疾，不能朝、请二十余年，常患见疑，无以自白，胁肩累足[②]，犹惧不见释。窃闻大王以爵事有过，所闻诸侯削地，罪不至此，此恐不止削地而已。"王曰："有之。子将奈何？"高曰："吴王自以与大王同忧，愿因时循理，弃躯以除患于天下，意亦可乎？"胶西王瞿然骇曰："寡人何敢如是！主上虽急，固有死耳，安得不事！"高曰："御史大夫晁错，营惑天子，侵夺诸侯，朝廷疾怨，诸侯皆有背叛之意，人事极矣。彗星出，蝗虫起，此万世一时。而愁劳，圣人所以起也[③]。吴王内以晁错为诛，外从大王后车[④]，方洋天下，所向者降，所指者下，莫敢不服。大王诚幸而许之一言，则吴王率楚王略函谷关[⑤]，守荥阳敖仓之粟[⑥]，距汉

① 狧(tà)：用舌舐食。穅：谷的表皮。此句比喻蚕食不已，最终被消灭。② 胁：缩，敛。累：重，叠。胁肩指收缩肩膀，不敢舒展身体。累足指趾着脚，不敢踏实，皆表示恐惧的样子。③ 圣人：这里指帝王。④ 后车：随从人员所乘的车。古人在表示尊敬时，常以对方的下属人员指代对方，以表示自己的身份较对方低得太多；此处的"后车"，也是指代胶西王。⑤ 楚王：名戊，文帝时袭封，王楚地，治所在今江苏徐州。函谷关：汉关名。又称新函谷关。在今河南新安东北。⑥ 荥阳：县名，治所在今河南荥阳东北。敖仓：秦置仓名，在今河南荥阳东北敖山上。

兵，治次舍①，须大王。大王幸而临之，则天下可并，两主分割，不亦可乎？”王曰：“善。”归报吴王，吴王犹恐其不果，乃身自为使者至胶西，面约之。胶西群臣或闻王谋，谏曰：“诸侯地不能当汉十二，为叛逆以忧太后，非计也。今承一帝，尚云不易；假令事成，两主分争，患乃益生。”王不听。遂发使约齐、淄川、胶东、济南②，皆许诺。

初，楚元王好书③，与鲁申公、穆生、白生俱受《诗》于浮丘伯④。及王楚，以三人为中大夫。穆生不耆酒，元王每置酒，常为穆生设醴⑤。及子夷王、孙王戊即位，常设，后乃忘设焉。穆生退曰：“可以逝矣！醴酒不设，王之意怠；不去，楚人将钳我于市⑥。”遂称疾卧。申公、白生强起之，曰：“独不念先王之德与？今王一旦失小礼，何足

① 次舍：古代官吏居处的地方，在内称次，供休息；在外称舍，供理政。 ② 齐：国名，文帝时齐惠王子将闾袭封于此，国都在今山东淄博东北临淄镇北。淄川：国名，文帝时齐惠王子刘贤王于此，国都在今山东寿光南。胶东：国名，文帝时齐惠王子熊渠王于此，国都在今山东平度东南。济南：国名，文帝时齐惠王子辟光王于此，国都在今山东济南。③ 楚元王：名交，汉高祖异母弟，高祖时立为楚王，元为谥号。④ 鲁申公：名培，鲁人，文帝时为博士；作《诗》传，号《鲁诗》。浮丘伯：齐人，战国时儒家荀况的门生；浮丘为复姓。 ⑤ 醴：麦少米多的甜酒。 ⑥ 钳：古刑名，即用铁圈束颈。

至此!”穆生曰:“《易》称:‘知几其神乎! 几者,动之微,吉凶之先见者也。君子见几而作,不俟终日。’[①]先王之所以礼吾三人者,为道存也;今而忽之,是忘道也。忘道之人,胡可与久处? 岂为区区之礼哉!”遂谢病去。申公、白生独留。王戊稍淫暴,太傅韦孟作诗讽谏[②],不听,亦去,居于邹[③]。戊因坐削地事,遂与吴通谋。申公、白生谏戊,戊胥靡之[④],衣之赭衣,使雅舂于市[⑤]。休侯富使人谏王[⑥],王曰:“季父不吾与,我起,先取季父矣!”休侯惧,乃与母太夫人奔京师。

及削吴会稽、豫章郡书至[⑦],吴王遂先起兵,诛汉吏二千石以下。胶西、胶东、淄川、济南、楚、赵亦皆反。楚相张尚、太傅赵夷吾谏王戊,戊杀尚、夷吾。赵相建德、内史王悍谏王遂[⑧],遂烧杀建德、悍。齐王后悔,背约城

---

① “知几”五句:出《周易·系辞》下。神,神化,是一种自身寂然不动而能感应万物的境界,见《周易注疏》。 ② 太傅:官名,古三公之一。韦孟:彭城人,历任楚元王、夷王、刘戊三代太傅。 ③ 邹:县名,治所在今山东邹县东南。 ④ 胥靡:胥,互相;靡,连接。指用锁链连接起来服役的刑徒。 ⑤ 雅舂:不停地舂米。雅,常。 ⑥ 休侯:楚元王子、夷王弟刘富,封地休城,在今山东滕县西。 ⑦ 会稽:郡名,治所在今江苏苏州。豫章:郡名,治所在今江西南昌。 ⑧ 内史:官名,汉于诸王国都置内史,负责政务。

守。济北王城坏未完①，其郎中令劫守王，不得发兵。胶西王、胶东王为渠率②，与淄川、济南共攻齐，围临淄。赵王遂发兵住其西界，欲待吴、楚俱进，北使匈奴与连兵。

吴王悉其士卒，下令国中曰："寡人年六十二，身自将；少子年十四，亦为士卒先。诸年上与寡人同，下与少子等，皆发。"凡二十余万人。南使闽、东越③，闽、东越亦发兵从。吴王起兵于广陵④，西涉淮⑤，因并楚兵，发使遗诸侯书，罪状晁错，欲合兵诛之。吴、楚共攻梁，破棘壁⑥，杀数万人，乘胜而前，锐甚。梁孝王遣将军击之⑦，又败梁两军，士卒皆还走。梁王城守睢阳。

初，文帝且崩，戒太子曰："即有缓急，周亚夫真可任将兵⑧。"及七国反书闻，上乃拜中尉周亚夫为太尉⑨，将

---

① 济北王：名兴居，文帝时封于济北，治所在今山东泰安东南。 ② 渠率：渠，大；率，通"帅"。即魁首。 ③ 闽、东越：即闽越和东越。闽越为闽越王无诸封地，治所东冶，在今福建闽侯东北冶山之麓。东越为东海王（或东瓯王）摇的封地，治所东瓯，在今浙江永嘉西南。 ④ 广陵：县名，治所在今江苏扬州西北。 ⑤ 淮：水名，即淮河，源出河南桐柏山，为古代四大河之一。 ⑥ 棘壁：即大棘城，故址在今河南柘城西北。 ⑦ 梁孝王：名武，文帝第二子，由代王徙为梁王；封地梁国，国都睢阳，在今河南商丘南。 ⑧ 周亚夫：文帝时右丞相周勃之子，封条侯。 ⑨ 中尉：武官名，掌管京师治安。太尉：官名，掌全国军事。

三十六将军往击吴、楚，遣曲周侯郦寄击赵①，将军栾布击齐②。复召窦婴，拜为大将军，使屯荥阳，监齐、赵兵。

初，晁错所更令三十章，诸侯讙哗。错父闻之，从颍川来谓错曰③："上初即位，公为政用事，侵削诸侯，疏人骨肉④，口语多怨，公何为也？"错曰："固也，不如此，天子不尊，宗庙不安⑤。"父曰："刘氏安矣，而晁氏危。吾去公归矣！"遂饮药死，曰："吾不忍见祸逮身。"后十余日，吴、楚七国俱反，以诛错为名。

上与错议出军事，错欲令上自将兵，而身居守。又言："徐、僮之旁吴所未下者⑥，可以予吴。"错素与吴相袁盎不善。错所居坐，盎辄避；盎所居坐，错亦避；两人未尝同堂语。及错为御史大夫，使吏按盎受吴王财物，抵罪；诏赦以为庶人。吴、楚反，错谓丞、史曰⑦："袁盎多受

① 郦寄：汉高祖时曲周侯郦商之子，袭爵为曲周侯；封地曲周县，治所在今河北曲周东北。 ② 栾布：梁国人，汉高祖时拜为都尉，文帝时为燕相，官将军。 ③ 颍川：郡名，治所在今河南禹州。 ④ 疏人骨肉：这里是指使天子与诸侯的关系疏远，因天子与这些诸侯王皆属同宗，具有血缘关系。
⑤ 宗庙：天子、诸侯祭祀祖先的处所；封建帝王把天下据为一家所有，世代相传，故以宗庙作为国家、王国的代称。此处的"宗庙"兼有这两重意义。 ⑥ 徐：县名，治所在今江苏泗洪南。僮：县名，治所在今安徽泗县东北。 ⑦ 丞、史：皆为御史大夫属官；丞即御史丞，史即侍御史。

吴王金钱，专为蔽匿，言不反。今果反，欲请治，盎宜知其计谋。”丞、史曰：“事未发，治之有绝①；今兵西向，治之何益！且盎不宜有谋。”错犹与未决②。人有告盎，盎恐，夜见窦婴，为言吴所以反，愿至前，口对状。婴入言，上乃召盎。盎入见，上方与错调兵食。上问盎：“今吴、楚反，于公意何如？”对曰：“不足忧也。”上曰：“吴王即山铸钱，煮海为盐，诱天下豪杰，白头举事，此其计不百全，岂发乎！何以言其无能为也？”对曰：“吴铜、盐之利则有之，安得豪杰而诱之？诚令吴得豪杰，亦且辅而为谊，不反矣。吴所诱皆无赖子弟、亡命、铸钱奸人，故相诱以乱。”错曰：“盎策之善。”上曰：“计安出？”盎对曰：“愿屏左右。”上屏人，独错在。盎曰：“臣所言，人臣不得知。”乃屏错。错趋避东厢，甚恨。上卒问盎，对曰：“吴、楚相遗书，言高皇帝王子弟，各有分地，今贼臣晁错擅適诸侯，削夺之地，以故反，欲西共诛错，复故地而罢。方今计独有斩错，发使赦吴、楚七国，复其故地，则兵可毋血刃而俱罢。”于是上默然良久，曰：“顾诚何如③，吾不爱一人以谢天下④。”盎曰：“愚计出此，唯上熟计之。”乃拜盎

① 绝：隔而难通，无法逾越的障碍。 ② 犹与（yù 预）：即犹豫。 ③ 何如：如何。用以代指袁盎在上面说的那些话。④ 谢：辞去，推辞。

为太常①，密装治行。后十余日，上令丞相青、中尉嘉、廷尉欧劾奏错②："不称主上德信，欲疏群臣、百姓，又欲以城邑予吴，无臣子礼③，大逆无道。错当要斩，父母、妻子、同产无少长皆弃市。"制曰："可。"错殊不知。壬子，上使中尉召错，绐载行市，错衣朝衣斩东市④。上乃使袁盎与吴王弟子宗正德侯通使吴⑤。

谒者仆射邓公为校尉⑥，上书言军事。见上，上问曰："道军所来⑦，闻晁错死，吴、楚罢不？"邓公曰："吴为反数十岁矣。发怒削地，以诛错为名，其意不在错也。且臣恐天下之士，拑口不敢复言矣。"上曰："何哉？"邓公曰："夫晁错患诸侯强大不可制，故请削之，以尊京师，万世之利也。计画始行，卒受大戮。内杜忠臣之口，外为诸侯报仇。臣窃为陛下不取也⑧。"于是帝喟然长息，曰："公言善，吾亦恨之！"

---

① 太常：官名，为九卿之一，掌礼乐郊庙社稷事宜。 ② 廷尉：官名，为九卿之一，掌刑狱。 ③ 无臣子礼：这在古代是一种很大的罪名，因为这意味着不把皇帝看在眼里。 ④ 朝衣：君臣朝会时所穿的礼服。东市：汉代长安城处决被判死刑者的地方，后泛指刑场。 ⑤ 宗正：官名，为皇族事务机关的长官。 ⑥ 校尉：汉时的军职之一，略次于将军，往往随其职务冠以不同的名号。 ⑦ 道：由。军所：吴军之所，即吴军与汉军对峙之处。 ⑧ 不取：不接受。含有排斥、不赞成之意。

袁盎、刘通至吴，吴、楚兵已攻梁壁矣①。宗正以亲故，先入见，谕吴王，令拜受诏。吴王闻袁盎来，知其欲说，笑而应曰："我已为东帝②，尚谁拜？"不肯见盎，而留军中，欲劫使将；盎不肯，使人围守，且杀之。盎得间脱亡，归报。

太尉亚夫言于上曰："楚兵剽轻，难与争锋。愿以梁委之，绝其食道，乃可制也。"上许之。亚夫乘六乘传③，将会兵荥阳。发至霸上④，赵涉遮说亚夫曰："吴王素富，怀辑死士久矣。此知将军且行，必置间人于殽、渑阸陿之间⑤。且兵事上神密，将军何不从此右去，走蓝田⑥，出武关，抵洛阳⑦，间不过差一二日。直入武库，击鸣鼓。

① 梁壁：即棘壁；因在梁国，故称。 ② 东帝：东面的皇帝；当时吴国在汉朝廷东面，故称。 ③ 传：传车。当时政府在交通要道每隔一段距离即设立一处传舍，并备有传车（四匹马拉的车辆），出差官员及有紧急事件向政府报告的人可在传舍歇宿并使用传车。情况紧急时，经政府批准，可将若干辆传车供一人使用，以便让马极力奔驰，马力稍衰，即另换一辆传车。乘六乘车即乘坐六辆传车。 ④ 霸上：地名，在陕西西安东。 ⑤ 殽：即殽山，在今河南洛宁西北，西接陕县界，东接渑池界。渑（miǎn 免）：即渑池，县名，治所在今河南渑池西。阸（ài 猛）陿（xiá 狭）：阸通"隘"，陿通"狭"，即狭隘。 ⑥ 蓝田：县名，治所在今陕西蓝田西。 ⑦ 洛阳：县名，治所在今河南洛阳东北。

诸侯闻之，以为将军从天而下也。”太尉如其计。至洛阳，喜曰：“七国反，吾乘传至此，不自意全。今吾据荥阳，荥阳以东无足忧者。”使吏搜殽、渑间，果得吴伏兵，乃请赵涉为护军①。

太尉引兵东北走昌邑②。吴攻梁急，梁数使使条侯求救，条侯不许。又使使愬条侯于上，上使告条侯救梁。亚夫不奉诏，坚壁不出，而使弓高侯等将轻骑兵出淮泗口③，绝吴、楚兵后，塞其饷道。梁使中大夫韩安国及楚相张尚弟羽为将军，羽力战，安国持重，乃得颇败吴兵。吴兵欲西，梁城守，不敢西。即走条侯军，会下邑④，欲战，条侯坚壁不肯战。吴粮绝，卒饥，数挑战，终不出。条侯军中夜惊，内相攻击，扰乱至帐下，亚夫坚卧不起，顷之复定。吴奔壁东南陬⑤，亚夫使备西北，已而其精兵果奔西北，不得入。吴、楚士卒多饥死叛散，乃引而去。

二月，亚夫出精兵追击，大破之。吴王濞弃其军，与壮士数千人夜亡走。楚王戊自杀。

---

① 护军：官名，秦汉时在大司马手下临时设置的官，用以调节各将领间的关系。 ② 昌邑：县名，治所在今山东巨野南。 ③ 弓高侯：即韩信之子韩颓当，文帝时封，封地弓高，治所在今河北阜城南。淮泗口：泗水南流入淮，两水交汇处称淮泗口，故地在今江苏淮安。 ④ 下邑：县名，治所在今安徽砀山东。 ⑤ 陬（zōu 邹）：隅，角落。

吴王之初发也，吴臣田禄伯为大将军。田禄伯曰："兵屯聚而西，无他奇道，难以立功。臣愿得五万人，别循江、淮而上，收淮南、长沙①，入武关与大王会，此亦一奇也。"吴王太子谏曰："王以反为名，此兵难以借人。人亦且反王，奈何？且擅兵而别，多他利害。徒自损耳。"吴王即不许田禄伯。吴少将桓将军说王曰②："吴多步兵，步兵利险；汉多车骑，车骑利平地。愿大王所过城不下，直去，疾西据洛阳武库，食敖仓粟，阻山、河之险以令诸侯，虽无入关③，天下固已定矣。大王徐行，留下城邑，汉军车骑至，驰入梁、楚之郊，事败矣。"吴王问诸老将，老将曰："此年少椎锋可耳，安知大虑。"于是王不用桓将军计。

王专并将兵，兵未度淮，诸宾客皆得为将、校尉、候、司马④，独周丘不用。周丘者，下邳人⑤，亡命吴，酤酒无行，王薄之，不任。周丘乃上谒，说王曰："臣以无能，不得待罪行间⑥。臣非敢求有所将也，愿请王一汉节，必有以报。"王乃予之。周丘得节，夜驰入下邳。下邳时闻吴

① 淮南：国名，治所在今安徽寿县。长沙：国名，治所在今湖南长沙。② 少将：即小将，此处指年轻的将领。③ 关：即古函谷关，在今河南灵宝东北农涧河畔王垛村。④ 将、校尉、候、司马：皆为武官名。⑤ 下邳：县名，治所在今江苏睢宁西北。⑥ 行间：行伍之间，即指军中。

反，皆城守。至传舍①，召令入户，使从者以罪斩令，遂召昆弟所善豪吏告曰："吴反，兵且至，屠下邳不过食顷。今先下，家室必完，能者封侯矣。"出乃相告，下邳皆下。周丘一夜得三万人，使人报吴王，遂将其兵北略城邑。比至阳城，兵十余万，破阳城中尉军。闻吴王败走，自度无与共成功，即引兵归下邳，未至，疽发背死。

吴王之弃军亡也，军遂溃，往往稍降太尉条侯及梁军。吴王度淮走丹徒②，保东越，兵可万余人，收聚亡卒。汉使人以利啗东越，东越即绐吴王出劳军，使人鏦杀吴王，盛其头，驰传以闻③。吴太子驹亡走闽越。吴、楚反，凡三月，皆破灭。于是诸将乃以太尉谋为是，然梁王由此与太尉有隙。

三王之围临淄也，齐王使路中大夫告于天子④。天子复令路中大夫还报，告齐王"坚守，汉兵今破吴、楚矣"。路中大夫至，三国兵围临淄数重，无从入。三国将与路中大夫盟曰："若反言'汉已破矣，齐趣下三国，不且见屠'。"路中大夫既许，至城下，望见齐王曰："汉已发兵百万，使太尉亚夫击破吴、楚，方引兵救齐。齐必坚守，无下！"三

① 传舍：供出差官员及有紧要事件报告政府的人休息住宿的处所。② 丹徒：县名，故城在今江苏镇江东南。③ 鏦（cōng 匆）：古兵器，短矛。驰传：一说用四匹中等马拉的驿车。④ 路中大夫：姓路，任中大夫官。

国将诛路中大夫。齐初围急，阴与三国通谋，约未定，会路中大夫从汉来，其大臣乃复劝王无下三国。会汉将栾布、平阳侯等兵至齐①，击破三国兵。解围已，后闻齐初与三国有谋，将欲移兵伐齐。齐孝王惧，饮药自杀。

胶西、胶东、淄川王各引兵归国。胶西王徒跣，席藁、饮水谢太后。王太子德曰："汉兵还，臣观之已罢，可袭。愿收王余兵击之，不胜而逃入海，未晚也。"王曰："吾士卒皆已坏，不可用。"弓高侯韩颓当遗胶西王书曰："奉诏诛不义，降者赦，除其罪，复故；不降者灭之。王何处？须以从事。"王肉袒叩头，诣汉军壁谒曰："臣卬奉法不谨，惊骇百姓，乃苦将军远道至于穷国，敢请菹醢之罪②！"弓高侯执金鼓见之③，曰："王苦军事，愿闻王发兵状。"王顿首膝行对曰："今者晁错天子用事臣，变更高皇帝法令，侵夺诸侯地。卬等以为不义，恐其败乱天下。七国发兵且诛错，今闻错已诛，卬等谨已罢兵归。"将军曰："王苟以错为不善，则当以闻，乃未有诏、虎符④，擅发兵击义国⑤？以此观之，意非徒欲诛错也。"乃出诏书，为

① 平阳侯：平阳侯曹参之孙曹奇，孝文后四年嗣封。② 菹（zū 租）醢（hǎi 海）：古代将人的骨肉剁为肉酱的酷刑。③ 金鼓：金钲和鼓，为军中用器，分别用来退兵和进兵；执金鼓可以号令三军，以示讨罪。④ 虎符：虎形兵符，古代调兵遣将的信物。⑤ 义国：这里指齐国。

王读之，曰："王其自图。"王曰："如印等死有余罪！"遂自杀。太后、太子皆死。胶东王、淄川王、济南王皆伏诛。

郦将军兵至赵，赵王引兵还邯郸城守。郦寄攻之，七月不能下。匈奴闻吴、楚败，亦不肯入边。栾布破齐还，并兵引水灌赵城，城坏，王遂自杀。

帝以齐首善，以迫劫有谋，非其罪也，召立齐孝王太子寿，是为懿王。

济北王亦欲自杀，幸全其妻子。齐人公孙玃谓济北王曰："臣请试为大王明说梁王，通意天子。说而不用，死未晚也。"公孙玃遂见梁王曰："夫济北之地，东接强齐，南牵吴、越，北胁燕、赵。此四分五裂之国，权不足以自守，劲不足以扞寇，又非有奇怪云以待难也①，虽坠言于吴，非其正计也。乡使济北见情实，示不从之端，则吴必先历齐，毕济北，招燕、赵而总之②，如此则山东之从结而无隙矣③。

① 奇怪云：奇怪神灵。② 燕：国名，国都在今北京城区西南部。③ 山东：战国、秦汉时称崤山或华山以东为山东，即关东。从：纵。战国时期七国相争，谋士苏秦主张合纵，即合山东六国以抗秦。山东六国一度采用他的建议，给秦国很大的威胁。这里的"山东之从结"，即用战国时的合纵事，意为当时山东的这些诸侯国也会像战国时的六国一样，结成合纵的盟约，共同反抗汉朝中央政府。

今吴王连诸侯之兵，敺白徒之众①，西与天子争衡，济北独底节不下，使吴失与而无助，跬步独进，瓦解土崩，破败而不救者，未必非济北之力也。夫以区区之济北，而与诸侯争强，是以羔犊之弱而扞虎狼之敌也。守职不桡，可谓诚一矣。功义如此，尚见疑于上，胁肩低首，累足抚衿②，使有自悔不前之心，非社稷之利也。臣恐藩臣守职者疑之！臣窃料之，能历西山③，径长乐④，抵未央⑤，攘袂而正议者⑥，独大王耳。上有全亡之功，下有安百姓之名，德沦于骨髓，恩加于无穷，愿大王留意详惟之。”孝王大说，使人驰以闻。济北王得不坐，徙封于淄川。

帝欲以吴王弟德、哀侯广之子续吴，以楚元王子礼续楚。窦太后曰：“吴王老人也，宜为宗室顺善，今乃首率七国纷乱天下，奈何续其后！”不许吴，许立楚后。乙

① 敺（qū 区）：古“驱”字。 ② 抚：抚摸，按摸。衿：衣襟。抚衿表示小心恐惧。 ③ 西山：指殽山（见前注）和华山（在今陕西华阴县南）。 ④ 长乐：宫名，故址在今陕西西安西北郊汉长安城东南角，当时太后居住的地方。 ⑤ 未央：宫名，故址在今陕西西安西北郊汉长安城内西南角，当时为皇帝居住的地方。 ⑥ 攘袂（mèi 妹）：捋臂，奋起的样子。攘，却。袂，衣袖。

亥，徙淮阳王余为鲁王①，汝南王非为江都王②，王故吴地。立宗正礼为楚王，立皇子端为胶西王，胜为中山王③。

四年。初，吴、楚七国反，吴使者至淮南，淮南王欲发兵应之。其相曰："王必欲应吴，臣愿为将。"王乃属之。相已将兵，因城守，不听王而为汉。汉亦使曲成侯将兵救淮南④，以故得完。

吴使者至庐江，庐江王不应⑤，而往来使越。至衡山，衡山王坚守⑥，无二心。及吴、楚已破，衡山王入朝。上以为贞信，劳苦之，曰"南方卑湿"，徙王王于济北以褒之。庐江王以边越，数使使相交，徙为衡山王，王江北。

【翻译】

汉景帝前三年（前154）。起初，在孝文帝时吴国太子入京朝见，得以陪侍皇太子饮酒、赌博，吴太子在赌博

---

① 淮阳王：景帝之子，景帝前二年封于淮阳，治所在今河南淮阳。鲁：国名，国都在今山东曲阜东。 ② 汝南王：景帝之子，景帝前二年封于汝南，治所在今河南上蔡西南。江都：国名，国都在今江苏扬州西北。 ③ 中山：国名，国都在今河北定县。 ④ 曲成侯：曲成侯虫达之子虫捷，文帝时袭封，封地曲成，治所在今山东掖县东北。 ⑤ 庐江王：淮南王刘长子刘赐，文帝时立于庐江，封地有今安徽长江以南大部分地区。⑥ 衡山王：淮南王刘长子刘勃，文帝时立于衡山，治所在今湖北黄冈北。

时争执棋的行道，不恭敬，皇太子抓起博局掷击吴太子，把他杀了。遣送他的灵柩回国安葬。到了吴国，吴王怨愤说："天下同姓的都是一个家族，死在长安就葬在长安，何必要送回来安葬！"又遣送灵柩到长安埋葬。吴王从此渐渐失掉了藩臣的礼节，声称有病不到京师朝见天子。天子知道他是因为儿子的缘故，把吴国的使者拘留起来审处以拷问吴王是否生病。吴王恐惧，才产生了反叛的图谋。后来派人为自己代行秋天的谒见，文帝又询问使者，使者回答说："吴王其实没病。汉朝把几批吴国使者拘留审处，吴王恐惧，所以就声称有病。'察见深潭中的鱼是不吉利的'。希望皇上赦免他以往的过失，给予吴王自新的机会。"于是文帝就赦免吴国使者，让他们回国，并赐给吴王几、杖和年老免于朝见的待遇。吴王得以解脱自己的罪过，反叛的图谋也慢慢地解消了。然而他治下的王国，因为有铸钱、煮盐的利益，老百姓没有劳役田税的负担；有受雇代别人去当士卒的，政府给予补贴，使他能有较多的收入；逢年过节慰问优秀人物，赏赐百姓；其他郡国有官吏来搜捕逃亡的人，大家一起阻止不交出来。像这样的情形过了四十年。晁错多次上书，说吴王有过错，可削减封地。文帝宽厚，不忍心处罚他，因此吴王日益放纵。等到景帝登位，晁错劝景帝说："往年汉高祖刚刚平定天下时，兄弟少，众儿弱，所以大规模分封同姓王，齐国分了七十多个城，楚分了四十多城，吴分了五十多城；封这三个旁族子弟，分掉了一半的天下。如今吴王因先前有太子的怨隙，假说有病不来朝见，按照祖宗的法律应当杀头。文帝不忍心，因而赐予几、杖，恩德极厚。他本应改过自新，却反而更加骄奢，开山铸造铜钱，煮海水造盐，引诱天下逃亡的人阴谋叛乱。如今削他封地也反，不削也反。削了封地他立即反叛，祸害小；不削反叛得晚，祸害大。”景帝命令公卿、列侯、宗室共同商议，没人敢与他辩驳；只有窦婴对此争辩，因此和晁错产生了怨隙。等到楚王刘戊来朝见，晁错就说：“刘戊昔年给薄太后服丧时，在居丧的住室里私下奸淫，请把他杀了。”景帝下令赦免，削去东海郡封地。还有因前年赵王犯了罪，削去他的常山郡封地；胶西王刘卬因为出卖官爵的事情有奸诈，削去他的六个县，朝廷大臣才商议削减吴国的封地。

吴王害怕削地没有止境，因而萌发阴谋，准备起事。考虑到诸侯中没有足以参与合谋的人，听说胶西王勇猛，喜欢军事，诸侯都畏惧他，于是派中大夫应高口头上去劝说胶西王道：“现在皇上任用奸臣，听信那些谗害贤良的人，侵夺削弱诸侯，惩罚甚重，而且一天比一天厉害。谚语里有这样的话，叫做：‘舐了糠就会进一步吃米。’吴和胶西都是有名的诸侯，一旦遭到审察，就不得安宁自在了。吴王身上患有内病,不能春朝、秋请二十多年了,时常担心被怀疑,没法自我辩白,缩敛肩膀,叠足而立,仍然害怕不获谅解。私下听说大王因卖爵的事有过错。我所听说的诸侯削地事情,被削者的罪都还没到应该削地的地步,这恐怕不光是削地就能了结的。”胶西王说:“是有这样的情况。你看怎么办呢?”应高说:“吴王自以为与大王忧虑相同,愿意乘这时机、按照道理,豁出自己性命来削除天下的祸害,想来您也赞同的吧!”胶西王惊慌失措,恐惧地说:“我怎么敢这样!皇上即使逼得紧急,我也只有去死,怎么可以不尊奉皇上呢!”应高说:“御史大夫晁错迷惑天子,侵削诸侯,朝中群臣嫌恶怨愤,诸侯全都有背叛的想法,从人事来看已到了极限。天时则彗星出现,蝗虫四起,这是千载难逢的时机。而且忧愁劳苦正是帝王圣人所产生的条件。吴王内以杀晁错为名,外则追随在您大王后,驰骋天下,我们朝哪里去,哪里的人就都投降,我们所指向的地方全都会被攻克,没有敢不服从我们的。要是真能幸而蒙大王答应一句,那么吴王就率领楚王去夺取函谷关,守住荥阳敖仓的粮食,抗拒汉朝的部队,整理好住宿的地方,等待大王。幸而大王莅临,那就可以兼并天下,由两位君主分割。这不行吗?”胶西王说:“很好。”应高回去报告吴王,吴王还怕不可靠,于是自己充当使者到胶西去，当面和胶西王约定。胶西群臣中有听到胶西王的谋划的，直言规劝道："诸侯封地抵不上汉朝的十分之二，做叛逆的事以使王太后担忧，不是可行之计。如今奉承一个皇帝尚且不容易，即使事情成功，两位君主相互争夺，祸害就更增加了。"胶西王不听。于是派使者邀结齐、淄川、胶东、济南，他们都答应了。

起初，楚元王喜爱读书，与鲁国的申公、穆生、白生一起由浮丘伯传授《诗经》。等到他做了楚王，任命这三人做中大夫。穆生不爱喝酒，元王每次安排酒席，总是为穆生备好甜酒。等到元王的儿子夷王、孙子齐王戊即位，以后宴席上便忘记放了，穆生退席后就说："我可以去了！不备甜酒，是因大王心里对我已经怠慢了，不离开的话，楚国人将要在街上对我施以钳刑了。"于是声称有病，睡在家里。申公、白生竭力劝他出来，说："难道不顾念先王的恩德吗？如今大王一时失了小礼，哪至于到这种地步呢！"穆生说："《易经》上说：'能预知事情细微变化的，大概是已经达到了自身寂然不动而能感应万物的境界吧！细微变化是大变动的不明显征兆，是吉凶的预先显现。君子一察觉事物的细微变化就立即行动，不等这一天结束。'先王之所以礼遇我们三个人，因为在我们身上存在着道；如今疏忽了，是遗忘了道。遗忘道的人怎么可以同他长久相处？这哪里是为了一点点小礼节呢!”就借病告退而去。申公、白生独自留了下来。楚王刘戊逐渐放荡残暴,太傅韦孟写诗讽谕规劝,楚王不听,韦孟也走了,居住在邹。刘戊因为获罪被削封地的事,就和吴国串通谋反。申公、白生劝说刘戊,刘戊罚他们为胥靡——戴着镣铐服役的刑徒,让他们穿着赭色衣服,在市井里不停地舂米。休侯刘富派人规劝楚王,楚王说:“叔叔不听从我的话,我起事后,先把叔叔抓起来!”休侯恐惧,就与母亲太夫人逃往京师。

等到削除吴国会稽、豫章郡的诏书到达后,吴王就首先发兵,把俸禄在二千石以下的汉朝官吏全都杀了。胶西、胶东、淄川、济南、楚、赵也都反叛。楚国丞相张尚、太傅赵夷吾规劝楚王刘戊,刘戊杀了张尚、夷吾。赵国丞相建德、内史王悍规劝赵王刘遂,刘遂把建德、王悍烧死了。齐王后来懊悔了,背弃与吴王的约定,据城守御。济北王城墙坏了尚未完全修复。济北的郎中令带兵入城,把济北王看守起来,使他无法起兵。胶西王、胶东王为大帅,与淄川、济南王一起攻打齐国,包围了临淄。赵王遂则发兵驻扎在赵国的西部边界,准备等吴、楚一起进攻,向北派使者去匈奴,和他们的部队联络。

吴王出动了全部士兵,在国内下令说:“我年纪六十二岁,亲自带兵;小儿子年十四岁,也充当士兵的先驱。众人年龄上与我相同,下和我小儿子一样的,全都出发。”总共二十多万人。派使者向南出使闽、东越，闽和东越也发兵相从。吴王从广陵起兵，向西渡过淮水，于是与楚国部队会合，派使者给诸侯送信，列举晁错的罪状，想联合诸侯的部队讨伐他。吴、楚一起攻打梁国，攻克了棘壁，杀了几万人，乘胜前进，气势非常迅猛。梁孝王派将军带兵攻打他们，他们又把梁国的两支军队打败了，士兵全都往回逃跑。梁王据城守卫睢阳。

起初，文帝临终前，告诫太子说：“要是发生危急的事，周亚夫真正能胜任带兵。”等到七国反叛的消息传到朝廷，皇上就任命中尉周亚夫为太尉，统帅三十六位将军去攻打吴、楚；派曲周侯郦寄攻打赵国；将军栾布攻打齐国。又召见窦婴，任命为大将军，派他驻守荥阳，监视齐、赵部队。

起初，晁错所变更的法令有三十条，诸侯哗然。晁错的父亲听说后，从颍川赶来对晁错说：“皇上刚刚登位，你在政治上作主掌权，却侵犯、削夺诸侯，使人家骨肉疏远，舆论对你多有怨恨，你这是为什么呀？”晁错说：“你说的当然不错，但要是不这样，天子不尊贵，宗庙不安宁。”父亲说：“刘氏安宁了，可晁氏危险了。我还是离开你回去吧！”就喝毒药自杀了，说：“我不忍心看到灾祸降临到自己身上。”十几天后，吴、楚等七国一起反叛，以诛杀晁错为名。

皇上与晁错商量出兵的事情，晁错想叫皇上亲自带兵，而自己留守。又说："徐、僮两地附近吴国没有攻克的地方，可以给吴。"晁错一向与吴国丞相袁盎合不来。晁错在座时，袁盎就避开；袁盎在座时，晁错也避开：两人从未在一个房间里说过话。等到晁错当了御史大夫，派官吏审查袁盎接受吴王的财物，据罪判刑；景帝下令免去刑罚，削职为民。吴、楚反叛，晁错对其属下御史丞和侍御史说："袁盎接受了吴王很多金钱，专门为吴王掩饰，说他不会反叛。如今果真反了，想请求皇上批准审处袁盎，他应当知道吴王的计划阴谋。"御史丞和侍御史说："吴王的叛乱未发动时，审处袁盎有无法克服的障碍；如今叛军已向西进发，审处他又有什么用呢！况且袁盎不应当参与谋反。"晁错犹豫不决。有人把此事告诉了袁盎，袁盎恐惧，连夜去见窦婴，向他诉说吴国之所以反叛的原因，希望到皇帝面前将情状亲口奏对。窦婴进宫对景帝说了，皇上于是召见袁盎。袁盎进宫觐见时，皇上正与晁错研究征调军粮的事。景帝问袁盎："现在吴、楚反叛，你意下认为怎么样?"袁盎回答道："用不着担忧啊。"皇上说："吴王开山铸造钱币，煮海水制盐，引诱天下的豪杰，等到头发白了才起事，他的计谋如不是百无一失，难道会发兵吗！凭什么说他做不成什么事呢?"袁盎答道："吴国铜和盐的利益是有的，却哪里有什么豪杰供他引诱呢？要是真的让吴国得了豪杰，也将辅助吴王做合宜的事，不会反叛了。吴所引诱的都是无赖子弟、亡命之徒、私自造钱的奸人，所以才互相引诱而作乱。”晁错说：“袁盎估计得很对。”皇上说：“对策应该怎样？”袁盎回答说：“希望屏退左右的人。”皇上屏退了左右的人，只有晁错留着，袁盎说：“我所说的话，臣下不可以知道。”于是叫晁错也避开。晁错急忙退避到东厢房，心里非常怨恨。皇上终于向袁盎询问对策，袁盎回答道：“吴、楚互相传递书信，说‘高皇帝分封儿子兄弟为王，各有各的封地，如今贼臣晁错任意责罚诸侯，削夺他们的土地，他们因此造反，想向西进军共同诛杀晁错，收复原有的封地后就收兵。如今的办法只有杀掉晁错，派使者赦免吴、楚等七国，恢复他们原先的封地，那么双方不用流血就能罢兵。”皇上对此沉默了很久，然后说：“只要真如你所说的，我不会因爱惜一个人而把天下推掉不要。”袁盎说：“我想出的办法就是这个，望皇上深思熟虑。”于是任命袁盎为太常，秘密整治行装。十几天后，皇上命令丞相陶青、中尉嘉、廷尉张欧弹劾晁错：“皇上对臣下施恩德、守信义，晁错却与此不相称，想要让皇上疏远众官吏和老百姓，又想把城邑给吴国，没有臣子之礼，大逆不道。晁错的罪应当处以腰斩之刑，父母、妻子、儿子、兄弟不论年龄大小全都弃市。”皇帝下令说：

“可以。”晁错却根本不知道。壬子日，皇上派中尉召晁错，骗他乘上车一直开到闹市，晁错穿着朝服在东市被腰斩了。皇上于是派袁盎与吴王弟弟的儿子宗正德侯刘通出使吴国。

谒者仆射邓公充当校尉，上书说军中的事。谒见皇上，皇上问道：“你从前方来，听说晁错处死后，吴、楚罢兵没有？”邓公说：“吴谋反几十年了。借削减封地发怒，以诛杀晁错为名，他的意图并不在晁错啊。而且我害怕天下之士都闭口不敢再发表意见了。”皇上说：“为什么？”邓公说：“晁错担心诸侯强大没法控制，所以请求削弱他们，以尊重京师，这是千秋万代的利益啊。计划刚开始施行，突然遭到惨杀。这样做在内堵绝了忠臣的嘴，在外替诸侯报了仇，我私下代您不赞成。”这时景帝深长地叹了口气，说：“你说得对，我也对此感到悔恨！”

袁盎、刘通到达吴军，吴、楚部队已在攻打梁国的棘壁了。宗正刘通因为亲属关系，先进去谒见，晓谕吴王，叫他下拜接受诏书。吴王听说袁盎来了，知道他想来劝说，笑着回答道：“我已做了东帝，还要向谁下拜？”不肯接见袁盎，却把他留在军营里，想劫持他做将领。袁盎不肯，就派人把他看守起来，即将杀他。袁盎乘机逃脱出来，回朝廷报告。

太尉周亚夫对皇上说：“楚国部队剽悍轻疾，难以和它争锋。希望把梁国交给楚军去攻打，我则领兵去堵绝他们运粮的道路，才可以制服他们。”景帝答允了他。亚夫乘着六辆传车，准备在荥阳会集大军。出发到了霸上，赵涉在路上拦住亚夫劝道：“吴王一向富裕，安抚招集敢死之士已经很久了，这次知道将军准备出动，肯定在殽、渑狭隘险要的地方安置了阻截的人。况且军事以神速秘密为上，将军为什么不从这里向右走，急奔蓝田，道出武关，抵达洛阳，其间不过相差一二天。直接进入存放武器的仓库，敲响军鼓。诸侯听说后，还以为将军从天上下来的呢。”太尉按他的计策行事，到了洛阳，高兴地说：“七国反叛，我乘传车到这里，自己也没想到能安全到达。如今我占据荥阳，荥阳以东用不着担忧了。”派官吏搜索殽、渑之间的道路，果然抓到吴国埋伏的士兵，于是请赵涉当护军。

周亚夫领部队向东北方向迅速进军昌邑。吴攻梁国攻得很紧迫，梁王多次派使者向周亚夫请求救援，条侯不肯。又派使者在皇上面前告周亚夫的状，皇上派使者请求亚夫救助梁国。亚夫不照诏命办事，坚守壁垒不出兵，而派弓高侯等率领轻装的骑兵部队由淮泗口出兵，断绝吴、楚部队的后路，阻塞他们的军粮运道。梁国派中大夫韩安国和楚国丞相张尚的弟弟张羽为将军，张羽奋力作战，安国慎重守持，才得以渐渐打败吴国部队。

吴国部队准备西进,梁国据城守卫,不敢西进。吴国部队便迅速向周亚夫的军营进发,在下邑相会,想要开战,周亚夫坚守壁垒不肯作战。吴国部队粮食吃完了,士兵饥饿,多次向周亚夫挑战,周亚夫还是不出战。周亚夫军营里深夜发生惊乱,内部互相攻击,一直扰乱到条侯的军帐边,周亚夫坚持睡觉不起床,一会儿就恢复了平静。吴国部队迅速奔赴亚夫营垒的东南角,亚夫派部队防备西北角,不久吴国精锐部队果然奔赴西北角,却无法乘虚而入。吴、楚士兵大多饿死或背叛逃散,于是才带兵撤退。

二月,亚夫派出精锐部队追击,把他们打得大败。吴王刘濞丢下自己的部队,与几千名勇士连夜逃亡。楚王刘戊自杀了。

吴王开始发兵起事时,吴国大臣田禄伯为大将军。田禄伯说:"部队聚集起来向西进发,没其他奇妙办法,难以成功。我愿带领五万人,另外沿着长江、淮水进军,夺取淮南、长沙,进入武关与大王会合,这也算一个奇策吧。"吴王太子进谏道:"大王以反叛为名,这样的部队是难以借给别人的。别人要是也背叛大王,那怎么办?况且他带着部队与你分手,还有许多其他的害处。这只能损害自己罢了。"吴王就没答应田禄伯。吴国小将桓将军劝吴王说:"吴国步兵多,步兵在险要处作战有利;汉朝车马多，车马在平地作战有利。大王所经过的城如攻不下，希望您径直离开，急速向西占据洛阳的武库，以敖仓的粮食作军粮，依仗高山大河的险要来对诸侯发号施令，即使不入关，天下也已定局了。大王若慢慢进军，停下来攻打城邑，汉朝部队的车马到了，疾驱进入梁国、楚国的郊外，事情就完了。”吴王以此询问年纪大的将军，年纪大的将军说：“这种年轻人只能冲锋陷阵罢了，哪里懂得重大的谋虑！”于是吴王不采用桓将军的计策。

吴王独自统率其全部士兵，部队还未渡过淮水，他门下的各位宾客都已当上了将、校尉、候、司马，只有周丘没被任用。周丘是下邳人，亡命来到吴国，卖酒为业，品行不好，吴王鄙薄他，不任用。周丘于是请求进见，劝吴王道：“我因为无能，不能在军中效劳。我不是敢请求统帅什么部队，希望向大王请得一个汉朝的符节，一定会有所回报。”吴王就给了他。周丘得到符节后，连夜奔驰进入下邳。下邳当时听说吴国反叛，都据城御守。周丘到了传舍，把县令召进自己的住房，派随从人员借口县令有罪而把他杀了，于是召见其兄弟所亲善的豪吏告诫道：“吴国造反了，部队即将到此，屠杀下邳不过一顿饭的工夫。如今先降顺的话，家室肯定能保全，能干的人并能封侯。”这些人出门便辗转相告，下邳全部降服。周丘一个夜晚就得了三万人的部队，派人向吴王报告，就带领这部队向北侵掠城邑。等到达阳城，士兵已有十多万，打败了城中的中尉所率领的部队。听说吴王兵败逃走，自己估计不能和他一起创业成功了，就带领部队回下邳，还没到达，背上生毒疮而死。

在吴王扔下部队逃亡时，部队就溃散了，往往投降周亚夫及梁国部队，投降者日渐增多。吴王渡过淮水逃到丹徒，归依东越，士兵大约一万多人，又收罗聚集逃亡的士兵。汉朝派人用利益引诱东越，东越就骗吴王出来慰劳部队，派人用矛戟撞杀吴王，装着他的头，乘着传车急速奔行以报告汉朝。吴太子刘驹逃到闽越。吴、楚反叛，总共三个月，全部被歼灭。于是众将就认为太尉的计策是对的，然而梁王因此与太尉有了怨隙。

三王围攻临淄时，齐王派路中大夫报告天子。天子又命令路中大夫还齐答复，告诉齐王"坚持防守，汉朝部队现在就要打败吴、楚了"。路中大夫到齐时，三国部队把临淄包围了好几层，没法进城。三国将领与路中大夫誓约说："你把原话反过来说，就说'汉朝已被打败了，齐立即投降三国，否则就要被屠杀'。"路中大夫许诺后，来到城下，看到齐王说："汉朝已派出一百万士兵，派太尉亚夫打败了吴、楚，正率领部队来救齐国。齐国一定要坚守，不要投降！"三国将领把路中大夫杀了。齐国起初受围攻很危急，暗地里与三国通使密谋，还没定约；正好路中大夫从汉朝来，齐国大臣就又劝齐王不要投降三国。恰好汉朝将领栾布、平阳侯等部队来到齐国，打败了三国部队。解除包围后，后来听说齐起初与三国有谋约，就想调遣部队讨伐齐国。齐孝王恐惧，喝毒药自杀了。

胶西、胶东、淄川王各自率部队回国。胶西王赤脚行走，在用禾秆编成的席子上坐卧，喝清水，以此向王太后请罪。胶西王太子刘德说："汉朝部队退兵，我看他们已经疲惫，可以袭击。希望收聚大王的残余部队袭击他们；倘若不能取胜，再逃到海上去也不晚啊。"胶西王说："我的士兵都已战败，无法再打了。"弓高侯韩颓当写信给胶西王说："我奉皇上命令诛杀不义的人，投降者赦免，免除他的罪孽，恢复原来的地位；不投降者就消灭他。大王如何自处？我得根据你的态度行事。"胶西王袒露上体，叩着头，到汉朝军营去通名求见说："我刘卬不能严谨遵守王法，惊吓了老百姓，因而劳苦将军远道来到贫穷的胶西国，我罪该菹醢，现在我冒昧请罪！"弓高侯手拿金鼓与胶西王见面，说："大王打仗辛苦了，我想听听大王发兵的情状。"胶西王以头叩地，跪着用膝盖行走，回答说："当今晁错是为天子手下当权的大臣，他更改高皇帝的法令，侵夺诸侯的封地。我们认为他不义，担心他毁坏扰乱天下。七国发兵是想要诛杀晁错，如今听说晁错已被杀掉，我们已恭恭敬敬地收兵回国了。”将军说：“大王如果认为晁错不好，就应该将此报告皇上，怎能没有诏命、虎符，擅自派兵攻打正义的诸侯国呢？从这一点来看，你们的意图不仅仅是想诛杀晁错啊。”于是拿出诏书，向胶西王读了，说：“大王你自己考虑处置吧。”胶西王说：“像我刘卬等人死有余辜！”于是就自杀了。胶西王太后、太子也都死了。胶东王、淄川王、济南王全都判处死刑。

郦将军部队到达赵国，赵王率部队回邯郸据城守御。郦寄攻打赵国，七个月都没能攻克。匈奴听说吴、楚失败了，也不愿意进入边境。栾布攻破齐国回去，会合郦寄部队引黄河水灌入赵城，城墙毁坏，赵王遂就自杀了。

景帝认为齐国开始表现不错，因为迫于威胁而参与谋反，不是他的罪过，下令立齐孝王太子刘寿，这就是齐懿王。

济北王也想自杀，希望因此而保全他的妻子儿女。齐人公孙獲对济北王说：“我请求试着替大王向梁王辩白解释，让他向天子转述心意。解释了没用，再死也不晚啊。”于是公孙獲拜见梁王说：“济北这一地方，东面与强大的齐国接壤，南面受吴、越牵制，北面遭燕、赵威胁。这是个四分五裂的国家，权谋不足以保护自己，力量不足以抵御敌军，又没有奇怪神灵可以抗御灾难，虽然因吴国的胁迫而失言，其实不是济北王的真正心意。原先要是济北王暴露了真情，显示出不服从的迹象，那么吴国必定会先越过齐国，了结济北，招引燕、赵两国并统领它们，要是这样，那么山东就结成紧密的联盟而无隙可乘了。如今吴王联合诸侯部队，驱使未受过训练的士众，向西与天子抗争，济北独自磨炼节操而不肯合流，使吴国失去同盟者，没了帮助的人，只好独自一步半步地向前进发，最终像瓦碎裂、土倒塌一样溃败灭亡而无可挽救，未必不是济北的功劳啊。以区区小国的济北，却与诸侯争斗逞强，是以羊羔、牛犊的孱弱去抵抗豺狼虎豹般的强敌啊。而今济北恪守职责，不屈不挠，可说是诚实专一了。这样的功劳节操，尚且被皇上怀疑，以致小心、恐惧到收缩肩膀、低垂眉眼，双脚重叠、按摸衣衿，要是因此而产生了后悔不和吴王一起谋反、不愿向前为汉朝出力的心理，这可是对国家没好处啊。我害怕藩臣中恪守职责的人因此而迷惑！我私下估计，能够跨越西山，经过长乐宫，到达未央宫，捋臂奋起而发出正义之论的，只有大王您了。您这么一做，在上有保全行将灭亡者的功劳，在下有安定老百姓的名声，您的恩德深入人们的骨髓，恩惠施于无穷。希望大王对此留心审察思考。”孝王非常高兴，派人迅速奔赴朝廷报告。济北王因而没有获罪，移封于淄川。

景帝想让吴王的堂弟刘德即哀侯刘广的儿子继承吴国的王位，让楚元王的儿子刘礼继承楚国王位。窦太后说：“吴王是年纪大的人了，应该使皇族里的人顺从亲善，如今却带头率领七国扰乱天下，为何还要让吴王之位在后世继续下去！”不许立吴王，只允许立楚王的后代。乙亥，移封淮阳王刘余为鲁王，汝南王刘非为江都王，在原来吴国土地上为王。立宗正刘礼为楚王，立皇子刘端为胶西王、刘胜为中山王。

四年。起初，吴、楚七国反叛，吴国使者到淮南，淮南王想派部队响应，他的丞相说：“大王一定要响应吴国，我愿意当将领。”淮南王就把兵权托付给了他。丞相统帅部队后，就据城守御，不听从淮南王而帮助汉朝。汉朝也派曲城侯带兵救助淮南，因此得以保全。

吴国使者到达庐江，庐江王不响应，却派使者和越往来。吴使者到达衡山，衡山王坚决守御，没有二心。等到吴、楚被打败后，衡山王进宫朝见。皇上认为他坚贞诚实，慰劳他，说“南方低洼潮湿”，迁移衡山王在济北为王，以此褒奖他。庐江王因为和越接壤，多次派使者与越相交往，迁为衡山王，分封在长江下游以北地区。

巫蛊之祸

在中国历史上，汉武帝是与秦始皇齐名的皇帝，人们常将秦皇汉武相提并论。汉武帝做过不少大事业：抗击匈奴，加强中央集权制度，罢黜百家、独尊儒术以建立思想统治；与此同时，专制独裁也就进一步强化。本篇所叙述的是这样一个事件：汉武帝怀疑有人用巫蛊暗害他，他的一个亲信就乘机对许多人大肆搜查和迫害，连皇后和太子也都成了被搜查和迫害的对象。太子为了保护自己，不得不动用了武力，结果太子失败，悲惨地死去，皇后也遭杀害。最后汉武帝发现太子受了冤枉，自己在心灵上也受到严重的创伤。

本篇通过"巫蛊之祸"事件的描述，从一个侧面揭露了封建专制独裁制度的罪恶与黑暗。全文记叙简洁，事件脉络清晰，有较强的可读性。

汉武帝太始三年。皇子弗陵生。弗陵母曰河间赵倢伃①，居钩弋宫②，任身十四月而生。上曰："闻昔尧十四月而生，今钩弋亦然。"乃命其所生门曰尧母门。……

赵人江充为水衡都尉③。初，充为赵敬肃王客，得罪于太子丹④，亡逃，诣阙告赵太子阴事，太子坐废。上召充入见。充容貌魁岸，被服轻靡，上奇之；与语政事，大悦，由是有宠，拜为直指绣衣使者⑤，使督察贵戚、近臣逾侈者。充举劾无所避，上以为忠直，所言皆中意。尝从上甘泉，逢太子家使乘车马行驰道中，充以属吏。太子

① 河间：国名，治所在今河北献县东南。倢伃：汉女官名，又作"婕妤"。 ② 钩弋宫：汉宫名，故址在今陕西西安西北。 ③ 水衡都尉：汉代官名，掌管上林苑，位列九卿。 ④ 得罪于太子丹：江充的妹妹嫁给赵太子丹，后来丹怀疑江充把自己的隐私告诉了赵敬肃王，就想逮捕他，被他逃脱，但其父兄却都被太子丹所杀。得罪于太子丹即指此。 ⑤ 直指绣衣使者：官名，负责讨奸猾、治大狱，一般多穿绣衣、持斧节，为皇帝特派的执法大吏。

闻之，使人谢充曰："非爱车马①，诚不欲令上闻之，以教敕无素者。唯江君宽之。"充不听，遂白奏。上曰："人臣当如是矣！"大见信用，威震京师。

征和元年夏，上居建章宫②，见一男子带剑入中龙华门，疑其异人，命收之。男子捐剑走，逐之弗获。上怒，斩门候③。冬十一月，发三辅骑士大搜上林④，闭长安城门，索十一日乃解⑤。巫蛊始起⑥。

丞相公孙贺夫人君孺，卫皇后姊也⑦，贺由是有宠。贺子敬声代父为太仆，骄奢不奉法，擅用北军钱千九百万⑧，发觉，下狱。是时诏捕阳陵大侠朱安世甚急⑨，贺自请逐捕安世以赎敬声罪，上许之。后果得安世，安世

---

① 非爱车马：当时法令，骑马乘车在驰道上行驶，定罪后要没收车马。所以太子在向江充求情时，特地说明他并不是爱惜车马，怕被没收。 ② 建章宫：汉宫名，位于未央宫西，故址在今陕西长安西。 ③ 门候：官名，掌宫门出入之禁。 ④ 三辅：汉武帝时以京兆尹、左冯（píng 屏）翊（yì 易）、右扶风三官同治京畿之地（相当于今陕西中部地区），这三个职官合称"三辅"；又长安近畿三辅所辖地区亦称三辅。 ⑤ 索十一日：指搜索上林苑共十一日。 ⑥ 巫蛊：古代迷信，称巫师使用邪术加祸于人为巫蛊。这里是指所谓的巫蛊事件。 ⑦ 卫皇后：汉武帝皇后。初为平阳公主歌女，武帝纳之，生太子据，立为后。 ⑧ 北军：汉代守卫京师的屯卫兵，因屯守长安城内北部，故称。 ⑨ 阳陵：县名，治所在今陕西咸阳东北。

笑曰："丞相祸及宗矣！"遂从狱中上书，告"敬声与阳石公主私通①。上且上甘泉，使巫当驰道埋偶人，祝诅上，有恶言。"

二年春正月，下贺狱，案验，父子死狱中，家族。

闰四月，诸邑公主、阳石公主及皇后弟子长平侯伉皆坐巫蛊诛②。

初，上年二十九乃生戾太子③，甚爱之。及长，性仁恕温谨，上嫌其材能少，不类己；而所幸王夫人生子闳，李姬生子旦、胥，李夫人生子髆，皇后、太子宠寖衰，常有不自安之意。上觉之，谓大将军青曰④："汉家庶事草创，加四夷侵陵中国，朕不变更制度，后世无法；不出师征伐，天下不安。为此者，不得不劳民。若后世又如朕所为，是袭亡秦之迹也。太子敦重好静，必能安天下，不使朕忧。欲求守文之主，安有贤于太子者乎！闻皇后与太子有不安之意，岂有之邪？可以意晓之。"大将军顿首谢。皇后闻之，脱簪请罪。太子每谏征伐四夷，上笑曰："吾当其劳，以逸遗汝，不亦可乎？"

---

① 阳石公主：武帝与卫皇后的女儿；封地阳石县，治所在今山东掖县南。 ② 诸邑公主：武帝与卫皇后的女儿；封地诸县，治所在今山东诸城西南。长平侯：即卫皇后弟弟卫青之子卫伉；封地长平，治所在今河南西华东北。 ③ 戾太子：名据，"戾"为谥号。 ④ 青：即卫青，卫皇后同母弟。

上每行幸，常以后事付太子，宫内付皇后。有所平决，还，白其最，上亦无异，有时不省也。上用法严，多任深刻吏。太子宽厚，多所平反，虽得百姓心，而用法大臣皆不悦。皇后恐久获罪，每戒太子："宜留取上意，不应擅有所纵舍。"上闻之，是太子而非皇后。群臣宽厚长者皆附太子①，而深酷用法者皆毁之。邪臣多党与，故太子誉少而毁多。卫青薨后，臣下无复外家为据，竞欲构太子。

上与诸子疏，皇后希得见。太子尝谒皇后，移日乃出②。黄门苏文告上曰③："太子与宫人戏。"上益太子宫人满二百人。太子后知之，心衔文。文与小黄门常融、王弼等常微伺太子过，辄增加白之。皇后切齿，使太子白诛文等。太子曰："第勿为过，何畏文等？上聪明，不信邪佞，不足忧也。"上尝小不平，使常融召太子，融言"太子有喜色"，上嘿然。及太子至，上察其貌有涕泣处，而佯语笑，上怪之；更微问，知其情，乃诛融。皇后亦善自防闲，避嫌疑，虽久无宠，尚被礼遇。

是时，方士及诸神巫多聚京师，率皆左道惑众，变幻

① 长者：有德行的人。 ② 移日：日影移动，指时间长久。
③ 黄门：古代宫门为黄色，故称在宫禁内供事的太监为黄门。

无所不为。女巫往来宫中,教美人度厄①,每屋辄埋木人祭祀之;因妬忌恚詈,更相告讦,以为祝诅上,无道。上怒,所杀后宫延及大臣,死者数百人。上心既以为疑,尝昼寝,梦木人数千持杖欲击上,上惊寤,因是体不平,遂苦忽忽善忘。江充自以与太子及卫氏有隙,见上年老,恐晏驾后为太子所诛,因是为奸,言上疾祟在巫蛊。于是上以为使者,治巫蛊狱。充将胡巫掘地求偶人,捕蛊及夜祠、视鬼②,染汙令有处③,辄收捕验治,烧铁钳灼,强服之;民转相诬以巫蛊,吏辄劾以大逆无道。自京师、三辅连及郡国,坐而死者前后数万人。

是时,上春秋高,疑左右皆为蛊祝诅,有与无,莫敢讼其冤者。充既知上意,因胡巫檀何言:"宫中有蛊气,不除之,上终不差。"上乃使充入宫,至省中,坏御座,掘地求蛊。又使按道侯韩说、御史章赣、黄门苏文等助充。充先治后宫希幸夫人,以次及皇后、太子宫,掘地纵横,太子、皇后无复施床处。充云:"于太子宫得木人尤多,又有帛书,所言不道;当奏闻。"太子惧,问少傅石德。德惧为师傅并诛,因谓太子曰:"前丞相父子、两公主及卫

① 美人:汉妃嫔的称号。 ② 视鬼:见到鬼魂;这里指能见鬼的人。古时迷信,有人自称能见到鬼魂,借以招摇撞骗。③ 染汙:指用酒把地上弄脏,目的是伪造祭祀现场。处:这里指祠祭之处,也即祠祭的现场。

氏皆坐此，今巫与使者掘地得征验，不知巫置之邪，将实有也，无以自明。可矫以节收捕充等系狱①，穷治其奸诈。且上疾在甘泉，皇后及家吏请问皆不报。上存亡未可知，而奸臣如此，太子将不念秦扶苏事邪?”太子曰：“吾人子，安得擅诛？不如归谢，幸得无罪。”太子将往之甘泉，而江充持太子甚急，太子计不知所出，遂从石德计。秋七月壬午，太子使客诈为使者收捕充等。按道侯说疑使者有诈，不肯受诏，客格杀说。太子自临斩充，骂曰：“赵虏！前乱乃国王父子不足邪？乃复乱吾父子也!”又炙胡巫上林中。

太子使舍人无且持节夜入未央宫殿长秋门②，因长御倚华具白皇后③，发中厩车载射士④，出武库兵，发长乐宫卫卒。长安扰乱，言太子反。苏文迸走，得亡归甘泉，说太子无状⑤。上曰：“太子必惧，又忿充等，故有此变。”乃使使召太子。使者不敢进，归报云：“太子反已成，欲斩臣，臣逃归。”上大怒。丞相屈氂闻变⑥，挺身逃，亡其印绶，使长史乘疾置以闻⑦。上问：“丞相何为?”对曰：“丞相秘之，未敢发兵。”上怒曰：“事籍籍如此，何谓

① 节：符节，古代使臣持以示信之物。 ② 舍人：官名，为太子属官。 ③ 长御：女官名，相当于侍中。 ④ 中厩：皇宫里安置车马的地方。 ⑤ 无状：罪恶深重，无可言状。 ⑥ 氂(máo)：读作“毛”。 ⑦ 疾置：置，所置驿车；疾置，即急传，快速的传车。

秘也！丞相无周公之风矣①，周公不诛管、蔡乎②？”乃赐丞相玺书曰：“捕斩反者，自有赏罚③。以牛车为橹④，毋接短兵，多杀伤士众。坚闭城门，毋令反者得出。”

太子宣言告令百官云：“帝在甘泉病困，疑有变，奸臣欲作乱。”上于是从甘泉来，幸城西建章宫，诏发三辅近县兵，部中二千石以下，丞相兼将之。太子亦遣使者矫制赦长安中都官囚徒⑤，命少傅石德及宾客张光等分将。使长安囚如侯持节发长水及宣曲胡骑⑥，皆以装会。侍郎马通使长安，因追捕如侯，告胡人曰：“节有诈，勿听也！”遂斩如侯，引骑入长安，又发楫棹士以予大鸿胪商丘成⑦。初，汉节纯赤，以太子持赤节，故更为黄旄加上以相别⑧。

---

① 周公：周武王弟，辅武王伐纣；武王死，成王幼，又摄政辅成王。 ② 管、蔡：即管叔鲜与蔡叔度，皆为武王之弟，曾挟纣子反叛，被周公讨平。 ③ 自有赏罚：自然有赏有罚。这是一句含蓄的话，意为你们如努力去镇压，自然有赏，如果消极退缩，自要严加惩处。 ④ 橹：大盾牌。这里是指交战时的隐蔽身体之物。 ⑤ 中都官：汉代称京师诸官府为中都官。 ⑥ 长水：乡名，在今陕西户县东。宣曲：地名，在今陕西西安西南。两地皆胡人骑兵的营地。 ⑦ 楫棹士：楫为短桨，棹为长桨，均为划船工具；楫棹士指船工。大鸿胪：官名，掌管接待宾客的事。 ⑧ 黄旄：旄即旄牛尾，黄旄指竿顶饰以旄牛尾的黄色旗帜。

太子立车北军南门外，召护北军使者任安，与节，令发兵。安拜受节，入，闭门不出。太子引兵去，驱四市人凡数万众①，至长乐西阙下，逢丞相军，合战五日，死者数万人，血流入沟中。民间皆云太子反，以故众不附太子，丞相附兵浸多。

庚寅，太子兵败，南奔覆盎城门②。司直田仁部闭城门③，以为太子父子之亲，不欲急之，太子由是得出亡。丞相欲斩仁，御史大夫暴胜之谓丞相曰："司直，吏二千石，当先请，奈何擅斩之！"丞相释仁。上闻而大怒，下吏责问御史大夫曰："司直纵反者，丞相斩之，法也，大夫何以擅止之？"胜之惶恐，自杀。诏遣宗正刘长、执金吾刘敢奉策收皇后玺绶④，后自杀。上以为任安老吏，见兵事起，欲坐观成败，见胜者合从之，有两心，与田仁皆要斩。上以马通获如侯，长安男子景建从通获石德，商丘成力

① 四市：即长安城按方位分成的东、西、南、北四个市。② 覆盎城门：又称杜门，是长安城南面东头第一门，在长乐宫边上。③ 司直：官名，负责协助丞相检举违法行为。④ 执金吾：官名，即秦朝及汉初的中尉，主要负责京师治安。玺：在汉代，皇帝和皇后的印章都称玺。绶：即丝带。古代印章上常系以彩色的丝带，故称皇帝的印章为玺绶。

战获张光，封通为重合侯[1]，建为德侯[2]，成为秺侯[3]。诸太子宾客尝出入宫门，皆坐诛。其随太子发兵，以反法族。吏士劫略者皆徙敦煌郡[4]。以太子在外，始置屯兵长安诸城门。

……

太子亡，东至湖[5]，藏匿泉鸠里[6]。主人家贫，常卖屦以给太子。太子有故人在湖，闻其富赡，使人呼之而发觉。八月辛亥，吏围捕太子。太子自度不得脱，即入室距户自经。山阳男子张富昌为卒[7]，足蹋开户；新安令史李寿趋抱解太子[8]。主人公遂格斗死，皇孙二人皆并遇害。上既伤太子，乃封李寿为邘侯[9]，张富昌为题侯[10]。

初，上为太子立博望苑[11]，使通宾客，从其所好，故宾

---

① 重合侯：封地重合县，治所在今山东乐陵西北。② 德侯：封地鬲县，治所在今山东平原北。③ 秺(dù 妒)侯：封地秺县，治所在今山东成武西北。④ 敦煌郡：郡名，治所在今甘肃敦煌西。⑤ 湖：县名，治所在今河南灵宝西北。⑥ 泉鸠里：地名，在当时湖县西部。⑦ 山阳：县名，治所在今河南焦作东南。⑧ 新安：县名，治所在今河南渑池东。令史：汉代为郎以下掌文书的官职。⑨ 邘(yú 于)侯：封地河内野王县，治所即今河南沁阳。⑩ 题侯：封地巨鹿，治所在今河北平乡。⑪ 博望苑：在今陕西西安西北。

客多以异端进者①。

三年九月，吏民以巫蛊相告言者，案验多不实，上颇知太子惶恐无他意，会高寝郎田千秋上急变②，讼太子冤，曰："子弄父兵，罪当笞③。天子之子过误杀人，当何罪哉！臣尝梦见一白头翁教臣言。"上乃大感寤，召见千秋谓曰："父子之间，人所难言也，公独明其不然。此高庙神灵使公教我④，公当遂为吾辅佐。"立拜千秋为大鸿胪。而族灭江充家；焚苏文于横桥上⑤；及泉鸠里加兵刃于太子者，初为北地太守，后族。上怜太子无辜，乃作思子宫⑥，为归来望思之台于湖⑦，天下闻而悲之。

……

【翻译】

汉武帝太始三年（前94）。皇子弗陵出生。弗陵的

---

① 异端：古代儒家对儒家以外的学说、学派的称谓。② 高寝郎：官名，负责直宿守卫汉高祖陵寝。上急变：汉朝制度，臣民向朝廷上告谋反之类的紧急情况，称为"上变"；上告非常紧急的情况，称为"上急变"。这里是说，田千秋以"上急变"的名义上奏疏，而其奏疏实是为太子鸣冤。 ③ 笞：古代五刑之一，即用竹板或荆条打人背部或臀部。 ④ 高庙：奉祀汉高祖的庙。 ⑤ 横桥：即长安城横门外的渭桥，在今陕西咸阳东北秦咸阳城南渭河上。 ⑥ 思子宫：宫名，在今河南灵宝北。 ⑦ 归来望思之台：在今河南灵宝。

母亲是河间人赵倢伃，住在钩弋宫，怀孕十四月才生。皇上说："听说从前尧帝十四个月才生，如今钩弋宫的皇子也这样。"于是命名皇子所出生的宫门为尧母门。

……

赵人江充当了水衡都尉。起初，江充是赵敬肃王的宾客，因触犯赵太子丹而获罪，逃出赵国，到皇帝的宫阙去告发赵国太子的隐私，太子获罪被废除。皇上叫江充进朝廷相见，江充容貌魁梧，衣着轻细靡丽，皇上对他有好感；和他谈论政事，非常喜悦，因此得宠，授官为直指绣衣使者，让他监督察访君主内外亲属和君主亲近的大臣中过分奢侈的人。江充检举弹劾毫无顾忌，皇上认为他忠诚正直，所说的话都合自己心意。曾经随皇上去甘泉，遇见太子宫里的使者乘着车马在驰道上行走，江充把他交付法官。太子听说这事，派人向江充道歉说："我不是爱惜车马，实在是不想让皇上听到这件事，认为我平素不教诲训诫左右。希望江君宽恕他。"江充不听从，于是禀告上奏。皇上说："臣下应当这样啊！"江充从此大受信任重用，威名震动京师。

征和元年（前92）夏，皇上住在建章宫，看到一个男子带着剑进入中龙华门，怀疑他是有异谋的人，下令把他抓起来。男子扔下剑就逃，追逐他却没捕获。皇上发怒，把门候杀了。冬十一月，调发三辅的骑兵大规模搜索上林苑，并把长安城门关闭起来，搜索十一天才结束。巫蛊事件开始兴起。

丞相公孙贺的夫人君孺是卫皇后的姐姐，公孙贺因此得宠。公孙贺的儿子敬声代替父亲当太仆，骄横奢侈，不遵守法律，擅自动用北军的钱一千九百万，被发觉后，进了监狱。这时皇帝下令捕捉阳陵大侠朱安世很急，公孙贺自己请求追捕安世来替敬声赎罪，皇上答应了。后来果真抓住了安世，安世笑道："丞相灾祸延及宗族了！"就从监狱中上书，告发"敬声与阳石公主私通。皇上即将上甘泉，他们派巫师在驰道当中掩埋木偶人，并诅咒皇上，有很恶毒的诅咒之语"。

二年春正月，把公孙贺投入监狱，审讯核实，父子俩死于狱中，全家人都族诛。

闰四月，诸邑公主、阳石公主以及皇后弟弟的儿子长平侯卫伉都因巫蛊而获罪被杀。

起初，皇上二十九岁才生下戾太子，非常喜爱他。等到长大后，性格仁慈宽容、温和谨慎，皇上嫌他才能不高，不像自己，而且所宠幸的王夫人生了儿子闳，李姬生了儿子旦、胥，李夫人生了儿子髆，对皇后、太子的宠爱就逐渐衰弱，他们自己常常有不安全的感觉。皇上觉察后，对大将军卫青说："汉朝众事刚刚创立，加上四方夷族侵略中国，我要是不改变制度，后代就没有法则可循；

不出兵征讨，天下就不安定。因为这缘故，不得不劳苦百姓。假如后世还像我这样做，是重走秦国灭亡的老路啊。太子敦厚稳重、喜欢清静，必定能安定天下，不让我担忧。要寻求遵守成法的君主，哪里还有比太子贤明的人啊！听说皇后与太子有不安之感，难道真有这么回事吗？你可以把我的意思告诉他们。”大将军叩头感谢。皇后听说后，脱去头饰以自责请罪。太子常常劝阻武帝征讨四方夷族，皇上笑道：“我担当这一劳苦，把安逸留给你，不也挺好吗？”

皇上每次外出巡幸，总是把后方的事托付给太子，把皇宫里的事交给皇后。在这期间，他们对事情有所衡量决断，等皇上回来后，报告个大致情况，皇上也没有异议，根本不加省察。皇上用法严厉，多任用严峻刻薄的官吏。太子宽容厚道，对原先的判决多所平反，虽然老百姓心里满意，可执法大臣都不高兴。皇后害怕长期这样会得罪，常常告诫太子：“应该把事情留下来等皇上裁决，不该擅自将一些人释放减罪。”皇上听说后，肯定太子而否定皇后。众大臣中宽容厚道的长者都归附太子，而严酷用法的人都诋毁他。奸臣的党羽多，所以对太子赞誉少而诋毁多。卫青去世后，臣下因为太子不再有外家作依靠，争着想设法陷害太子。

皇上跟各个儿子都颇疏远，皇后很少能见到皇帝。

太子曾经拜见皇后，时间较长才出来。黄门苏文报告皇上说："太子与宫女嬉乐。"皇上把太子的宫女增加满二百人。太子后来知道这事，心里记恨苏文。苏文与小太监常融、王弼等常常暗中窥伺太子的过失，就添油加醋地告诉皇上。皇后恨得咬牙切齿，叫太子禀告皇上把苏文等人杀了。太子说："只要不做错事，为什么要害怕苏文等人呢？皇上聪明，不相信奸邪巧语，用不着担心啊。"皇上曾经身体有些不舒服，派常融去叫太子，常融说"太子显出喜悦的神色"，皇上默然无言。等太子来到后，皇上察觉他的脸上有流过眼泪的痕迹，却装得谈笑如常，皇上对此感到奇怪；又婉转地探问，知道了他的心情，于是杀了常融。皇后也善于自加防备，躲避嫌疑，虽然长期不得宠，但还受到礼遇。

这时，方士及众神巫大多在京师里聚集，大致都是以邪道来迷惑众人，变化怪幻之事无所不为。女巫在皇宫里来去，教美人逃脱厄运之法，就在每个屋子里掩埋木头人并祭祀它；因为妬忌怨骂，美人们互相揭发攻击，说那种埋木头人祭祀的行为是在用邪法诅咒皇上，大逆不道。皇上发怒，所杀害的后宫嫔妃和被连及的大臣，死掉的共几百人。皇上心里既已为此产生了疑惧，有一次白天睡觉，就梦见几千个木头人拿着木杖想击打皇上，皇上吓醒过来，身体便不舒服，于是患了恍惚易忘的病。江充自以为与太子及卫氏有怨隙,看到皇上年纪老了,害怕皇帝死后被太子所杀,就乘此行使奸谋,说皇上的病是巫蛊作祟。于是皇上叫江充当使者,处理巫蛊这个案子。江充带领胡巫挖地寻找木头人,捕捉蛊虫以及夜里祭祀和见鬼的人,他派胡巫用酒汙染地上,使之有祠祭现场,然后就把人逮捕拷问,用烧过的铁将人钳夹或烫灼,强迫他们服罪。平民转而用巫蛊互相诬告,官吏就判处他们的大逆不道。从京师、三辅连及郡和国,获罪而死的前后有好几万人。

这时,皇上年纪大了,怀疑左右的人都在用蛊和诅咒;不管他们有没有这样的行为,都没有人敢为他们伸冤。江充已知皇上的心意,就借胡巫檀何说:“皇宫里有蛊气,不消除它,皇上终究不会痊愈。”皇上于是派江充进入皇宫,到宫禁之内,毁坏皇帝的座席,挖地寻蛊。又派按道侯韩说、御史章赣、黄门苏文等协助江充。江充先整治后宫里极少有机会陪侍皇帝的夫人,按着这个顺序搜到了皇后与太子的宫室,在地上挖得纵横交错,太子和皇后连放床的地方都没有了。江充说:“在太子宫室里挖到木头人更多,还有在帛上写的文字,所写的话大逆不道;应当奏告皇上。”太子恐惧,询问少傅石德。石德害怕当师傅的一起被杀,因而对太子说:“先前丞相父子、两位公主以及卫氏都以此获罪,如今巫师与使者挖地获得证据，不知是巫师放进去的呢，还是真的有，自己没法辩明。可以假托诏命用符节拘捕江充等人囚禁于牢狱，彻底审究他们的奸诈。而且皇上生病住在甘泉宫，皇后以及太子的官属的请示都不答复；皇上生死不得而知，而奸臣这样横行，太子难道不考虑秦朝扶苏的事件吗？”太子说：“我是儿子，怎么能擅自诛杀？不如返归谢罪，希望能够不获罪。”太子准备到甘泉宫去，可江充要挟太子很急；太子不知如何办才好，于是听从了石德的计策。秋七月壬午，太子让宾客假扮皇帝使者拘捕江充等。按道侯韩说怀疑使者是假的，不肯接受诏命，宾客就击杀了韩说。太子亲自到场监斩江充，骂道：“赵虏！从前惑乱你们赵国的国王父子还不够吗？还要再来惑乱我们父子吗！”又在上林苑烧炙胡巫。

太子派舍人无且拿着符节连夜进入未央宫殿的长秋门，通过长御倚华把事情经过全都告诉皇后，调发天子内厩的车辆载上弓箭手，拿出武库的兵器，调发长乐宫的卫兵。长安城里骚乱，说太子造反。苏文拼命逃跑，得以逃回甘泉宫，诉说太子罪恶深重，其情状不堪言说。皇上说：“太子一定心里害怕，又不满江充等人，所以有这种变故。”就派使者去叫太子。使者不敢进前，回来报告说：“太子造反已成定局，他想杀我，我逃回来了。”皇上大怒。丞相刘屈氂听说这一事变，拔身而逃，遗失了他的官印,派长史乘上快速的传车把这件事告诉武帝。皇上问道:“丞相在干什么?”回答说:“丞相正在把这事掩盖起来,使它成为只有个别人才知道的秘密,因而不敢发兵讨伐。”皇上怒道:“事情这样纷扰,还说什么秘密!丞相没有周公的风度,周公不也杀了管叔鲜和蔡叔度吗!”于是赐给丞相用皇帝印章封记的信说:“捕杀反叛者,自然要奖赏一些人,惩罚一些人。捕杀时用牛车作为掩体,不要短兵相接,以致多杀伤士兵。牢牢关闭城门,不要让反叛者得以出城。”

太子扬言并告诉众官员说:“皇帝在甘泉宫患病甚重,我怀疑现已有了变故,奸臣想要作乱。”皇上于是从甘泉宫来,亲临城西的建章宫,下令发动三辅附近郊县的部队,军队中俸禄在二千石以下的官吏都由丞相统带。太子也派使者假托朝命赦免长安城里各官府的囚犯,命少傅石德和宾客张光等分别统领。派长安囚犯如侯拿着符节去调遣长水、宣曲的胡人骑兵,都装备好以后会合。侍郎马通出使长安,因而追捕如侯,告诉胡人说:“符节是假的,不要听从啊!”于是杀了如侯,带领骑兵进入长安,又调发楫棹士交给大鸿胪商丘成。起初,汉朝符节是纯粹的红色,因为太子拿着红色的符节,所以改为在上面加上黄色的旄以互相区别。

太子在北军南门外停车,召见护北军使者任安,给予符节，叫他发兵。任安先向太子跪拜，再接受符节；但进去后就关上军门不出来。太子带着部队离去，驱使四市大约几万的人众，到达长乐西阙下，遇到丞相的部队，交战了五天，死了几万人，鲜血流进街侧的沟里。民间都说太子造反了，所以民众不归附太子，归附丞相的士兵逐渐多起来。

庚寅，太子的部队战败，向南逃到覆盎城门。司直田仁负责关闭城门之事，认为太子与皇上是父子之亲，不想紧逼他，太子因此得以逃出城外。丞相想杀了田仁，御史大夫暴胜之对丞相说："司直是俸禄二千石的官吏，应当先请示皇帝，怎么能擅自把他杀了！"丞相就放了田仁。皇上听说后大怒，把御史大夫交给法官审讯，责问道："司直把反叛者放了，丞相要杀他，是依法行事，大夫为什么要擅自制止丞相？"胜之恐惧自杀。下令派宗正刘长、执金吾刘敢拿着策书去没收皇后的印章，皇后自杀。皇上认为任安是资格老的官吏，看到战事兴起，想坐着看是成功还是失败，看到哪一方胜利了就与哪一方联合而随从他，怀有异心。因而与田仁都拦腰斩杀。皇上因为马通捕获如侯，长安男子景建跟从马通而捕获石德，商丘成奋力作战捕获张光，封马通为重合侯，景建为德侯，商丘成为秺侯。太子的众宾客曾经出入宫门的，都获罪处死。那些跟随太子起兵的人，根据反叛的法律灭杀整个家族。被太子胁迫而参与反叛的官吏士兵都迁徙到敦煌去。因为太子在城外,才安置士兵驻守长安各城门。

……

太子出逃后,向东到达湖县,躲藏在泉鸠里。隐藏他的那家主人家里贫穷,常常卖鞋来供养太子。太子有老朋友在湖县,听说他富裕,派人去叫他,从而被发觉。八月辛亥,官吏包围捕捉太子。太子自己估计不能脱身,就进内室关上门上吊。山阳男子张富昌充当役差,用脚踢开门;新安令史李寿快步上前抱下太子并解开绳索。主人于是搏斗而死,两个皇孙都一起遇害。皇上既已为太子悲伤,就封李寿为邘侯,张富昌为题侯。

起初,皇上为太子建立博望苑,让他与宾客交往,顺从他的爱好,所以宾客中以异端进身的颇多。

三年九月,吏民以巫蛊事相互告发的案件,经查讯检验后大多不是事实,皇上由此也有些明白太子是由于惶恐才发兵的,并不是真的曾用巫蛊来害过自己。正好高寝郎田千秋以“上急变”的名义上疏,为太子伸冤说:“儿子动用父亲的军队,罪该受笞刑。天子的儿子过失杀人,该当什么罪啊!以上的这几句话,是我曾在梦中见到的一个白发老翁教我向您说的。”皇上于是彻底感悟,召见田千秋,对他说:“父子之间的事,别人很难于进言，只有你能向我说明实际情况不是如此。这是高祖的神灵叫你来教导我的，你应该因此成为我的辅弼大臣。”立即任命千秋为大鸿胪，并且把江充的整个家族都诛灭了，把苏文烧死在横桥上；至于在泉鸠里把兵刃加于太子身上的人，起初被任命为北地太守，后来诛灭整个家族。皇上怜惜太子无罪，于是建造思子宫，在湖县作归来望思之台，天下人听说后都为此感到悲哀。

诸葛亮出师

诸葛亮是一个被小说、戏曲神化了的人物。许多人虽对他很熟悉，但也不免存在一些误解。本篇所显示的，却是一个比较接近真实的诸葛亮。

本文不仅生动地表现了他的杰出才能。同时也指出了诸葛亮所犯的错误，尤其是他军事谋略上的失误和用人不当，导致了北伐中原的失败。形象地再现了诸葛亮的本来面目：他是一个杰出的政治家和军事家，但也不可避免地有其自身弱点。他是人而不是半神半人的怪物。

魏文帝黄初四年春三月①，汉主病笃②，命丞相亮辅太子，以尚书令李严为副③。汉主谓亮曰："君才十倍曹丕，必能安国，终定大事。若嗣子可辅④，辅之；如其不才，君可自取。"亮涕泣曰："臣敢不竭股肱之力⑤，效忠贞之节，继之以死！"……

夏四月癸巳，汉主殂于永安⑥，谥曰昭烈。丞相亮奉丧还成都⑦，以李严为中都护⑧，留镇永安⑨。五月，太子禅即位，时年十七。尊皇后曰皇太后，大赦，改元建兴⑩。

① 魏文帝：东汉末魏王曹操长子，名丕。操死，袭位为魏王，公元220年代汉称帝，建都洛阳，占有今淮河两岸以北的中原地区和秦岭以北的关中、陇右、河西地区，西达新疆，东抵朝鲜半岛西北部。 ② 汉主：蜀汉之主刘备。曹丕称帝后，刘备在成都称帝，国号汉，史称蜀汉，占有今四川、云南、贵州大部，陕西汉中和甘肃白龙江流域的一部分。 ③ 尚书令：官名，原为少府属官，掌管章奏文书；东汉后成为直接对君主负责、总揽一切政令的尚书省长官。 ④ 嗣子：作为继承者的嫡长子。 ⑤ 股肱(gōng 工)：股为大腿，肱为手臂；此处比喻辅佐君主的大臣。 ⑥ 殂(cú 粗阳平)：死亡。永安：宫名，在今重庆奉节城东。 ⑦ 成都：县名，治所即今四川成都；当时为蜀汉国都。 ⑧ 中都护：官名，负责守卫京城。 ⑨ 永安：县名，治所即今重庆奉节东白帝城。 ⑩ 建兴：为蜀汉的年号。

封丞相亮为武乡侯①,领益州牧②。政事无巨细,咸决于亮。

……

七年春正月,汉丞相亮欲出军汉中③,前将军李严当知后事④,移屯江州⑤,留护军陈到驻永安而统属于严⑥。

明帝太和元年春三月⑦,蜀丞相亮率诸军北驻汉中,使长史张裔、参军蒋琬统留府事⑧。……遂行,屯于沔北阳平石马⑨。

……

帝闻诸葛亮在汉中,欲大发兵就攻之,以问散骑常侍孙资⑩。资曰:"……今若进军就南郑讨亮⑪,道既险

---

① 武乡侯:封地武乡,在今陕西汉中西北褒城东。② 益州:州名,治所在今四川成都。牧:官名,负责统领一州军政。③ 汉中:郡名,治所在今陕西汉中。④ 前将军:官名,自汉代起,将军名号繁多,并为以后几个朝代沿袭,前将军即为其中的一种。⑤ 江州:县名,治所在今重庆。⑥ 护军:官名,掌武官的选用。⑦ 明帝:曹丕长子,名叡。⑧ 长史:官名,三国时丞相等府的属官。参军:官名,丞相属官,负责参谋军务。⑨ 沔(miǎn 免):水名,即今汉江及其北源陕西留坝西沮水。阳平:关名,在今陕西勉县西。石马:城名,在今陕西勉县西。⑩ 散骑常侍:官名,负责在皇帝左右规谏过失,以备顾问。⑪ 南郑:县名,治所在今陕西汉中东,当时为汉中郡的治所。

阻，计用精兵及转运、镇守、南方四州遏御水贼①，凡用十五六万人，必当复更有所发兴②，天下骚动，费力广大，此诚陛下所宜深虑。夫守战之力，力役参倍③。但以今日见兵④，分命大将据诸要险，威足以震慑强寇，镇静疆场。将士虎睡，百姓无事，数年之间，中国日盛，吴、蜀二虏必自罢敝⑤。”帝乃止。

六月，以司马懿都督荆、豫州诸军事⑥，率所领镇宛⑦。

初，孟达既为文帝所宠⑧，又与桓阶、夏侯尚亲

---

① 转运：运输，指运输粮草等军用物资。镇守：指镇守在讨伐诸葛亮的军事活动中所获得的土地。因随着作战部队的向前推进，夺得对方的土地日多，用于镇守的兵力也就必须不断增加。四州：指荆、徐、扬、豫四个州。水贼：指吴国的军队。② 发兴：征发，包括人力和财力两个方面。“兴”也是“发”的意思。③ 力役：包括精兵、转运等各种人力。参：交相。参倍：相倍。④ 见（xiàn 现）：同“现”，即现成，现有。⑤ 吴：三国之一，公元 229 年由孙权建立，首都建业（今江苏南京），占有今长江中下游，南至福建、两广以及越南北部和中部。当时三国鼎立，魏称自己为“中国”以示正统，而贬称吴、蜀二国为“虏”。⑥ 都督荆、豫州诸军事：荆、豫州各部队的最高统帅。魏文帝时开始设置都督诸州军事之官，其后沿用颇久。⑦ 宛（yuān 冤）：县名，治所在今河南南阳。⑧ 孟达：原为蜀汉宜都太守，后避罪降魏，被任命为散骑常侍；此时为新城太守。

善①。及文帝殂，阶、尚皆卒，达心不自安。诸葛亮闻而诱之，达数与通书，阴许归蜀。达与魏兴太守申仪有隙②，仪密表告之。达闻之，惶惧，欲举兵叛。司马懿以书慰解之，达犹豫未决，懿乃潜军进讨。诸将言："达与吴、汉交通，宜观望而后动③。"懿曰："达无信义，此其相疑之时也④，当及其未定促决之。"乃倍道兼行，八日到其城下。吴、汉各遣偏将向西城安桥、木兰塞以救达⑤，懿分诸将以距之。初，达与亮书曰："宛去洛八百里⑥，去吾一千二百里。闻吾举事，当表上天子，比相反覆，一月间也，则吾城已固，诸军足办。吾所在深险，司马公必不自来；诸将来，吾无虑矣。"及兵到，达又告亮曰："吾举事八

---

① 桓阶：魏文帝时任尚书令、侍中，封安东乡侯。夏侯尚：魏文帝时官至征南将军、荆州刺史，封平陵乡侯。两人皆得文帝信用。 ② 魏兴：郡名，治所在今陕西安康西北。太守：官名，掌管一郡的政事。 ③"达与"二句：意思是说，孟达既与吴、蜀二国都有交往，那么，他对自己今后的去向（投蜀还是投吴）尚未确定，现在不会立即行动，因而司马懿现在就去讨伐他是否合适？ ④ 相疑：指孟达与吴、蜀相互怀疑。因孟达没有信义，所以吴、蜀都怕自己到头来吃亏上当。孟达之怀疑吴、蜀，则是怕投降后不被重用，甚至在投降过程中就将自己吃掉。 ⑤ 偏将：偏师之将，即非主力部队的将领。西城：县名，治所在今陕西安康西北。安桥：属西城。木兰塞：在今陕西旬阳汉江北岸。 ⑥ 洛：即魏国首都洛阳。

日，而兵至城下，何其神速也！”

二年春正月，司马懿攻新城①，旬有六日②，拔之，斩孟达。……

诸葛亮将入寇，与群下谋之。丞相司马魏延曰③：“闻夏侯楙④，主婿也，怯而无谋。今假延精兵五千，负粮五千，直从褒中出⑤，循秦岭而东⑥，当子午而北⑦，不过十日，可到长安。楙闻延奄至，必弃城逃走，长安中惟御史、京兆太守耳⑧。横门邸阁与散民之谷⑨，足周食也⑩。比东方相合聚，尚二十许日，而公从斜谷来⑪，亦足以达。如此，则一举而咸阳以西可定矣。”亮以为此危计，不如安从坦道，可以平取陇右⑫，十全必克而无虞，故不用

① 新城：郡名，治所在今湖北房县。 ② 旬：十天为一旬。 ③ 丞相司马：官名，为丞相的属官，专管兵事。 ④ 夏侯楙（mào茂）：魏武帝时大将夏侯渊之子，娶曹操之女清河公主为妻；当时为安西将军，镇守长安。 ⑤ 褒中：县名，治所在今陕西汉中西北。 ⑥ 秦岭：这里指终南山，在今陕西西安南。 ⑦ 子午：山谷名，在今陕西长安子午镇南秦岭山中；为川陕间的交通要道。 ⑧ 京兆太守：指长安太守，长安为汉朝首都，其太守称为京兆尹。 ⑨ 横门：长安城北西侧第一门。邸阁：囤积军粮物资的地方。 ⑩ 周：同“赒”，供给补充。 ⑪ 斜谷：山谷名，在今陕西眉县西南，为古代川陕间的通道。 ⑫ 陇右：泛指陇山以西地区，约当今甘肃陇山、六盘山以西和黄河以东一带。

延计。

亮扬声由斜谷道取郿[①]，使镇东将军赵云、扬武将军邓芝为疑军[②]，据箕谷[③]。帝遣曹真都督关右诸军[④]，军郿。亮身率大军攻祁山[⑤]，戎陈整齐，号令明肃。始，魏以汉昭烈既死，数岁寂然无闻，是以略无备豫，而卒闻亮出，朝野恐惧。于是天水、南安、安定皆叛应亮[⑥]，关中响震，朝臣未知计所出。帝曰："亮阻山为固，今者自来，正合兵书'致人'之术[⑦]，破亮必也。"乃勒兵马步骑五万，遣右将军张郃督之[⑧]，西拒亮。丁未，帝行如长安。

初，越嶲太守马谡[⑨]，才器过人，好论军计，诸葛亮深加器异。汉昭烈临终谓亮曰："马谡言过其实，不可大用，君其察之。"亮犹谓不然，以谡为参军，每引见谈论，

---

① 郿：县名，治所在今陕西眉县东渭河北岸。 ② 镇东、扬武：皆为给出征的将军所加的临时称号。疑军：迷惑敌人的部队。 ③ 箕谷：地名，在今陕西宝鸡南。 ④ 曹真：魏武帝族子，武帝、文帝时屡建战功，文帝去世时受遗诏辅助明帝，当时为邵陵侯、大将军。关右：即关西，秦、汉、唐等时代泛指函谷关或潼关以西地区。 ⑤ 祁山：在今甘肃西和东北。 ⑥ 天水：郡名，治所在今甘肃甘谷东。南安：郡名，治所在今甘肃陇西东南。安定：郡名，治所在今甘肃镇原东南。 ⑦ 致人：即"善战者致人"，意思是：善于作战的人能把敌人引出来。 ⑧ 右将军：官名，将军称号的一种。 ⑨ 越嶲：郡名，治所在今四川西昌东南。

自昼达夜。及出军祁山，亮不用旧将魏延、吴懿等为先锋，而以谡督诸军在前，与张郃战于街亭①。

谡违亮节度，举措烦扰，舍水上山，不下据城。张郃绝其汲道，击，大破之，士卒离散。亮进无所据，乃拔西县千余家还汉中②。收谡下狱，杀之。亮自临祭，为之流涕；抚其遗孤，恩若平生。蒋琬谓亮曰："昔楚杀得臣③，文公喜可知也④。天下未定而戮智计之士，岂不惜乎！"亮流涕曰："孙武所以能制胜于天下者⑤，用法明也。是以扬干乱法，魏绛戮其仆⑥。四海分裂，兵交方始，若复废法，何用讨贼邪！"

……亮上疏请自贬三等，汉主以亮为右将军，行丞

① 街亭：即今甘肃天水东南街子镇。② 西县：县名，治所在今甘肃天水西南。③ 得臣：姓成，春秋楚人，成王时因伐陈有功而为令尹，后与晋兵战于城濮，兵败，楚王令其自杀，遂死。其自杀乃楚王的命令，故说"楚杀得臣"。④ 文公：名重耳，春秋时晋国君主。据《左传》载：他率兵与得臣战于城濮，楚军大败，但他"犹有忧色"，因为他觉得得臣仍是劲敌；等到楚王命令得臣自杀，文公"喜而后可知也"。⑤ 孙武：春秋时齐人，曾以兵法见吴王阖闾，被任为将，西破强楚、北威齐晋，著有《孙子兵法》。⑥ "是以"两句：据《左传》襄公三年载，晋悼公与鲁、卫、郑等国诸侯在鸡泽会盟，在此过程中，晋侯的弟弟扬干乘车扰乱了军阵的行列，晋国大夫魏绛当时为司马，就把为扬干驾车的仆杀死了。这里所说"扬干乱法"，即指此事。

相事。

是时，赵云、邓芝兵亦败于箕谷。云敛众固守，故不大伤；云亦坐贬为镇军将军。……

或劝亮更发兵者，亮曰："大军在祁山、箕谷，皆多于贼，而不破贼，乃为贼所破，此病不在兵少也，在一人耳①。今欲减兵省将，明罚思过，校变通之道于将来②。若不能然者，虽兵多何益？自今已后，诸有忠虑于国，但勤攻吾之阙，则事可定，贼可死，功可跻足而待矣③。"于是考微劳④，甄壮烈⑤，引咎责躬，布所失于境内，厉兵讲武，以为后图，戎士简练，民忘其败矣。

……

曹真讨安定等三郡，皆平。真以诸葛亮惩于祁山，后必出从陈仓⑥，乃使将军郝昭等守陈仓，治其城。

冬十一月，汉诸葛亮闻曹休败⑦，魏兵东下，关中虚

① 一人：这里指诸葛亮自己。 ② 变通：语出《周易》："穷则变，变则通。"意为由穷困经过变化而致通达。 ③ 跻足：即"翘足"。跻足而待：形容时间极短，只有等一举足的功夫就成。 ④ 考：核实，提拔。这里兼有以上两种意思。 ⑤ 甄(zhēn真)：鉴别、彰明。这里兼有以上两层意思。 ⑥ 陈仓：县名，治所在今陕西宝鸡东渭水北岸。 ⑦ 曹休：魏武帝族子，明帝时为长平侯、大司马、扬州太守。这里的战败指太和二年明帝分二道讨伐吴，曹休率领一路部队进军寻阳，与吴军在石亭作战失败。

弱，欲出兵击魏，群臣多以为疑。亮上言于汉主曰："先帝深虑以汉、贼不两立①，王业不偏安②，故托臣以讨贼。以先帝之明，量臣之才，固当知臣伐贼，才弱敌强。然不伐贼，王业亦亡。惟坐而待亡，孰与伐之！是故托臣而弗疑也。臣受命之日，寝不安席③，食不甘味④，思惟北征，宜先入南，故五月渡泸⑤，深入不毛。臣非不自惜也。顾王业不可偏全于蜀都，故冒危难以奉先帝之遗意也，而议者谓为非计。今贼适疲于西⑥，又务于东⑦，兵法乘劳，此进趋之时也，……夫难平者，事也。昔先帝败军于楚⑧，当此时，曹操拊手⑨，谓天下已定。然后先帝东连

---

① 贼：蜀汉对曹魏的贬称。 ② 偏安：即偏据一方，不能统治全国。 ③ 安席：安于席，在席上安稳休息。 ④ 甘：甘美，此处作动词用。甘味：觉得味道甘美。 ⑤ 泸：水名，即今四川、云南交界雅砻江口以下金沙江河段。 ⑥ 适疲于西：即前述由于诸葛亮主动出兵，魏被迫遣曹真督关右军军郿，派右将军张郃督五万步骑在祁山拒亮之事。 ⑦ 又务于东：指太和二年五月魏派曹休率步骑十万向皖，使司马懿向江陵，贾逵向东关，三道俱击吴的事。曹休与吴将陆逊战于石亭(在今安徽潜山县东北)，损失惨重。 ⑧"昔先帝"句：指建安十三年(209)荆州刺史刘表去世后，其子刘琮以荆州降曹操，刘备率荆州民众还保江陵，途中在当阳长坂被曹操打得大败的事。这一仗，刘备抛妻弃子，仅与数十骑归。当阳长坂属古楚地。 ⑨ 拊手：拍手，表示欣喜。

吴、越①，西取巴、蜀②，举兵北征③，夏侯授首④，此操之失计而汉事将成也。然后吴更违盟，关羽毁败⑤；秭归蹉跌⑥，曹丕称帝。凡事如是，难可逆见。臣鞠躬尽力，死而后已；至于成败利钝，非臣之明所能逆睹也。”

十二月，亮引兵出散关⑦，围陈仓。陈仓已有备，亮不能克。……亮自以有众数万，而昭兵才千余人，又度东救未能便到，乃进兵攻昭，起云梯、冲车以临城。昭于是以火箭逆射其梯，梯然，梯上人皆烧死；昭又以绳连石磨压其冲车，冲车折。亮乃更为井阑百尺以射城中⑧，以

---

①“然后”句：指建安十三年刘备在长坂失败后，投奔孙权，与孙权联手抗击曹操。当时孙权据有吴、越之地，故称“东连吴、越”。②西取巴、蜀：刘备获取巴、蜀在建安十九年。巴，郡名，治所在今重庆市。蜀，郡名，治所在今四川成都。③举兵北征：指刘备占有巴、蜀后，于建安二十三年北向进军汉中的事。④夏侯：即夏侯渊，魏征西将军。授首：投降或被杀。这里指夏侯渊于建安二十四年与蜀战于阳平关，兵败而死。⑤“然后”二句：指建安二十四年吴背弃与蜀所订以湘水为界、共有荆州的盟约，出兵攻破南郡（据盟约为蜀领地），杀死蜀前将军关羽，因而全取荆州的事。⑥秭归蹉跌：指黄初二年(221)汉主刘备耻关羽之没，不听诸将劝告，亲自率兵进击吴，于次年在秭归被吴将陆逊打得惨败的事。秭归，即今湖北秭归。蹉跌，失足，这里指失误。⑦散关：在今陕西宝鸡西南大散岭上。⑧井阑：古代登高攻城的工具，指用木头做成像井口围栏似的东西。

土丸填壍①，欲直攀城，昭又于内筑重墙。亮又为地突欲踊出于城里，昭又于城内穿地横截之。昼夜相攻拒二十余日。曹真遣将军费曜等救之。帝召张郃于方城②，使击亮。帝自幸河南城③，置酒送郃，问郃曰："迟将军到，亮得无已得陈仓乎？"郃知亮深入无谷，屈指计曰："比臣到，亮已走矣。"郃晨夜进道，未至，亮粮尽引去。将军王双追之，亮击斩双。诏赐郝昭爵关内侯。

三年春，汉诸葛亮遣其将陈戒攻武都、阴平二郡④，雍州刺史郭淮引兵救之⑤。亮自出至建威⑥，淮退，亮遂拔二郡以归。汉主复策拜亮为丞相。

十二月，汉丞相亮徙府营于南山下原上，筑汉城于沔阳⑦，筑乐城于成固⑧。

四年秋七月，大司马曹真以"汉人数入寇，请由斜谷伐之，诸将数道并进，可以大克"。帝从之，诏大将军司马懿泝汉水由西城入，与真会汉中，诸将或由子午谷、或

---

① 壍：同"堑"。 ② 方城：山名，在今河南叶县南、方城县东北，西连伏牛山脉；春秋时楚国所筑方城经此山东麓。③ 河南城：在今河南洛阳市西郊涧水东岸。 ④ 武都：郡名，治所在今甘肃成县西。阴平：郡名，治所在今甘肃文县西白龙江北岸。 ⑤ 雍州：州名，治所在今陕西西安西北。 ⑥ 建威：城名，在今甘肃西和北。 ⑦ 沔阳：县名，治所在今陕西勉县东旧州铺。 ⑧ 成固：县名，治所在今陕西城固东汉江北岸。

由武都入①。……

八月，汉丞相亮闻魏兵至，次于成固赤坂以待之②。召李严，使将二万人赴汉中，表严子丰为江州都督③，督军，典严后事。会天大雨三十余日，栈道断绝。……九月，诏曹真等班师。

……

五年春二月，汉丞相亮命李严以中都护署府事。严更名平。亮率诸军入寇，围祁山，以木牛运④。于是大司马曹真有疾，帝命司马懿西屯长安，督将军张郃、费曜、戴陵、郭淮等以御之。

……

司马懿使费曜、戴陵留精兵四千守上邽⑤，余众悉出，西救祁山。……亮分兵留攻祁山，自逆懿于上邽。郭淮、费曜等徼亮，亮破之，因大芟刈其麦⑥，与懿遇于上邽之东。懿敛军依险，兵不得交，亮引还。

懿等寻亮后至于卤城⑦。……既至，又登山掘营，不肯战。贾栩、魏平数请战，因曰："公畏蜀如虎，柰天下笑

---

① 武都：原作武威，据《资治通鉴》注改。 ② 赤坂：即今陕西洋县东龙亭山。 ③ 江州：县名，治所在今重庆市区。 ④ 木牛：一种便于登陟的、有前辕的木制运载小车。 ⑤ 上邽：县名，治所即今甘肃天水市。 ⑥ 芟（shān 山）刈（yì 义）：收割，割除。 ⑦ 卤城：地名，在今甘肃天水、甘谷之间。

何！"懿病之。诸将咸请战。夏五月辛巳，懿乃使张郃攻无当监何平于南围①，自按中道向亮。亮使魏延、高翔、吴班逆战，魏兵大败。汉人获甲首三千人，懿还保营。

六月，亮以粮尽退军，司马懿遣张郃追之。郃进至木门②，与亮战，蜀人乘高布伏，弓弩乱发，飞矢中郃右膝而卒。

丞相亮之攻祁山也，李平留后，主督运事。会天霖雨，平恐运粮不继，遣参军狐忠、督军成藩喻指，呼亮来还，亮承以退军。平闻军退乃更阳惊，说军粮饶足，何以便归？又欲杀督运岑述，以解己不办之责。又表汉主，说军伪退，欲以诱贼与战。亮具出其前后手笔书疏，本末违错。平辞穷情竭，首谢罪负。于是亮表平前后过恶，免官，削爵土，徙梓潼郡③。复以平子丰为中郎将、参军事④。

青龙元年，诸葛亮劝农讲武，作木牛、流马⑤，运米集斜谷口，治斜谷邸阁⑥，息民休士，三年而后用之。

二年春二月，亮悉大众十万由斜谷入寇，遣使约吴

---

① 无当：蜀汉军部的称号。 ② 木门：山谷名，在今甘肃天水西南。 ③ 梓潼郡：治所在今四川梓潼。 ④ 中郎将：官名，负责统领部队，位次将军。 ⑤ 流马：一种便于在山道险路间行走的木制手推运载小车。 ⑥ 邸阁：囤积军粮或物资之所。

同时大举。夏四月，诸葛亮至郿，军于渭水之南。司马懿引军渡渭，背水为垒以拒之，谓诸将曰：“亮若出武功①，依山而东，诚为可忧；若西上五丈原②。诸将无事矣。”亮果屯五丈原。

雍州刺史郭淮言于懿曰：“亮必争北原③，宜先据之。”议者多谓不然，淮曰：“若亮跨渭登原，连兵北山，隔绝陇道④，摇荡民夷⑤，此非国之利也。”懿乃使淮屯北原，堑垒未成，汉兵大至，淮逆击，却之。

亮以前者数出，皆以运粮不继，使己志不伸，乃分兵屯田为久驻之基。耕者杂于渭滨居民之间，而百姓安堵，军无私焉。

六月，帝使征蜀护军秦朗督步骑二万助司马懿御诸葛亮，敕懿：“但坚壁拒守以挫其锋，彼进不得志，退无与战，久停则粮尽，虏略无所获，则必走。走而追之，全胜之道也。”

秋八月，司马懿与诸葛亮相守百余日，亮数挑战，懿不出，亮乃遗懿巾帼妇人之服。懿怒，上表请战，帝使卫

---

① 武功：县名，治所在今陕西扶风东南。 ② 五丈原：地名，在今陕西眉县西南斜谷口西侧。 ③ 北原：一名积石原，在今陕西眉县西北渭河北岸。 ④ 陇道：指通往陇西的道路。 ⑤ 夷：指当地的少数民族。

尉辛毗杖节为军师以制之①。护军姜维谓亮曰:“辛佐治杖节而到②,贼不复出矣。”亮曰:“彼本无战情,所以固请战者,以示武于其众耳。将在军,君命有所不受。苟能制吾,岂千里而请战邪!”

亮遣使者至懿军,懿问其寝食及事之烦简,不问戎事。使者对曰:“诸葛公夙兴夜寐,罚二十已上皆亲览焉。所噉食,不至数升。”懿告人曰:“诸葛孔明食少事烦③,其能久乎!”

亮病笃,汉主使尚书仆射李福省侍④,因谘以国家大计。福至,与亮语已,别去,数日复还。亮曰:“孤知君还意。近日言语虽弥日,有所不尽,更来亦决耳。公所问者,公琰其宜也⑤。”福谢:“前实失不谘请,如公百年后,谁可任大事者,故辄还耳。乞复请蒋琬之后,谁可任者?”亮曰:“文伟可以继之⑥。”又问其次,亮不答。

是月,亮卒于军中。长史杨仪整军而出,百姓奔告司马懿,懿追之。姜维令仪反旗鸣鼓,若将向懿者。懿敛军退,不敢偪。于是仪结陈而去,入谷然后发丧。百姓为之谚曰:“死诸葛走生仲达⑦。”懿闻之,笑曰:“吾能

① 卫尉:官名,掌管宫门警卫。军师:古代官名,掌监察军务。 ② 佐治:辛毗的字。 ③ 孔明:诸葛亮的字。 ④ 尚书仆射:官名,为尚书令的副手。 ⑤ 公琰:蒋琬的字。 ⑥ 文伟:费祎的字。 ⑦ 仲达:司马懿的字。

料生，不能料死故也。”懿按行亮之营垒处所，叹曰：“天下奇才也！”追至赤岸①，不及而还。

……

诸军还成都，大赦，谥诸葛亮曰忠武侯。

【翻译】

魏文帝黄初四年（223）春三月，汉主病情严重，命令丞相诸葛亮辅助太子，以尚书令李严为诸葛亮副手。汉主对诸葛亮说：“您的才能比曹丕高出十倍，肯定能安定国家，最终成功一统的大业。假如嗣子可以辅助的话，就辅助他；假如他没有才能，您可以自己取而代之。”诸葛亮哭道：“我怎么敢不竭尽辅助之力，奉献忠贞的节操，并以死相继呢！”……

夏四月癸巳，汉主在永安宫去世，谥号为昭烈。丞相诸葛亮恭送遗体回成都，以李严为中都护，留守永安。五月，太子刘禅登位，当时年仅十七岁。尊奉皇后为皇太后，大赦，改年号为建兴。封丞相诸葛亮为武乡侯，兼任益州牧。政事无论大小都由诸葛亮决定。

……

七年春正月，汉丞相诸葛亮准备出兵驻守汉中，前

---

① 赤岸：在今陕西汉中西北褒城镇北。

将军李严应主持后方的事务，就移驻江州，留下护军陈到驻扎永安，由李严统辖。

明帝太和元年(227)春三月，蜀汉丞相诸葛亮统帅大部队向北驻扎汉中，派长史张裔、参军蒋琬在成都主持丞相府的事务。……于是出发，屯扎在沔水北面阳平关的石马城。

……

明帝听说诸葛亮在汉中，想大规模派遣部队去攻打他，就这事询问散骑常侍孙资。孙资说："……如今要是进军到南郑去讨伐诸葛亮，道路艰险阻塞，估计动用精锐作战部队以及担任运输镇守和在南方四州阻遏防御水上贼兵的军士，总共要用十五六万人，肯定还要再有所征发，天下骚乱动荡，消耗的人力财力很多，这实在是陛下所应当慎重考虑的。就防守和进攻所需的力量来说，进攻所需的各种人力都是防守的一倍。只须用现在所有的部队，分别命令大将占据各个险要的地方，威力就足以使强大的敌军震惊慑服，疆界安静。将领士兵像老虎睡觉一般地休息，老百姓没有战争的负担，几年时间内，中国日益强盛，吴、蜀这两个敌人必定疲惫。"明帝于是作罢。

六月，以司马懿为都督荆、豫州诸军事，率领其所亲自带领的部队镇守宛县。

起初，孟达不仅受到文帝的宠信，而且与桓阶、夏侯尚关系亲密。等到文帝去世，桓阶、夏侯尚也都死了，孟达自己感到不大安全。诸葛亮听说后就引诱他，孟达几次与诸葛亮通信，私下里答应归降蜀汉。孟达与魏兴太守申仪有仇怨，申仪秘密上表告发他。孟达听说这事，惶恐害怕，准备率部队反叛。司马懿写信安慰宽解他，孟达犹豫不决，司马懿就秘密出兵去讨伐他。众将领说："孟达与吴、蜀都有交往，他应在观望一些时候后再行动。"司马懿说："孟达没有信义，现在是他与吴、蜀相互怀疑的时候，该当在他们都还没决定时迅速加以解决。"于是一天走两天的路程，用八天时间到达孟达所据城下。吴、汉各自派偏将分别向西城安桥、木兰塞去救援孟达，司马懿分派几名将领去阻挡他们。起初孟达给诸葛亮写信说："宛县离洛阳八百里，离我一千二百里。听说我起事，应当上表报告天子，等到一来一去，得相隔一个月的时间，那么我的城池已经坚固，各部队足以准备完毕。我所在的地方很偏远，路又险隘，司马公肯定不会亲自来；其他各位将领来，我就没什么可担忧的了。"等到司马懿的部队到达后，孟达又报告诸葛亮说："我起事才八天，而司马懿的部队已到达城下，多么神速啊！"

二年春正月，司马懿攻打新城，花了十六天，攻破新城,杀了孟达。……

诸葛亮准备入侵,与众部下商量。丞相司马魏延说:“听说夏侯楙是武帝的女婿,胆小没有谋略。如今给我五千名精兵,带上五千石粮食,直接从褒中出军,沿着秦岭向东进发,走到子午谷而向北,不超过十天时间,就可以到达长安。夏侯楙听说我一下子攻到,肯定丢下长安逃跑,长安城里只有御史、京兆太守,横门的邸阁里的粮食再加上把平民的粮食分发一部分,足够使部队都有吃的了。等到东面魏军部队彼此会合,尚有二十来天,而您从斜谷来,也足以到达。这样,就一举而可以平定咸阳以西了。”诸葛亮认为这计划危险,不如安安稳稳地径由宽广平坦的大道,可以平安地夺取陇右,肯定万无一失地攻克而不用担心意外,所以不采用魏延的计策。

诸葛亮扬言径由斜谷道夺取郿县,派镇东将军赵云、扬武将军邓芝为疑军,占据箕谷。明帝派曹真统领关右各部队,驻扎郿县。诸葛亮亲自率领大军攻打祁山,军队的阵容整齐,号令严明。开始时,魏因为汉昭烈死后,多年来悄然无声,所以毫无防备,突然听说诸葛亮出兵,朝廷与民间全都恐惧。于是天水、南安、安定都反叛响应诸葛亮,关中震惊,朝中大臣不知采取什么办法。明帝说:“诸葛亮依仗山谷作为险固,如今自己送上来,使我们正好符合兵书上所说的‘善战者致人’的战术,打败诸葛亮是一定的了。”于是统率步兵骑兵五万人，派右将军张郃督率他们，向西阻挡诸葛亮。丁未，明帝前往长安。

起初，越嶲太守马谡才华和器度超过常人，喜欢谈论军事谋略，诸葛亮将他作为特出人材，非常器重。刘备临死前对诸葛亮说：“马谡常言过其实，不能派大用场。希望你能把他看清楚。”诸葛亮仍不以为然，任命马谡为参军，每次接见谈论，总是从白天直到夜里。等到出兵祁山，诸葛亮不任用旧将魏延、吴懿等人为先锋，而让马谡在前面督率各部队，与张郃在街亭交战。

马谡违背诸葛亮的节制调度，行动、措施烦琐扰人，舍弃水源而到山上扎营，不下来据城守御。张郃堵绝他的引水渠道，然后发动进攻，把他打得大败，士兵逃散。诸葛亮再要向前进就没有什么可以依恃的了，只得略取了西县一千多户人家返回汉中。拘捕马谡入狱把他杀了。诸葛亮又亲自去祭吊，为他流泪；抚养他遗留下来的孤儿，恩德之厚和平常一样。蒋琬对诸葛亮说：“从前楚王杀了得臣，晋文公露出喜悦的神色。如今天下没有平定就杀害有才能、计谋的人，难道不可惜吗！”诸葛亮流着眼泪说：“孙武之所以能够在整个天下都制服敌人、取得胜利，是因为施行法令严明。因此扬干违反法令，魏绛把他的仆人杀了。如今天下分裂，战争刚刚开始打起来,假如再废弛法令,哪里还能讨伐敌人呢!”

……诸葛亮上书请求将自己贬官三级,刘禅任命诸葛亮为右将军,暂时执掌丞相事务。

这时,赵云、邓芝的部队也在箕谷被打败了。赵云收聚士众坚持防守,所以没有大的损伤;赵云也获罪降官为镇军将军。……

有人劝诸葛亮再调兵出征,诸葛亮说:“我军在祁山、箕谷都多于敌人,而没有打败敌人,却被敌人打败,这里的问题不在于士兵少,而在于我自己。如今应该减少士兵和将领,有过必罚,反省过失,研究今后怎样改变现状以获得成功的方法。假如不能这样的话,即使士兵多又有什么用呢!从今以后,凡是为国家忠心谋虑的人,只要尽心竭力地指责我的过失,那么大事可以办成,敌人可以消灭,在短期内就可成就大功。”于是对有微小功劳的人也在核实后加以提拔,对勇敢有气节的人在甄别后加以表彰,承认错误、责备自己,在国内宣告所犯的过失,磨砺士兵,讲习武艺,以此为将来打算,将士精心操练,百姓忘了自己的失败。

……

曹真讨伐安定等三个郡,全都平定了。曹真认为诸葛亮在祁山之战中受到教训,以后必定从陈仓出兵,就派将军郝昭等守卫陈仓,修整城池。

冬十一月，诸葛亮听说曹休战败，魏国部队向东开发，关中虚弱，准备出兵袭击魏国，群臣大多对此怀疑。诸葛亮上书对汉主说：“先帝思虑深远，认为汉与贼不能共存，帝王大业不能保全于偏隅之地，所以把讨伐敌人的任务托付给我。以先帝的圣明来衡量我的才能，当然知道如果我去讨伐敌人，我的才能弱而敌人强大。然而不讨伐敌人的话，帝王大业也要消亡。与其坐着等待灭亡，何如出兵去讨伐敌人！因此将此事托付给我而毫不迟疑。我从接受命令的那天起，就睡不安宁，食不甘味。如果要征讨北方，应先略取南方，所以五月份渡过泸水，深入不毛之地。我不是不爱惜自己啊，只是帝王大业不能在蜀都这偏隅之地苟且保全，所以冒着危难来遵奉先帝遗愿，可是议论的人认为这是失策。如今敌军刚在西部搞得相当疲劳，却又到东部去作战，用兵之法在于利用敌人的劳累，现在正是进军的时机了。……当然，难以推断的是事情本身。从前先帝在楚地战败，当时曹操欣喜万分，以为天下就已经定局了。但在这以后，先帝在东面联合吴、越，在西面征服了巴、蜀，发动部队向北征讨，夏侯渊被斩首，这是曹操的失策，而汉朝大事即将成功了。然而吴国又背叛联盟，关羽战败而死，在秭归产生失误，于是曹丕自称皇帝。大凡事情本身都是如此，难以预料。我为国事鞠躬尽力，直到死了才罢；至于成败得失，就不是以我这样的智慧所能预见的了。”

十二月，诸葛亮带领部队出散关，包围陈仓。陈仓已经有了防备，诸葛亮不能攻克。……诸葛亮自以为有几万士众，而郝昭的士兵只有一千多人，又估计东面的援兵不能马上到达，就派军队进攻郝昭，建造云梯、冲车用以攻城。郝昭于是用火箭迎面射向云梯，云梯燃烧，梯上的人全都烧死；郝昭又用绳子绑住石磨来压冲车，冲车折坏。诸葛亮就再做一百尺高的井阑，利用它来向城中射箭，再用土块填塞护城河，想直接攀上城墙，郝昭又在城里建造夹墙。诸葛亮又挖地道想在城里跃出，郝昭又在城里挖地道横向阻截它。双方日夜攻守达二十多天。曹真派将军费曜等援救郝昭。明帝把在方城的张郃叫来，派他袭击诸葛亮。明帝亲自到河南城，设置酒宴为张郃送行，问张郃道：“等将军到达时，诸葛亮是否会已经夺取陈仓了呢？”张郃知道诸葛亮带兵深入，没有粮食，拨着手指头计算说：“等我到达后，诸葛亮已经逃跑了。”张郃白天黑夜地赶路，还没到达，诸葛亮粮食吃完了，带兵撤退。将军王双追击他，诸葛亮回击并杀了王双。明帝下令授予郝昭关内侯的爵位。

三年春，蜀汉诸葛亮派手下将领陈戒攻打武都、阴平两个郡，雍州刺史郭淮带兵去救。诸葛亮亲自带兵出发到建威，郭淮撤退，诸葛亮就攻克了这两个郡而后回去。刘禅重新下策书任命诸葛亮为丞相。

十二月，蜀汉丞相诸葛亮把丞相府和军事指挥部迁移到南山下的平地上，在沔阳修筑了汉城，在成固修筑了乐城。

四年秋七月，大司马曹真以为“蜀汉人多次入侵，请求从斜谷讨伐他们，众将领从几路一起进军，可以获取大胜”。明帝听从了，命令大将军司马懿沿着汉水逆流而上从西城进入，在汉中与曹真相会，众将领或者从子午谷、或者从武威进入汉中。……

八月，汉丞相诸葛亮听说魏国部队到来，就驻军成固赤坂以等待他们。征召李严，让他率领二万人奔赴汉中，上表让李严的儿子李丰当江州都督，督领原由李严领导的军队，负责李严的善后事务。正好下了三十多天大雨，栈道断绝。……九月，明帝命曹真等部队回来。

……

五年春二月，汉丞相诸葛亮命令李严以中都护的身份代理丞相府事务。李严改名李平。诸葛亮率领各部队入侵，包围祁山，用木牛运粮。这时大司马曹真生病，明帝命令司马懿向西驻扎长安，督率将军张郃、费曜、戴陵、郭淮等来抵抗汉军。

司马懿派费曜、戴陵留精兵四千人守卫上邽，其余士兵一起出动，向西救援祁山。……诸葛亮分派部队留下来攻打祁山，自己去上邽迎战司马懿。郭淮、费曜等拦截诸葛亮，诸葛亮把他们打败了，于是大规模收割那里的麦子，然后与司马懿在上邽的东面相遇。司马懿收拢部队依据险要的地形，两军无法交战，诸葛亮带兵返回。

司马懿等跟在诸葛亮后面到达卤城。……到达之后，又登上山峰挖掘营垒，不肯交战。贾栩、魏平多次请求出战，还说："您像怕老虎一样害怕蜀汉，天下人都要讥笑您，您怎么办！"司马懿为此而忧虑。众将领全都请求出战。夏五月辛巳，司马懿才派张郃在蜀汉包围祁山的南部阵地攻打无当监何平，自己占据中路与诸葛亮相对。诸葛亮派魏延、高翔、吴班迎战，魏国部队大败。蜀汉人杀死了甲士三千人，割下了他们的首级，司马懿退兵保护自己的营垒。

六月，诸葛亮因为粮食吃完而退兵，司马懿派张郃追击。张郃进军到了木门，与诸葛亮交战，蜀人利用高地布下埋伏，弓弩乱发，张郃被一支箭射中右膝，因而死亡。

丞相诸葛亮攻打祁山时，李平治理后方，负责运输军粮的事。正好天不断地下大雨，李平害怕运粮跟不上，派参军狐忠、督军成藩把这意思告诉诸葛亮，叫他回兵，诸葛亮因此而撤退。李平听说部队撤退，就又假装惊奇,说:“军粮富裕充足,为何就回来了?”又想杀死督促运粮的岑述,以便解脱自己没有办理好粮运的责任。又上书汉主,说部队是假装撤退,想以此引诱敌军交战。诸葛亮把他前后亲笔所写的信件、公文全都拿出来,前后互相矛盾。李平实情毕露,没话可说,自己承认罪过。于是诸葛亮上书论劾李平的前后过失罪恶,罢免他的官职,削除他的爵位封地,让他移居梓潼郡。再任命李平的儿子李丰为中郎将、参军事。

青龙元年(233),诸葛亮勉励农耕、讲习武事,制造木牛、流马,运输粮食屯积在斜谷口,整治斜谷邸阁,让老百姓与士兵得到休息,三年以后再让他们效力。

二年春二月,诸葛亮出动全部大众十万人从斜谷入侵,派使者邀结吴国同时大规模出兵。夏四月,诸葛亮到达郿县,驻扎在渭水南岸。司马懿带领部队渡过渭水,背对渭水修筑营垒抵御汉军,对众将领说:“诸葛亮假如从武功县出兵,依仗山势向东进军,真该担忧;假如向西上了五丈原,众将领就没事了。”诸葛亮果然驻扎在五丈原。

雍州刺史郭淮对司马懿说:“诸葛亮必定争夺北原,应该先占领它。”参与计议的人大多认为他的意见不对。郭淮说:“假如诸葛亮跨越渭水登上北原,在北山联合部队,隔断陇道,鼓动百姓和‘夷’人,这可不利于国家啊。”

司马懿就派郭淮驻扎北原。壕沟营垒还没修筑好，蜀汉部队大规模到达，郭淮迎头袭击，把汉兵打败了。

诸葛亮因为以前几次出兵，都由于运粮跟不上，使自己的志愿不能伸展，于是分派部队屯田，作为长久驻守的基础。耕种的士兵与老百姓混杂居住在渭水岸边，而老百姓安居，士兵没有营私欺侮百姓的。

六月，明帝派征蜀护军秦朗督率步兵、骑兵二万人协助司马懿抵御诸葛亮，命令司马懿："只要坚守壁垒，抵住其攻势，用以挫折汉军的锋芒。他们进既不能如愿以偿，退又无人与他们战，长久停留粮食就会吃完，抢劫没什么收获，就必定逃跑。等他们逃跑时再追击，那是获得全胜的办法。"

秋八月，司马懿与诸葛亮相持已一百多天，诸葛亮多次挑战，司马懿不肯出战。诸葛亮于是赠送司马懿妇女的服装。司马懿愤怒，上表请战，明帝派卫尉辛毗作为军师拿着符节来制止他。护军姜维对诸葛亮说："辛佐治拿着符节到来，敌军不会再出战了。"诸葛亮说："他本来就没想出战，其所以一再请战，只是在他的士众面前显示威武罢了。将领带兵出征，君主的命令可以不接受。要是能够制服我们，哪里用得着千里迢迢地去请战呢！"

诸葛亮派使者到司马懿的军营去，司马懿询问诸葛亮的休息饮食情况以及处理政事的繁简程度，不询问军事情况。使者回答说："诸葛公早起晚睡，凡是处罚二十以上的都亲自过目。所吃的东西还不到几升。"司马懿告诉别人说："诸葛孔明吃得少，要处理的事情多，他能持久吗！"

诸葛亮病情严重，汉主派尚书仆射李福去探望慰问，因而询问他对国家大计的意见。李福到达后，与诸葛亮谈话完毕，告别离去。过了几天又回来。诸葛亮说："我知道您回来的意思。最近那天虽然谈了一整天的话，还有事没有说到，所以您再来以求解决。您所要问的那件事，公琰适合承担。"李福道歉说："先前实在是失于没有向您请教：假如您去世以后谁能胜任大事？所以就回来了。恳求您再指示我蒋琬之后谁能胜任？"诸葛亮说："文伟可以接替他。"再询问以后的人选，诸葛亮就不再回答。

当月，诸葛亮在军营里去世。长史杨仪整顿部队出发，老百姓急赶去告诉司马懿，司马懿追赶汉军。姜维命令杨仪掉转军旗，擂响战鼓，仿佛准备朝司马懿进攻似的。司马懿收聚部队后退，不敢进逼。于是杨仪结成阵势离去，进入斜谷后才公布死讯。老百姓因此流传谚语说："死了的诸葛亮把活着的司马懿吓跑了。"司马懿听说后，笑着说："这是我只能预料活人，不能预料死人的缘故啊。”司马懿巡视诸葛亮的军营壁垒，叹息道：“真是天下的奇才啊！”追到赤岸，追不上了才返回。

……

各部队回到成都，大赦，给予诸葛亮忠武侯的谥号。

司马懿诛曹爽

三国时期曹魏建立的政权，最后为司马氏集团所篡夺，建立了晋王朝，本篇所叙述的，就是司马氏集团在获取政权的过程中所迈出的第一步，也是决定性的一步。司马懿在曹魏集团中并无深厚的根柢，他是依靠自己的才能和功劳才逐渐成为重要的军事统帅的。在魏明帝临死前，由于他的几个亲信相互倾轧，鹬蚌相争，渔翁得利，这才使司马懿当上了顾命大臣。但比起另一个顾命大臣曹爽来，他的力量和影响仍是远远不及。可惜曹爽是一个毫无能力与识见的人，当了顾命大臣后，树敌过多，连太后也得罪了，同时却毫不防备，授人以隙。司马懿又善于伪装，不但从不跟曹爽争权，处处退让，最后还装出身体已经垮掉、即将死去的样子，使曹爽对他完全失去了警惕。在这样的情况下，司马懿这才奋然一搏。不过，若不是曹爽太窝囊，立即投降，鹿死谁手实在很难说。因此，司马懿取得这次胜利，多少有点孤注一掷的性质。尽管从司马氏获胜这一事件来看，带有一定的历史偶然性；但就曹魏来说，其失去政权则属必然。从本篇可以看出，这个集团不仅已没有什么突出人才，而且内部倾轧已到了白热化的地步，很难逃脱灭亡的命运了。

魏明帝景初二年。初，太祖为魏公①，以赞令刘放、参军事孙资皆为秘书郎②。文帝即位，更命秘书曰中书，以放为监、资为令③，遂掌机密。帝即位，尤见宠任，皆加

① 太祖：即曹操。曹操建安十八年(213)封为魏公，建安二十一年进爵为魏王；长子曹丕称帝后，追尊为武皇帝，庙号太祖。 ② 赞令：官名，负责协助帝王起草、润饰诏令文件。秘书郎：秘书监属官，负责管理典籍、起草文书。 ③ 监、令：即中书监、中书令，主要执掌机密，后与尚书、门下并称三省。

侍中、光禄大夫①，封本县侯②。是时帝亲览万机，数兴军旅，腹心之任，皆二人管之。每有大事，朝臣会议，常令决其是非，择而行之。……

及寝疾，深念后事，乃以武帝子燕王宇为大将军，与领军将军夏侯献、武卫将军曹爽、屯骑校尉曹肇、骁骑将军秦朗等对辅政③。爽，真之子；肇，休之子也。帝少与燕王宇善，故以后事属之。

刘放、孙资久典机任，献、肇心内不平。殿中有鸡栖树④，二人相谓曰："此亦久矣，其能复几！"放、资惧有后害，阴图间之。燕王性恭良，陈诚固辞。帝引放、资入卧内，问曰："燕王正尔为？"对曰："燕王实自知不堪大任故耳。"帝曰："谁可任者？"时惟曹爽独在帝侧，放、资因荐爽，且言宜召司马懿与相参。帝曰："爽堪其事不？"爽流汗不能对。放蹑其足，耳之曰："臣以死奉社稷。"帝从放、资言，欲用爽、懿，既而中变，敕停前命。放、资复入

① 光禄大夫：即秦朝郎中令的属官中大夫，汉武帝改为此名，没有固定的职守，相当于顾问。 ② 本县侯：刘放是涿郡方城人，封为方城侯；孙资是太原中都人，封为中都侯，故称本县侯。 ③ 领军将军：官名，魏文帝置，主管五校、中垒、武卫三营。屯骑校尉：东汉所置五大校尉之一，掌管宿卫兵。骁骑将军：骁骑为禁军之称，以将军统帅，故称骁骑将军。④ 有鸡栖树：这里的鸡是宫殿里报晓的雄鸡。

见说帝，帝又从之。放曰：“宜为手诏。”帝曰：“我困笃，不能。”放即上床，执帝手强作之，遂赍出①，大言曰：“有诏免燕王宇等官，不得停省中。”皆流涕而出。甲申，曹爽以为大将军。帝嫌爽才弱，复拜尚书孙礼为大将军长史以佐之②。

是时，司马懿在汲③，帝令给使辟邪赍手诏召之④。先是，燕王为帝画计，以为关中事重，宜遣懿便道自轵关西还长安⑤，事已施行。懿斯须得二诏，前后相违，疑京师有变，乃疾驱入朝。

三年春正月，懿至，入见。帝执其手曰：“吾以后事属君，君与曹爽辅少子。死乃可忍！吾忍死待君，得相见，无所复恨矣。”乃召齐、秦二王以示懿⑥，别指齐王芳谓懿曰：“此是也，君谛视之，勿误也。”又教齐王令前抱懿颈。懿顿首流涕。是日，立齐王为皇太子。帝寻殂。

……

① 赍(jī机)：携带。 ② 大将军长史：官名，为大将军的辅助官。 ③ 汲：县名，治所在今河南卫辉西南。 ④ 辟邪：当时宫中使者的称号。 ⑤ 轵关：地名，在今河南济源西北，当豫、晋交通要冲。 ⑥ 齐、秦二王：即齐王曹芳和秦王曹询，均为明帝养子。

太子即位，年八岁，大赦。尊皇后曰皇太后。加曹爽、司马懿侍中，假节钺，都督中外诸军、录尚书事①。诸所兴作宫室之役，皆以遗诏罢之。

爽、懿各领兵三千人更宿殿内。爽以懿年位素高，常父事之，每事咨访，不敢专行。

初，并州刺史东平毕轨及邓飏、李胜、何晏、丁谧皆有才名②，而急于富贵，趋时附势，明帝恶其浮华，皆抑而不用。曹爽素与亲善，及辅政，骤加引擢，以为腹心。晏，进之孙③；谧，斐之子也④。晏等咸共推戴爽，以为重权不可委之于人。丁谧为爽画策，使爽白天子发诏，转司马懿为太傅，外以名号尊之，内欲令尚书奏事，先来由己，得制其轻重也。爽从之。二月丁丑，以司马懿为太傅。以爽弟羲为中领军⑤，训为武卫将军，彦为散骑常

---

① 都督中外军事：官名，是统帅全国军队的大将，权力大于都督诸州军事之官。录尚书事：东汉后，一般皇帝年少，就由重臣领尚书省事务，称录尚书事。 ② 东平：国名，治所在今山东东平东。邓飏：明帝时曾任中书郎。 ③ 何进：汉灵帝皇后之兄，官侍中、大将军，封慎侯；何太后临朝时为太傅，后以谋诛中官而被害。 ④ 丁斐：三国魏人，为典军校尉，生性好货贪财，因私自交易官牛免官，后又复官，几年后死。 ⑤ 中领军：官名，掌管亲信卫兵。

侍、侍讲①，其余诸弟皆以列侯侍从②，出入禁闼，贵宠莫盛焉。

爽事太傅，礼貌虽存，而诸所兴造，希复由之。爽徙吏部尚书卢毓为仆射，而以何晏代之。以邓飏、丁谧为尚书，毕轨为司隶校尉③。晏等依势用事，附会者升进，违忤者罢退，内外望风，莫敢忤旨。黄门侍郎傅嘏谓爽弟羲曰④："何平叔外静而内躁⑤，铦巧好利⑥，不念务本。吾恐必先惑子兄弟，仁人将远而朝政废矣。"晏等遂与嘏不平，因微事免嘏官。又出卢毓为廷尉，毕轨复枉奏毓免官，众论多讼之，乃复以为光禄勋⑦。孙礼亮直不挠，爽心不便，出为扬州刺史。

……

八年二月，日有食之。时尚书何晏等朋附曹爽，好变改法度。太尉蒋济上疏曰⑧："昔大舜佐治，戒在比周；

---

① 散骑常侍：官名，魏把汉所置散骑与中常侍合为一体，称作散骑常侍，侍从皇帝左右，掌规劝，共平尚书奏事。侍讲：官名，负责给皇帝讲学。 ② 列侯：古代爵位的最高一级为彻侯，因避汉武帝刘彻讳，改彻侯为通侯，或称列侯。 ③ 司隶校尉：官名，掌京都及其附近地区的治安，兼察举百官以下犯法者。 ④ 黄门侍郎：官名，因给事黄门，故名；出入禁中，省尚书事。嘏（jiǎ 假，或 gǔ 古）。 ⑤ 平叔：何晏的字。 ⑥ 铦（tiǎn 舔）：取。 ⑦ 光禄勋：官名，即秦朝的郎中令，掌管宫殿门户。 ⑧ 太尉：官名，掌军事。

周公辅政，慎于其朋。夫为国法度，惟命世大才乃能张其纲维以垂于后，岂中下之吏所宜改易哉。终无益于治，适足伤民。宜使文武之臣各守其职，率以清平，则和气祥瑞可感而致也。”

大将军爽用何晏、邓飏、丁谧之谋，迁太后于永宁宫①，专擅朝政，多树亲党，屡改制度。太傅懿不能禁，与爽有隙。五月，懿始称疾，不与政事。

九年，大将军爽骄奢无度，饮食、衣服拟于乘舆②，尚方珍玩充牣其家③。又私取先帝才人以为伎乐④。作窟室，绮疏四周，数与其党何晏等纵酒其中。弟羲深以为忧，数涕泣谏止之，爽不听。爽兄弟数俱出游，司农沛国桓范谓曰⑤：“总万机，典禁兵，不宜并出，若有闭城门，谁复内人者⑥？”爽曰：“谁敢尔邪！”

初，清河、平原争界⑦，八年不能决。冀州刺史孙礼

---

① 永宁宫：宫名，为太后所居。晋诸臣欲增曹爽之恶，故加“迁”字。 ② 乘舆：皇帝、诸侯乘坐的车子，这里用作皇帝的代称。 ③ 尚方：官署名，制造供帝王使用器物的机构。充牣（rèn 刃）：充满。 ④ 才人：宫中女官名，多为嫔妃的称号。 ⑤ 司农：官名，又称大司农，为九卿之一，主管钱粮。 ⑥ 内：通“纳”，接纳。 ⑦ 清河：郡名，治所在今河北临清东北。平原：郡名，治所在今山东平原西南。两郡均属冀州。

请天府所藏烈祖封平原时图以决之①。爽信清河之诉，云图不可用。礼上疏自辩，辞颇刚切。爽大怒，劾礼怨望，结刑五岁②。久之，复为并州刺史③，往见太傅懿，有忿色而无言。懿曰："卿得并州少邪？恚理分界失分乎？"礼曰："何明公言之乖也？礼虽不德，岂以官位往事为意邪。本谓明公齐踪伊、吕④，匡辅魏室，上报明帝之托，下建万世之勋。今社稷将危，天下凶凶，此礼之所以不悦也。"因涕泣横流。懿曰："且止，忍不可忍。"

冬，河南尹李胜出为荆州刺史⑤，过辞太傅懿。懿令两婢侍，持衣，衣落；指口言渴，婢进粥，懿不持杯而饮，粥皆流出霑胸。胜曰："众情谓明公旧风发动⑥，何意尊体乃尔！"懿使声气才属，说："年老枕疾，死在旦夕。君当屈并州，并州近胡，好为之备。恐不复相见，以子师、昭兄弟为托。"胜曰："当还忝本州⑦，非并州。"懿乃错乱

① 冀州：州名，治所在今河北冀县。天府：官署名，保存各种文书、簿籍等。烈祖：即魏明帝，明帝登位前为平原王，庙号烈祖。 ② 结刑：指判处而不执行的徒刑。 ③ 并州：州名，治所在今山西太原西南。 ④ 伊、吕：伊尹和吕尚，分别辅佐商汤和周武王，被称为贤相，后人常以他们来颂扬人的地位和功业。 ⑤ 河南：郡名，治所在今河南洛阳东北。尹：官名，都城的行政长官称尹。 ⑥ 风：即风痹，一种手脚麻木不仁的病症。 ⑦ 还忝（tiǎn 舔）本州：忝，愧于担任。李胜为南阳人，南阳属荆州，故称荆州为本州。

其辞曰："君方到并州？"胜复曰："当忝荆州。"懿曰："年老意荒，不解君言。今还为本州，盛德壮烈，好建功勋。"胜退告爽曰："司马公尸居余气，形神已离，不足虑矣。"他日又向爽等垂泣曰："太傅病不可复济，令人怆然。"故爽等不复设备。

……

太傅懿阴与其子中护军师、散骑常侍昭谋诛曹爽。

嘉平元年春正月甲午，帝谒高平陵①，大将军爽与弟中领军羲、武卫将军训、散骑常侍彦皆从。太傅懿以皇太后令，闭诸城门，勒兵据武库，授兵②，出屯洛水浮桥③。召司徒高柔假节、行大将军事④，据爽营；太仆王观行中领军事⑤，据羲营。因奏爽罪恶于帝曰："臣昔从辽东还，先帝诏陛下、秦王及臣升御床，把臣臂，深以后事为念。臣言'太祖、高祖亦属臣以后事，此自陛下所见，无所忧苦。万一有不如意，臣当以死奉明诏'。今大将军爽背弃顾命，败乱国典；内则僭拟，外则专权；破坏

---

① 高平陵：魏明帝陵墓，在今河南洛阳东南大石山。② 授兵：古人打仗前先祭告宗庙，然后把兵器拿出来分发给战士，这一仪式称授兵。③ 浮桥：用船、筏或浮箱联结成的桥。④ 司徒：官名，为三公之一，主管教化。假节：持节，古代使臣出行，持节作为凭证，称作假节。⑤ 太仆：官名，掌管舆马。

诸营，尽据禁兵；群官要职，皆置所亲；殿中宿卫，易以私人；根据槃互，纵恣日甚。又以黄门张当为都监①，伺察至尊，离间二宫，伤害骨肉。天下汹汹，人怀危惧。陛下便为寄坐，岂得久安！此非先帝诏陛下及臣升御床之本意也。臣虽朽迈，敢忘往言！太尉臣济等皆以爽为有无君之心、兄弟不宜典兵宿卫奏永宁宫，皇太后令敕臣如奏施行。臣辄敕主者及黄门②，令'罢爽、羲、训吏兵，以侯就第，不得逗留，以稽车驾③；敢有稽留，便以军法从事'。臣辄力疾将兵屯洛水浮桥，伺察非常。"爽得懿奏事，不通，迫窘不知所为，留车驾宿伊水南④，伐木为鹿角⑤，发屯田兵数千人以为卫。

懿使侍中高阳许允及尚书陈泰说爽⑥，宜早自归罪。又使爽所信殿中校尉尹大目谓爽⑦，唯免官而已，以洛水

---

① 都监：官名，三国时对内侍官的称呼。 ② 黄门：黄门侍郎、给事黄门侍郎的省称。 ③"以稽"句：以延缓皇帝的行程。实际是指扣留皇帝。因当时皇帝与曹爽在一起谒陵，曹爽完全可以挟持皇帝以与司马懿抗衡。稽，稽留，稽迟。车驾，马驾的车，往往用作帝王的代称。 ④ 伊水：即今河南洛水的支流。 ⑤ 鹿角：古代一种防卫性的工事，即把带枝叉的树木削尖半埋入地，围起来阻截敌人，因形似鹿角而名。 ⑥ 高阳：县名，治所即今河北高阳东旧城。 ⑦ 殿中校尉：官名，校尉为军职之称，略次于将军，随其职务而冠以名号。殿中校尉掌宫中宿卫兵。

为晢。泰，群之子也①。

初，爽以桓范乡里老宿，于九卿中特礼之，然不甚亲也。及懿起兵，以太后令召范，欲使行中领军。范欲应命，其子止之曰："车驾在外，不如南出。"范乃出。……懿谓蒋济曰："智囊往矣。"济曰："范则智矣，然驽马恋栈豆，爽必不能用也。"

范至，劝爽兄弟以天子诣许昌②，发四方兵以自辅。爽疑未决。范谓羲曰："此事昭然，卿用读书何为邪？于今日卿等门户，求贫贱复可得乎？且匹夫质一人，尚欲望活。卿与天子相随，令于天下，谁敢不应也！"俱不言。范又谓羲曰："卿别营近在阙南③，洛阳典农治在城外④，呼召如意。今诣许昌，不过中宿⑤，许昌别库⑥，足相被假，所忧当在谷食，而大司农印章在我身。"羲兄弟默然不从。自甲夜至五鼓⑦，爽乃投刀于地曰："我亦不失作

① 陈群：累仕魏武、文、明三帝为尚书，大将军，封淮阴侯，曾制订九品官人之法。 ② 许昌：县名，治所在今河南许昌东。 ③ 别营：指洛阳城以外的中领军军营。阙：城阙，这里指洛阳城。 ④ 典农治：掌管农事的官署。 ⑤ 中宿：次夜。⑥ 许昌别库：指政府设在许昌的仓库，收藏武器。因洛阳有武库，故称设在许昌的武库为别库。 ⑦ 甲夜：初更时分。五鼓即五更。均为古时夜间计时单位，一更约两小时，一夜共分五更。

富家翁。”范哭曰：“曹子丹佳人①，生汝兄弟，㹠犊耳②。何图今日坐汝等族灭也！”

爽乃通懿奏事，白帝下诏免己官，奉帝还宫。爽兄弟归家，懿发洛阳吏卒围守之，四角作高楼，令人在楼上察视爽兄弟举动。爽挟弹到后园中，楼上人便唱言：“故大将军东南行！”爽愁闷不知为计。

戊戌，有司奏“黄门张当私以所择才人与爽，疑有奸”。收当付廷尉考实③，辞云：“爽与尚书何晏、邓飏、丁谧、司隶校尉毕轨、荆州刺史李胜等阴谋反逆，须三月中发。”于是收爽、羲、训、晏、飏、谧、轨、胜并桓范皆下狱，劾以大逆不道，与张当俱夷三族。

……

何晏等方用事，自以为一时才杰，人莫能及。晏尝为名士品目曰：“‘唯深也故能通天下之志’④，夏侯泰初是也⑤；

① 子丹：曹真的字。真为曹爽父亲，事迹见前一篇。② 㹠（tún 屯）：小猪。犊：小牛。③ 廷尉：官名，为九卿之一，掌管刑狱。④ “唯深”句：出自《周易·系辞上》。王弼注：“极未形之理则曰深。”意思是说能够彻底了解尚未显现出来的事物之理称作深。⑤ 泰初：夏侯玄的字。玄为夏侯渊从孙，少知名，累官征西将军、都督雍、凉州诸军事，曹爽被杀后，征为大鸿胪。玄在当时极负名望。

'唯几也故能成天下之务'①，司马子元是也②。'唯神也不疾而速，不行而至'③，吾闻其语，未见其人。"盖欲以神况诸己也。

……

何晏性自善，粉白不去手，步行顾影。尤好老、庄之书，与夏侯玄、荀粲及山阳王弼之徒竞为清谈④，祖尚虚无，谓《六经》为圣人糟粕⑤。由是天下士大夫争慕效之，遂成风流，不可复制焉。

---

① "唯几"句：出自《周易·系辞上》。王弼注："适动微之会则曰几。"意谓能够感悟事物由静到动的变化显示出微小征兆的那一刻而采取行动的称作几。 ② 子元：司马师的字，师为司马懿长子；懿杀曹爽，与师暗中谋划，因而以功封长平乡侯。 ③ "唯神"二句：出自《周易·系辞上》。王弼注："至神者寂然而无不应。"可见，其本身寂然无为但能顺应宇宙万物一切变化的就是神。 ④ 荀粲：三国时魏人，喜欢道家学说。山阳：县名，治所在今河南焦作东南。王弼：三国时魏人，少知名，喜欢谈论儒学和道学，曾注《易经》及《老子》，官尚书郎。清谈：东汉末年起在士大夫中兴起一种清谈的风气，起初（指魏末西晋时代），是士大夫借以表明本人政治态度、辩护自身立场的手段，与当时的政治现实及士大夫的出处进退关系密切。到后来（东晋时代），清谈成了脱离实际生活、仅作为名士身份装饰品的口头虚谈。 ⑤《六经》：即《诗》、《书》、《礼》、《乐》、《易》、《春秋》六部儒家经书。

【翻译】

魏明帝景初二年(238)。起初,太祖做魏公时,任命赞令刘放、参军事孙资都为秘书郎。文帝登位后,把秘书省改名为中书省,任命刘放为中书监,孙资为中书令,于是掌管了机要部门。明帝登位后,尤其受到宠爱和信任,都加了侍中、光禄大夫的官职,封为本籍所在县的侯。当时明帝亲自省理日常政务,多次发动战争,重要的事务都由他们俩管理;每当有重大事情,朝中大臣集中商议,常常叫他俩判断是非,选择实行。

等到明帝生病卧床,仔细考虑后事,就以武帝的儿子燕王曹宇为大将军,与领军将军夏侯献、武卫将军曹爽、屯骑校尉曹肇、骁骑将军秦朗等一起辅助朝政。曹爽是曹真的儿子,曹肇是曹休的儿子。明帝从少年时起就与燕王曹宇友好,所以把后事托付给他。

刘放、孙资长期掌管机要职务,夏侯献、曹肇心里不满。宫殿里有鸡栖息在树上,两个人相互说:"这家伙在宫里也待得够长久了,它还能在上面呆多久!"刘放、孙资害怕日后有祸害,暗中图谋离间他们。燕王生性恭顺善良,上言陈述他的真实想法,认为他不宜担任,坚决推辞。明帝延引刘放、孙资进卧室内,问道:"燕王正是这样吗?"回答说:"燕王实在是自知没有能力承担这一重大使命,这才如此的啊。"明帝说:"谁可以胜任?"当时只有曹爽一个人在明帝身边，刘放、孙资因而推荐曹爽，并且说应该把司马懿召来，一起参与此事。明帝说："曹爽你能承当这件事吗?"曹爽流着汗不能回答。刘放踩踩他的脚，附耳教他说："我以死来辅助国家政权。"明帝听从了刘放、孙资的话，想任用曹爽、司马懿，不久又中途改变主意，下敕停止先前的命令。刘放、孙资又入宫当面劝说明帝，明帝又听从了。刘放说："应该亲自写下诏书。"明帝说："我病情垂危，不能写。"刘放就爬上床，抓住明帝的手勉强写下诏书，于是拿出宫外，夸大说："皇帝下令免除燕王曹宇等人的官职，不准在宫禁内停留。"这些人全都流着眼泪出宫了。甲申，任命曹爽为大将军。明帝嫌曹爽才能差，又郑重任命尚书孙礼为大将军长史来协助他。

这时，司马懿在汲县，明帝命令宫中使者辟邪拿着诏书去召见他。在这之前，燕王为明帝出谋划策，认为关中的事情重大，应该派司马懿顺道从轵关西面回转长安，这事已经下达了诏令。司马懿片刻之间接到两份诏书，前后不一致，怀疑京师发生了变故，就急速驱驰进京。

三年春正月，司马懿到达京师，进宫谒见，明帝拉着他的手说："我把后事托付给你，你与曹爽辅助太子。死竟然可以忍着！我忍着死等待你，能够相见，我没什么再可以遗憾的了。”于是把齐、秦二王叫来给司马懿看，指着齐王曹芳对司马懿说：“这就是太子，你仔细看看他，别弄错了。”又教齐王叫他上前抱着司马懿的头颈。司马懿叩头流泪。当天立齐王为皇太子。明帝接着就去世了。

……

太子登帝位，年纪八岁，大赦天下。尊奉皇后为皇太后。加任曹爽、司马懿为侍中，授予符节和斧钺，都督中外诸军、录尚书事。兴建宫室的各项劳役，都假借遗诏而停止。

曹爽、司马懿各自带领三千名士兵轮流在殿里值宿。曹爽因为司马懿年龄、地位一向很高，常常像尊重父亲一样地尊重他，一有事情就征求他的意见，不敢独断行事。

起初，并州刺史东平人毕轨以及邓飏、李胜、何晏、丁谧都有才华名声，可是急于富贵，追逐时尚，依附权势，明帝厌恶他们虚夸不实，都遏止不任用。曹爽一向和他们亲热友好，等到辅助朝政后，立即加以引用提升，把他们当作亲信。何晏是何进的孙子，丁谧是丁斐的儿子。何晏等都共同推崇拥戴曹爽，认为大权不可以托付给别人。丁谧为曹爽谋划，叫曹爽禀告天子发诏书，迁司马懿的官职为太傅，表面上用尊号来尊重他，实际上是想让尚书向皇帝奏请政事时先通过自己，得以制定措置的轻重。曹爽听从了这一计谋。二月丁丑，任命司马懿为太傅。任命曹爽的弟弟曹羲为中领军、曹训为武卫将军、曹彦为散骑常侍、侍讲，其余的几个弟弟都以列侯侍从皇帝的左右，出入宫禁，显贵宠爱没有比这更隆盛的了。

曹爽的尊奉太傅，礼貌虽然还存在着，而各项新的决定、措施很少再通过他。曹爽调任吏部尚书卢毓为仆射，而让何晏接替他的官，任命邓飏、丁谧为尚书，毕轨为司隶校尉。何晏等倚势掌权，发号施令，依附他们的人升官进阶，违背、触犯的人罢官退职，朝廷内外看到这种情况，没有人敢违背他们的意旨。黄门侍郎傅嘏对曹爽弟弟曹羲说："何平叔表面上恬静而实际上浮躁，投机取巧，喜好名利，不想致力于根本。我担心他一定会先惑乱你们兄弟，进一步就将使仁人疏远、朝政废弛了！"何晏等于是对傅嘏不满，借小事免除了傅嘏的官。又把卢毓调出为廷尉，毕轨又上奏疏冤枉卢毓，免除了他的官，众人议论多为他叫冤，于是才又任命他为光禄勋。孙礼耿直不屈，曹爽心里觉得不顺手，就把他调出为扬州刺史。

……

八年二日，日食。当时尚书何晏等结党依附曹爽，喜欢改变法令制度。太尉蒋济上书说:“当年大舜协助尧治理天下,惩戒结党营私,周公辅助政治,告诫成王警惕朋党。治理国家的法令制度,只有名著当世的杰出人才才能开制定的总纲和大要以垂示后世,哪里是中下才的官吏所适宜于更改的!这样做最终对治国没好处,只会伤害百姓。应该使文武大臣各自恪守自己的职责,以清廉公正为表率,那么平和之气、吉祥之兆就可以感应而获得了!”

大将军曹爽采用何晏、邓飏、丁谧的计策,把太后迁移到永宁宫里,独自把持朝政,大量培植亲信同党,屡次更改制度。太傅司马懿不能禁止,与曹爽有了怨隙。五月,司马懿开始声称有病,不参与政事。

九年,大将军曹爽骄横奢侈得没有限度。饮食和衣服都与皇帝相仿佛,家里充满了尚方珍贵的玩赏物品,又私自选取先帝的才人作为歌舞伎和乐工。掘地为室,在四周镂上绮文,多次与同党何晏等在里边狂饮。弟弟曹羲对此深为忧虑,多次哭泣着规谏制止他,曹爽不听。曹爽兄弟好几次一起离开京城去游玩,司农沛国人桓范说道:“总理国家政务,掌管皇帝的亲兵,不应该一起外出。假如有人关闭城门,谁还会放你们的人进来呢?”曹爽说:“谁敢这样呀!”

起初,清河、平原争夺地界,八年不能决断。冀州刺史孙礼请求用天府所藏烈祖分封平原王时的地图来决断。曹爽相信清河的控告，说地图不能起作用。孙礼上书为自己辩解，词语比较刚直严正。曹爽大怒，弹劾孙礼心怀不满，判处五年徒刑而不执行。过了很久，孙礼又当上了并州刺史，去看望太傅司马懿，神色怨恨而沉默无言。司马懿说："你得到并州觉得还不够吗？还是怨恨处理分界的事时对你过分了呢？"孙礼说："明公的话怎么这样不对头呢！孙礼虽然没有德行，难道会把官位和往事放在心上吗！原本认为明公与伊尹、吕尚并驾齐驱，辅助魏室，在上能报答明帝的托付，在下能建立万世的功勋。如今国家即将危亡，天下忧惧，这才是孙礼之所以不高兴的呀！"因而哭得涕泪交流。司马懿说："暂且别哭了，要忍受不能忍受的事！"

冬天，河南尹李胜出京当荆州刺史，来拜访太傅司马懿，向他辞行。司马懿叫两名婢女侍候他。他用手捏衣服，捏不住而将衣服掉了下来；指着嘴说口渴，婢女捧上粥，司马懿不用手拿杯子就喝，粥全都流出来沾在胸前。李胜说："大家都说明公旧有的风痹发作，哪里料到您的身体已这样了！"司马懿让声音有气无力，好像只有一口气勉强维持着，气刚刚接上来，说："年老卧病，很快就要死了。你奉派屈任并州官，并州离胡地近，要好好防备！恐怕不能再相见了，我把儿子司马师、司马昭兄弟俩托付给你。”李胜说：“我被派回去愧任本州官，不是并州。”司马懿故意把李胜的话搞错，便道：“你说刚刚到达并州？”李胜重复道：“我奉派愧任荆州官。”司马懿说：“年纪老了，心神迷乱，刚才没听清你的话。你如今还乡去担任本州官，德行丰美，正当壮年，好好地建一番功勋吧！”李胜离去，告诉曹爽说：“司马公只是剩下了几口气的躯壳，形体与灵魂已经分离，不值得忧虑了。”过了几天，又向曹爽等流泪道：“太傅的病不再能救了，令人悲哀！”所以曹爽等不提防。

……

太傅司马懿暗地里和他的儿子中护军司马师、散骑常侍司马昭密谋诛杀曹爽。

嘉平元年(249)春天正月甲午日，皇帝拜谒高平陵，大将军曹爽和弟弟中领军曹羲、武卫将军曹训、散骑常侍曹彦都随从。太傅司马懿用皇太后的命令，关闭所有的城门，统帅士兵占据武库，分发兵器，出兵驻守洛水上的浮桥；叫司徒高柔拿着符节代理大将军的职务，占据曹爽的军营；太仆王观代理中领军的职务，占据曹羲的军营。因而向皇帝劾奏曹爽的罪恶说：“我当年从辽东还朝廷，先帝宣召陛下、秦王及我登上御床，抓住我的手臂，深深为后事而挂念。我说：‘太祖、高祖也把后事托付给我，这自是陛下所看到的，在他们身后国家并没有什么忧虑困苦。今后万一有不如意的事，我自当以死来贯彻您的命令。’如今大将军曹爽背叛先帝的遗命，败坏、扰乱国家的典章制度，在内则越分自比君，在外则独揽大权；破坏各个军营，完全把持皇帝警卫部队；百官中的重要职位全部安插上自己亲信；宫殿里值宿的警卫将校，都换上自己的私人；党羽、爪牙盘根错节，放纵恣肆日甚一日，又派黄门张当为都监，侦察陛下，离间二宫，伤害骨肉，天下动荡不安，人人心怀忧惧。陛下已经成了暂借帝位的天子，哪里能够永久安全！这不是先帝宣召陛下及我登上御床的本意啊。我虽然年老衰朽，怎么敢忘记以前说过的话呢？太尉臣蒋济等都把曹爽有漠视君主之心、兄弟不适宜掌管亲兵值宿警卫的情况上奏永宁宫，皇太后下令命我按照他们的奏书办事。于是我擅自敕令主管人员以及黄门的有关官员，叫他们‘罢免曹爽、曹羲、曹训的一切官职、军职，以侯的身份回家，不准逗留以延缓陛下的归程；胆敢滞留的，就以军法处置’。我擅自尽力支撑病体率领士兵驻守洛水浮桥，侦察突发的变故。”曹爽得到司马懿的奏章，不向皇帝通报，窘迫得不知怎么办才好。让皇帝在伊水南岸留宿，砍伐树木建造鹿角，征发屯田兵几千人作为警卫。

司马懿派侍中高阳人许允与尚书陈泰劝告曹爽，应当及早回去自首认罪。又派曹爽所信任的殿中校尉尹大目对曹爽说，只是免除他官职而已；并向洛水发誓以表明这并非欺骗曹爽。陈泰是陈群的儿子。

起初，曹爽因为桓范是同乡故老，在九卿中特别优待他，然而不太亲近。等到司马懿发兵，用太后的命令宣召桓范，想叫他代理中领军的职务。桓范准备接受命令，他的儿子制止他说："皇帝在城外，不如从南面出城。"桓范于是就出了城。……司马懿对蒋济说："智囊走掉了！"蒋济说："桓范确实足智多谋，不过驽马留恋马棚里的豆料，曹爽肯定不能采用。"

桓范到后，劝曹爽兄弟与天子到许昌去，征发各地的部队来辅助自己。曹爽迟疑未决。桓范对曹羲说："这件事已很清楚了，你读了书派什么用场啊？以你们现在这样的门第，想要成为贫贱的人而活下去，这要求还有实现的可能吗？况且寻常人劫得一个平民人质，还想借此保全自己的性命，你与天子相追随，向天下人发号施令，谁胆敢不响应啊！"他们都不答言。桓范又对曹羲说："你的别营近在宫阙之南，洛阳典农的官署在城外，可随意差遣。如今到许昌去，不过第二天晚上就到了，许昌的武器库足以武装士兵。所担忧的应当是粮食，而大司农的印章在我身上。"曹羲兄弟默然而不听从。从夜里一更到五更，曹爽竟把刀扔在地上说："我还不致于做不成富翁。"桓范哭道："曹子丹是个有才干的人，没想到生下你们兄弟几个，却和小猪小牛一样！我哪里料到今天因为你们而整个家族被诛灭啊！”

曹爽于是把司马懿的奏章呈报给皇帝，请皇帝下诏书罢免自己的官职，侍奉皇帝还宫。曹爽兄弟回家后，司马懿调洛阳的官兵团团守住他们，在住房的四角筑上高楼，叫人在楼上观察曹爽兄弟的一举一动。曹爽手拿弹弓到后花园里去，楼上的人就拖着声音高叫道：“原大将军向东南方向走！”曹爽忧愁烦闷不知怎么办好。

戊戌，有关部门上奏说：“太监张当私自把选出来的才人给曹爽，恐怕有不正当的事。”把张当抓起来交给廷尉考查实情，供词说：“曹爽与尚书何晏、邓飏、丁谧、司隶校尉毕轨、荆州刺史李胜等阴谋反叛，等三月中发动。”于是把曹爽、曹羲、曹训、何晏、邓飏、丁谧、毕轨、李胜连同桓范都拘捕起来投入监狱，判处他们大逆不道的罪行，与张当一起都诛灭三族。

……

何晏等人刚当权时，自以为是一世的才杰，没有人能比得上。何晏曾经为名士定其品目说：“‘因为深所以能够通达天下的志意’，是夏侯泰初；‘因为善察细微所以能够成就天下的事务’，是司马子元；‘因为神所以不须急疾而事速成，不须行动而理自至’，我听说过这种话，但没有看到这样的人。”他是想用“神”来比自己。

……

何晏生性沾沾自喜，傅面用的白粉从不离手，走路时总是回过头去看自己的影子。他特别喜欢老子、庄子的书，与夏侯玄、荀粲以及山阳人王弼之流竞相清谈，崇奉虚无，说《六经》是圣人的糟粕。因此天下的士大夫争相羡慕仿效，就形成风气，再也没法制止了。

祖逖北伐

"闻鸡起舞"、"中流击楫"是流传已久的典故,这两个故事的主人公都是祖逖。他所生活的时代,是我国历史上的所谓"五胡乱华"的时代。司马氏集团建立晋朝后,分封了不少具有军事、经济实力的王国。晋武帝死后不久,这些王国的领导人发动了大规模的持续内战,史称"八王之乱"。少数民族的力量乘机而入,有五个少数民族在中原和一些边远地区先后建立了十六个政权,旧称"五胡十六国"。在这样的情况下,北中国陷入长期战乱中,人民的生命财产受到严重损失;晋朝王室的一些人和一批士大夫来到江南地区,成立了东晋政权。东晋初期形势很不稳定，政权内部矛盾重重，而又面临中原地区少数民族的虎视眈眈。本篇所叙述的，便是东晋名将祖逖在危难之际，排除一切困难，北伐报国的动人业绩。

晋愍帝建兴元年。初，范阳祖逖少有大志①。与刘琨俱为司州主簿②，同寝，中夜闻鸡鸣，蹴琨觉曰："此非恶声也！"因起舞。及渡江，左丞相睿以为军咨祭酒③。逖居京口④，纠合骁健，言于睿曰："晋室之乱，非上无道而下怨叛也，由宗室争权，自相鱼肉，遂使戎狄乘隙⑤，毒流中土。今遗民既遭残贼，人思自奋，大王诚能命将出师，使如逖者统之以复中原，郡国豪杰必有望风响应者矣。"睿素无北伐之志，以逖为奋威将军、豫州刺史⑥，给千人廪，布三千匹，不给铠仗，使自召募。（秋八月），逖

① 范阳：国名，国都在今河北涿州。 ② 司州：魏晋改汉所置司隶校尉部辖区为司州，治所在今河南洛阳东北。主簿：官名，汉以后中央机构及地方官府均设此官，负责文书簿籍，掌管印鉴；魏晋后，渐为统兵开府之大臣幕府中的重要僚属，参与机要，总领府事。 ③ 军咨祭酒：官名，即军事顾问长官。 ④ 京口：即今江苏镇江，为长江下游军事重镇。 ⑤ 戎狄：古代称我国西部民族为戎，北方民族为狄。 ⑥ 奋威将军：征讨将军的称号。豫州：州名，治所在今河南淮阳。

将其部曲百余家渡江，中流，击楫而誓曰：“祖逖不能清中原而复济者，有如大江！”遂屯淮阴①，起冶铸兵，募得二千余人而后进。

元帝建武元年。初，流民张平、樊雅各聚众数千人在谯②，为坞主③。王之为丞相也④，遣行参军谯国桓宣往说平、雅，平、雅皆请降。及豫州刺史祖逖出屯芦洲⑤，遣参军殷乂诣平、雅。乂意轻平，视其屋曰：“可作马厩。”见大镬曰⑥：“可铸铁器。”平曰：“此乃帝王镬，天下清平方用之，奈可毁之！”乂曰：“卿未能保其头，而爱镬邪！”平大怒，于坐斩乂，勒兵固守。逖攻之，岁余不下，乃诱其部将谢浮，使杀之。逖进据太丘⑦，樊雅犹据谯城⑧，与逖相拒。逖攻之不克，请兵于南中郎将王含⑨。桓宣时为含参军，含遣宣将兵五百助逖。逖谓宣曰：“卿

① 淮阴：县名，治所即今江苏淮安西南甘罗城。 ② 谯：县名，治所即今安徽亳州。 ③ 坞主：西晋末年戎狄盗贼并起之时，一般不能远离本乡避难的人往往纠合宗族乡党，择有水泉可以耕种而又有城堡或形势险要之地，据以自守；坞主即为这类聚居者的首领。 ④ 王：即晋元帝司马睿，当时为晋王。 ⑤ 芦洲：洲名，在今安徽亳州东涡水北岸。 ⑥ 镬（huò获）：煮食物的大锅，形状像鼎，无足。 ⑦ 太丘：县名，治所在今河南永城西北。 ⑧ 谯城：地名，在今河南夏邑北。 ⑨ 南中郎将：官名，西汉时设中郎将，统率皇帝的侍卫，位次于将军，东汉又增设东、南、西、北中郎将等，晋沿袭。

信义已著于彼，今复为我说雅。”宣乃单马从两人诣雅曰：“祖豫州方欲平荡刘、石①，倚卿为援。前殷乂轻薄，非豫州意也。”雅即诣逖降。逖既入谯城，石勒遣石虎围谯，王含复遣桓宣救之，虎解去。逖表宣为谯国内史②。

六月己巳，晋王传檄天下，称：“石虎敢帅犬羊，渡河纵毒，今遣琅邪王裒等九军③，锐卒三万，水陆四道，径造贼场，受祖逖节度。”寻复召裒还建康④。

大兴二年。初，蓬陂坞主陈川自称陈留太守⑤，祖逖之攻樊雅也，川遣其将李头助之。头力战，有功，逖厚遇之。头每叹曰：“得此人为主，吾死无恨。”川闻而杀之。头党冯宠帅其众降逖，川益怒，大掠豫州诸郡，逖遣兵击破之。夏四月，川以浚仪叛降石勒⑥。

祖逖攻陈川于蓬关，石勒遣石虎将兵五万救之，战于浚仪。逖兵败，退屯梁国⑦。勒又遣桃豹将兵至蓬关，

---

① 刘：即刘聪，东晋列国北汉政权建立者刘渊之子，匈奴族。石：石勒，东晋列国后赵的创建者，羯族。 ② 内史：官名，汉以后各王国所设置的负责民政的官。 ③ 九军：古代天子六军，诸侯三军，通称为九军。这里当是军队的总称。 ④ 建康：县名，治所在今江苏南京，当时为东晋首都。 ⑤ 蓬陂：地名，即逢泽，又称蓬关、蓬池，在今河南开封南。陈留：国名，治所在今河南开封东南陈留城。 ⑥ 浚仪：县名，治所即今河南开封。 ⑦ 梁国：国名，治所在今河南商丘南。

逖退屯淮南。虎徙川部众五千户于襄国①，留豹守川故城。

三年夏六月，祖逖将韩潜与后赵将桃豹分据陈川故城②，豹居西台，潜居东台，豹由南门、潜由东门出入，相守四旬。逖以布囊盛土如米状，使千余人运上台，又使数人担米息于道。豹兵逐之，弃担而走。豹兵久饥，得米，以为逖士众丰饱，益惧。后赵将刘夜堂以驴千头运粮馈豹，逖使韩潜及别将冯铁邀击于汴水③，尽获之。豹宵遁，屯东燕城④，逖使潜进屯封丘以逼之⑤。冯铁据二台，逖镇雍丘⑥，数遣兵邀击后赵兵，后赵镇戍归逖者甚多，境土渐蹙。

先是，赵固、上官巳、李矩、郭默互相攻击，逖驰使和解之，示以祸福，遂皆受逖节度。秋七月，诏加逖镇西将军。逖在军，与将士同甘苦，约己务施，劝课农桑，抚纳新附，虽疏贱者皆结以恩礼。河上诸坞先有任子在

① 襄国：县名，治所即今河北邢台。 ② 后赵：十六国之一，为石勒灭匈奴族刘曜的赵王朝后所建，首都襄国，国号赵，为区别刘曜的赵王朝而称后赵。 ③ 汴水：汴河流经荥阳的一段叫蒗荡渠，渠水东流至浚仪县时分为二水，南流者称沙水，东注者为汴水，汴水东流入梁郡。 ④ 东燕城：即东燕县，治所在今河南延津东北。 ⑤ 封丘：县名，治所即今河南封丘。 ⑥ 雍丘：县名，治所即今河南杞县。

后赵者①，皆听两属，时遣游军伪抄之，明其未附。坞主皆感恩，后赵有异谋，辄密以告，由是多所克获，自河以南，多叛后赵归于晋。

逖练兵积谷，为取河北之计。后赵王勒患之，乃下幽州为逖修祖、父墓②，置守冢二家。因与逖书，求通使及互市。逖不报书，而听其互市，收利十倍。逖牙门童建杀新蔡内史周密降于后赵③，勒斩之，送首于逖曰："叛臣逃吏，吾之深仇。将军之恶，犹吾恶也。"逖深德之。自是后赵人叛归逖者，逖皆不纳。禁诸将不使侵暴后赵之民。边境之间，稍得休息。

四年秋七月甲戌，以尚书仆射戴渊为征西将军、都督司、兖、豫、并、雍、冀六州诸军事、司州刺史，镇合肥④。八月，豫州刺史祖逖以戴渊吴士⑤，虽有才望，无弘致远识；且已剪荆棘收河南地，而渊雍容一旦来统之，意甚怏

---

① 任子：古代统治者为取得别国信任，派自己的亲属、重臣作人质，称作"任子"。② 幽州：州名，治所在今北京西南；祖逖祖籍范阳道县，属幽州。③ 牙门：即牙门将。地位略低于将军的武官。新蔡：县名，治所即今河南新蔡。④ 合肥：县名，治所在今安徽合肥西。⑤ 戴渊吴士：戴渊为广陵人，广陵为西汉时吴王濞的都城，所以称戴渊为吴士。

快。又闻王敦与刘、刁构隙①，将有内难。知大功不遂，感激发病。九月壬寅，卒于雍丘。豫州士女若丧父母，谯、梁间皆为立祠。王敦久怀异志，闻逖卒，益无所惮。

冬十月壬午，以逖弟约为平西将军、豫州刺史，领逖之众。约无绥御之才，不为士卒所附。初，范阳李产避乱依逖，见约志趣异常，谓所亲曰："吾以北方鼎沸②，故远来就此，冀全宗族。今观约所为，有不可测之志。吾托名姻亲，当早自为计，无事复陷身于不义也。尔曹不可以目前之利而忘久长之策。"乃帅子弟十余人，间行归乡里。

永昌元年冬十月，祖逖既卒，后赵屡寇河南，拔襄城、城父③，围谯。豫州刺史祖约不能御，退屯寿春④，后赵遂取陈留。梁、郑之间复骚然矣⑤。

---

① 王敦：晋武帝女婿，当时官侍中、江州牧。刘、刁：刘隗与刁协，当时分别为都督青、徐、幽、平四州诸军事、青州刺史和尚书左仆射。晋元帝患王敦功高骄恣，就引刘隗、刁协为心腹，抑损王氏之权，于是王敦与刘、刁构隙。 ② 鼎沸：比喻局势动荡不安，如像鼎中沸腾的开水。 ③ 襄城：县名，治所即今河南襄城。城父：县名，治所即今安徽亳州东南城父集。 ④ 寿春：县名，治所即今安徽寿县。 ⑤ 梁：指梁国，为汉代所置，西晋曾沿用其名，有今河南商丘等地。郑：先秦时国名，建国于东周初期，都新郑（今属河南）。梁、郑之间指今商丘至新郑一带。

【翻译】

西晋愍帝建兴元年(313)。起初,范阳人祖逖从少年时起就胸怀大志。和刘琨一起做司州主簿,同床而睡,半夜里听到鸡叫声,便把刘琨蹬醒说:“这声音可不坏啊!”于是起身而舞。等到渡江时,左丞相司马睿任命他为军咨祭酒。祖逖居处京口,结集勇猛强壮的人,对司马睿说:“晋朝之所以发生动乱,不是因为皇上无道使下民怨愤反叛,而是由于皇族内部争权夺利,自己人互相残杀,才让戎狄人钻了空子,祸害遍布中原。如今留在中原的人民既然遭到残杀,人人都在想发奋而起,大王您要是真的能委任将领出兵讨伐,让像我祖逖这样的人统帅他们去收复中原,那么各地才智出众的人肯定有看到风势、迅速起来响应的。”司马睿一向没有北上征讨的志向,所以任命祖逖为奋威将军、豫州刺史,只向他提供一千人的粮食、三千匹布,而不给他铠甲和兵器,让他自己去招兵买马。(秋八月),祖逖率领他的私人部队一百多家人横渡长江。船开到江中心时,他以船桨敲打着发誓道:“祖逖要是不能肃清中原而重新渡江的话,就和这大江一样!”于是驻守淮阴,建炉冶炼,打造兵器,招集到了二千多人,然后进军。

元帝建武元年(317)。起初,流民张平、樊雅各自在谯城聚集了几千个人,成为坞主。晋王担任丞相时,曾派行参军谯国人桓宣前去劝说张平、樊雅，平、雅全都请求投降。等到豫州刺史祖逖出兵驻守芦洲时，派参军殷乂去看张平和樊雅。殷乂心里看不起张平，看着他的房屋说："这可以当马厩。"看到大镬说："这可以铸造铁器。"张平说："这是帝王用的镬，天下太平时正好派用场，怎么可以毁掉！"殷乂说："你不能保住自己的头，却还爱惜这个镬啊！"张平非常愤怒，就在座上把殷乂杀了，率领部队坚持防守。祖逖进攻了一年多还攻不下来，就引诱张平手下的小将谢浮，叫他杀了张平。祖逖进而占领太丘，樊雅仍然盘踞谯城，与祖逖相抗拒。祖逖攻不下，向南中郎将王含请求派兵援助。桓宣当时是王含的参军，王含派桓宣率领五百个士兵帮助祖逖。祖逖对桓宣说："您的诚信节义早已在那里出了名，如今再为我劝说一下樊雅吧。"桓宣于是带着两个从人、独自骑马去看樊雅，说："祖豫州正想扫平刘聪和石勒，仰仗您为支援。先前殷乂轻浮刻薄，可不是豫州的意思啊。"樊雅立即到祖逖那里投降了。祖逖进谯城后，石勒派石虎包围谯城，王含又派桓宣去营救，石虎解围离去。祖逖上表任命桓宣为谯国内史。

六月己巳，晋王向全国发布征讨书，其中说："石虎胆敢率领犬羊，渡过黄河，肆意毒害民众，现在派琅邪王司马裒等部队，精兵三万，分水陆四路，直接开赴战场，接受祖逖的节制调度。”不久又叫司马裒返回建康。

大兴二年(319)。起初,蓬陂的坞主陈川自称陈留太守,祖逖攻打樊雅时,陈川派他的将领李头援助祖逖。李头奋力作战,立了战功,祖逖待他很优厚。李头常常叹息道:“要是有这个人当头领,我死了也没有怨恨。”陈川听说后把李头杀了。李头的同党冯宠率领他的手下人投降了祖逖,陈川更加恼火,大肆掠侵豫州所属各郡,祖逖派部队打败了陈川。夏四月,陈川以其所占领的浚仪县叛降石勒。

祖逖在蓬关攻打陈川,石勒派石虎率领五万士兵去救他,在浚仪打了一仗。祖逖的部队打败了,退兵驻守梁国。石勒又派桃豹带领部队到蓬关,祖逖退守淮南。石虎把陈川部下的五千家人迁到襄国去,留下桃豹守卫陈川原先占据的城池。

三年夏六月,祖逖的将领韩潜与后赵的将领桃豹分别占据了陈川原来的城池,桃豹居处西台,韩潜居处东台,桃豹从南门出入,韩潜从东门出入,这样相持据守了四十天。祖逖用布袋子装上泥土,弄得像米袋一样,叫一千多人运到台上去,又派几个人挑着米在大路上歇脚。桃豹的士兵来追赶他们,他们扔下担子就逃。桃豹的士兵长期饥饿,缴获米后,以为祖逖的士兵丰衣足食,更加惧怕。后赵将领刘夜堂用一千头驴运粮食送给桃豹，祖逖派韩潜和另支部队的将领冯铁在汴水阻击运粮队，把粮食全部缴获了。桃豹连夜逃跑，驻守东燕城，祖逖派韩潜进军驻守封丘来胁迫桃豹。冯铁据守东、西二台，祖逖镇守雍丘，多次派部队阻击后赵的部队。后赵戍守的地方归附祖逖的很多，所占土地逐渐减少。

在这之前，赵固、上官巳、李矩、郭默互相攻击，祖逖派使者往来调解，把利害关系指示出来，于是他们全都接受祖逖的节制调度。秋七月，晋元帝下令升祖逖为镇西将军。祖逖在部队里时，和将领士兵同甘共苦，自己很节俭，却致力于施惠，奖励耕织，抚慰接纳新归附的人，即使是卑贱的人也都用恩情礼遇去结交。黄河边上各个坞原先有人质在后赵的，都听随他们同时归属于双方，还时常派流动部队假意劫掠他们，表明他们没有归附自己。这些坞的坞主全都感怀恩德，后赵有反叛的图谋，就秘密告发，因此多有攻克俘获，黄河以南好些人都背叛后赵，归附东晋。

祖逖操练士兵，囤积粮食，为收复黄河以北作准备。后赵王石勒对此很担忧，于是去幽州为祖逖修建祖父、父亲的坟墓，安置两户人家守护坟墓。因而给祖逖写信，请求互通使者、往来贸易。祖逖不回信，但是听随他们往来贸易，获得了十倍的赢利。祖逖的牙门将童建把新蔡内史周密杀了投降后赵，石勒把他杀了，把首级送给祖逖说："反叛的臣僚和逃亡的官吏是我的深仇大敌。将军您所厌恶的，也就是我所憎恶的。"祖逖对此深为感激。从此以后后赵人反叛归附祖逖的，祖逖全都不接纳。明令众将领不让他们侵犯欺侮后赵的百姓，边境之间的民众渐渐获得休息。

四年秋七月甲戌，任命尚书仆射戴渊为征西将军，都督司、兖、豫、并、雍、冀六州诸军事，司州刺史，镇守合肥。八月，豫州刺史祖逖认为戴渊是出生吴地的官吏，虽然有才能名望，却没有弘大的意度和深远的见识，况且自己披荆斩棘收复了黄河以南地区，而戴渊却一下子从容尔雅地来统辖这些地方，心里非常不乐意。又听说王敦和刘槐、刁协结怨，即将发生内部变乱。知道大功不能成就，感慨激愤以致生病。九月壬寅，在雍丘去世。豫州的男男女女如同失去了父母，谯、梁之间全都为他建立了祠堂。王敦早就心怀叛乱的意图，听说祖逖死了，更加肆无忌惮。

冬十月壬午，任命祖逖的弟弟祖约为平西将军、豫州刺史，统帅祖逖的部众。祖约没有安抚统治的才能，不为士兵所亲附。起初，范阳人李产为逃避祸乱而归附祖逖，看见祖约志向和情趣与常人不同，对亲近的人说："我因为北方局势动荡不安，所以远道而来归依这里，希望保全同宗亲属。如今细看祖约的所作所为，有无法猜透的意向。我担着一个他家姻亲的名义，应该早些为自己打算，不要重新陷于不义。你们不可以因为眼前的利益而忘了长远的计策。”就带着后辈十几个人秘密出发回家乡了。

永昌元年(322)冬十月。祖逖去世后，后赵多次侵略黄河以南，攻克襄城、城父，围攻谯城。豫州刺史祖约不能抵抗，退守寿春，后赵于是轻易地征服了陈留。梁、郑之间又开始动乱不安了。

刘裕篡晋

东晋政权的建立，在阻止少数民族政权渡江南下、维护江南地区的稳定方面起了很大的作用。但其政权内部却矛盾重重，地方实力派与中央政权多次发生严重冲突，并且诉诸于武力。这对江南地区的经济发展是很不利的。刘裕由一个贫苦出身的军人，凭军功逐渐上升为重要将领后，在地方实力派桓玄篡夺东晋之际，联合各种反桓势力，打垮桓玄，恢复东晋王朝，自己遂成为朝中举足轻重的人物。以后又在统治集团的内部争斗中，以巧妙的办法消灭对方，两次北伐，都取得成功，无论权势或威信，都已无人能与他相比，于是水到渠成，迫使皇帝让位给他自己，建立了刘宋王朝。比较而论，宋的统治比东晋稳固，由统治阶级的内部矛盾、中央与地方势力的冲突所引起的战乱大为减少，因而对江南地区的发展有其积极作用，刘裕在后世也受到较高的评价。例如南宋著名词人辛弃疾就曾吟咏过："斜阳草树，寻常巷陌，人道寄奴曾住。想当年、金戈铁马，气吞万里如虎。"(《永遇乐·京口北固怀古》，寄奴，即刘裕)本篇所叙述的是他在统治集团内部斗争中的表现。通过本篇，我们不仅可了解其取得政权的具体过程，并且可以看到他的残忍、狠毒与狡诈，从而对封建统治阶级内部的权力斗争有了清楚的认识。

晋安帝隆安三年。初，彭城刘裕生而母死①，父翘侨居京口，家贫，将弃之。同郡刘怀敬之母，裕之从母也，生怀敬未期，走往救之，断怀敬乳而乳之。及长，勇健有大志。仅识文字，以卖履为业，好樗蒲②，为乡闾所贱。

---

① 彭城：县名，治所即今江苏徐州。 ② 樗(chū 初)蒲：古代的一种赌博游戏，盛行于汉魏。

刘牢之击孙恩①，引裕参军事。

元兴三年。桓玄之乱②，刘裕入朝。……

刘裕与何无忌密谋兴复③，刘迈弟毅亦与无忌谋讨玄④，于是相与合谋起兵。刘裕克京口，玄惧，浮江南走。裕入建康，王谧推裕为使持节⑤、都督扬、徐、兖、豫、青、冀、幽、并八州诸军事、徐州刺史。玄至寻阳⑥，逼帝西上，刘毅等追之。玄挟帝至江陵⑦，毅等自寻阳西上，与玄遇，玄众大溃，挟帝西走，冯迁击斩之⑧，乘舆返正于江陵。……

义熙元年……三月，帝至建康，以刘裕为侍中、车骑

---

① 刘牢之：东晋名将，当时为前将军、都督吴郡诸军事。孙恩：东晋时的农民起义领袖，信奉五斗米道，隆安三年曾攻破会稽，响应者众，声势浩大，后被刘牢之等击败。 ② 桓玄之乱：指荆、江二州刺史桓玄于元兴元年攻入东晋首都建康，杀死当时掌握朝政的司马元显，并于次年代晋自立的事件。③ 何无忌：官广武将军，是讨平桓玄、兴复晋室的主要策动者之一。 ④ 刘迈：桓玄称帝时，授竟陵太守。尚未赴任，后为玄所杀。 ⑤ 王谧：当时为司徒、武昌县开国公，对刘裕特别欣赏。使持节：一种代表权力的称号。被授予使持节称号的，可杀中级以下官吏。次一等的为持节，可杀无官职的人。再次为假持节，可杀违反军令的人。 ⑥ 寻阳：县名，治所在今江西九江西南。 ⑦ 江陵：县名，治所即今湖北荆州。⑧ 冯迁：当时为益州督护。

将军、都督中外诸军事①。裕固让不受,屡请归藩②,诏百僚敦劝,帝幸其第。裕复诣阙陈请,乃听归藩。

夏四月,刘裕旋镇京口,改授都督荆、司等十六州诸军事,加领兖州刺史③。

六月,刘裕遣使求和于秦④,且求南乡等诸郡⑤,秦王兴许之。……遂割南乡、顺阳、新野、舞阴等十二郡归于晋⑥。

二年冬十月,尚书论建义功,奏封刘裕豫章郡公。

四年春正月,刘毅等不欲刘裕入辅政⑦,议以中领军谢混为扬州刺史⑧;或欲令裕于丹徒领扬州,以内事付孟

① 都督中外诸军事:官名,为当时军事方面的最高统帅。② 藩:封建王朝的属国或属地。 ③ 兖州:汉武帝所置十三刺史部之一,治所在今山东郓城西。 ④ 秦:即后秦,由羌族贵族姚苌所建,首都长安,有今陕西、甘肃、宁夏、山西一部分,始建国于384年,至417年灭亡。当时的国君为姚兴。⑤ 南乡:郡名,治所在今河南淅川西南。 ⑥ 顺阳:郡名,治所在今河南淅川南。新野:郡名,治所在今河南新野。舞阴:郡名,治所在今河南泌阳西北。 ⑦"刘毅"句:此前不久,侍中、领司徒、扬州刺史、录尚书事王谧逝世,论资望、地位和实力,都应由刘裕来继任这些职务;而刘毅等人不愿刘裕入朝辅政,所以产生了下面竭力阻止刘裕入京并进而继任这些职务的计议。 ⑧ 扬州:州名,治所建康,在今江苏南京。东晋首都亦为建康,所以实任扬州刺史是当时刘裕入京辅政的关键。

昶[1]。遣尚书右丞皮沈以二议咨裕[2]，沈先见裕记室、录事参军刘穆之[3]，具道朝议。穆之伪起如厕，密疏白裕曰："皮沈之言不可从。"裕既见沈，且令出外，呼穆之问之，穆之曰："晋朝失政日久，天命已移。……扬州根本所系，不可假人。前者以授王谧，事出权道；今若复以他授，便应受制于人。一失权柄，无由可得，将来之危，难可熟念。今朝议如此，宜相酬答，必云在我，措辞又难，唯应云'神州治本，宰辅崇要[4]，此事既大，非可悬论，便暂入朝，共尽同异'。公至京邑，彼必不敢越公更授余人明矣。"裕从之。朝廷仍征裕为侍中、车骑将军、开府仪同三司、扬州刺史、录尚书事[5]，徐、兖二州刺史如故。裕

---

① "或欲"两句：这仍是不让刘裕进入京城的策略。丹徒：县名，治所即今江苏镇江市东南丹徒镇。孟昶（chǎng厂）：曾以丹阳尹的身份与刘裕合谋讨平桓玄，其时为吏部尚书。 ② 尚书右丞：官名，尚书属官，掌台内库藏庐舍，凡诸器用之物，及廪振人租布，刑狱兵器，督录远道文书章表奏事。 ③ 记室：相当于后世的秘书。录事参军：官名，掌公府中文簿，举弹善恶。这里刘穆之是以录事参军的官衔担任刘裕的秘书。 ④ 宰辅：朝廷的辅政大臣。王谧生前所任的侍中、司徒、录尚书事都可称得上宰辅。 ⑤ 开府仪同三司：魏晋，将军之开府置官属者称"开府仪同三司"。是某种特定待遇的名号。汉制，惟三公可开府（成立府署，自选僚属），至汉末及魏晋后，开府者渐多。因而设置此名号，意即虽非三公而可以开府，享受三公的待遇（东汉时三公也称三司）。

表解兖州。以诸葛长民为青州刺史，镇丹徒；刘道怜为并州刺史，戍石头。

五年春三月，刘裕伐南燕①。

……

六年六月，以刘裕为太尉、中书监②，加黄钺③。裕受黄钺，余固辞。……

七年春正月己未，刘裕还建康。三月，刘裕始受太尉、中书监。

八年夏四月，以后将军豫州刺史刘毅为卫将军、都督荆、宁、秦、雍四州诸军事、荆州刺史④。毅谓左卫将军刘敬宣曰："吾忝西任，欲屈卿为长史南蛮⑤，岂有见辅意乎？"敬宣惧，以告太尉裕。裕笑曰："但令老兄平安⑥，必无过虑。"

毅性刚愎，自谓建义之功与裕相埒，深自矜伐，虽权

---

① 南燕：东晋十六国之一，由后燕丞相慕容德所建，首都在今山东青州西北，辖地今山东、河南一部分，历时 398 年至 410 年。 ② 中书监：官名，与中书令同掌机要，职务相等而位次略高，为事实上的宰相。 ③ 黄钺：以黄金装饰的钺。本为天子所用，大臣有特殊功勋的，偶尔也赐予黄钺。 ④ 卫将军：将军名，卫分左、右，位次三司，晋以后位益重。 ⑤ 南蛮：南蛮校尉府的简称。 ⑥ 老兄：这是刘裕的自称。

事推裕而心不服。及居方岳①,常怏怏不得志。裕每柔而顺之,毅骄纵滋甚。尝云:“恨不遇刘、项,与之争中原。”及败于桑落②,知物情去已,弥复愤激。裕素不学,而毅颇涉文雅,故朝士有清望者多归之,与尚书仆射谢混、丹杨尹郗僧施深相凭结。僧施,超之从子也③。毅既据上流,阴有图裕之志,求兼督交、广二州,裕许之。毅又奏以郗僧施为南蛮校尉后军司马,毛脩之为南郡太守,裕亦许之,以刘穆之代僧施为丹杨尹。毅表求至京口辞墓,裕往会之于倪塘④。宁远将军胡藩言于裕曰:“公谓刘卫军终能为公下乎⑤?”裕默然,久之曰:“卿谓何如?”藩曰:“连百万之众,攻必取,战必克,毅固以此服公。至于涉猎传记,一谈一咏,自许以为雄豪,以是搢绅白面之士辐凑归之。恐终不为公下,不如因会取之。”裕曰:“吾与毅俱有克复之功,其过未彰,不可自相图也。”

---

① 方岳:四方高大的山峰。古人借以称呼刺史、太守一类的地方长官。 ② 桑落:洲名,在今江西九江东北长江中。败于桑落指义熙六年刘毅在桑落洲被孙恩妹婿、广州刺史卢循打得大败的事。 ③ 郗(xī 希)超:东晋人;与明帝婿桓温交善,桓温专擅朝政时,超任中书侍郎等职,参预太和六年废海西公、立简文帝的密谋,势倾朝野。温死而去职。 ④ 倪塘:一作儿塘,在今南京江宁东南。 ⑤ 刘卫军:指刘毅,因其任卫将军。

秋九月，刘毅至江陵，多变易守宰，辄割豫州文武、江州兵力万余人以自随。会毅疾笃，郗僧施等恐毅死，其党危，乃劝毅请从弟兖州刺史藩以自副，太尉裕伪许之。藩自广陵入朝[①]，己卯，裕以诏书罪状毅，云与藩及谢混共谋不轨，收藩及混，赐死。

……

壬午，裕帅诸军发建康，参军王镇恶请给百舸为前驱。丙申，至姑孰[②]，以镇恶为振武将军，与龙骧将军蒯恩将百舸前发。裕戒之曰："若贼可击，击之；不可者，烧其船舰，留屯水际以待我。"于是镇恶昼夜兼行，扬声言刘兖州上。

冬十月己未，镇恶至豫章口[③]，去江陵城二十里，舍船步上。蒯恩军居前，镇恶次之，舸留一二人，对舸岸上立六七旗，旗下置鼓，语所留人："计我将至城，便鼓严[④]，令若后有大军状。"又分遣人烧江津船舰[⑤]。镇恶径前袭城，语前军士："有问者，但云刘兖州至。"津戍及民间皆晏然不疑。未至城五六里，逢毅要将朱显之欲出江津，问："刘兖州何在？"军士曰："在后。"显之至军后不见藩，

---

① 广陵：郡名，治所在今江苏扬州西北蜀冈上。 ② 姑孰：城名，即今安徽当涂。 ③ 豫章口：即古夏水与长江的通口，在今湖北荆州东南。 ④ 鼓严：即严鼓，把鼓擂得急促、猛烈。 ⑤ 江津：戍地名，在今湖北沙市东南。

而见军人担彭排战具①，望江津船舰已被烧，鼓严之声甚盛，知非藩上，便跃马驰去告毅，行令闭诸城门。镇恶亦驰进，门未及下关，军人因得入城。……镇恶与城内兵斗，且攻其金城②，自食时至中晡③，城内人败散。镇恶穴其金城而入，遣人以诏及赦文并裕手书示毅，毅皆烧不视，与司马毛脩之等督士卒力战。城内人犹未信裕自来，军士从毅自东来者，与台军多中表亲戚④，且斗且语，知裕自来，人情离骇。逮夜，听事前兵皆散，斩毅勇将赵蔡，毅左右兵犹闭东西閤拒战。镇恶虑闇中自相伤犯⑤，乃引军出围金城，开其南面。毅虑南有伏兵，夜半，帅左右三百许人，开北门突出。……

毅夜投牛牧佛寺⑥。初，桓蔚之败也⑦，走投牛牧寺僧昌，昌保藏之，毅杀昌。至是，寺僧拒之曰："昔亡师容桓蔚，为刘卫军所杀，今实不敢容异人。"毅叹曰："为法自弊，一至于此！"遂缢而死。明日，居人以告，乃斩首于

① 彭排：又称"旁排"，即盾牌。② 金城：指城内主将所居的牙城。③ 中晡：晡指下午三点到五点；中晡即下午四点。④ 台军：晋宋间称朝廷禁省为台，台军即指宫中禁军。中表：父亲姊妹的儿女叫外表，母亲的兄弟、姊妹的儿女称内表，两者互称中表。⑤ 闇（àn 暗）：昏暗。⑥ 牛牧佛寺：在今湖北荆州北。⑦ 桓蔚：桓温弟弟桓秘之子，任雍州刺史。刘毅败桓蔚在义熙元年。

市，并子侄皆伏诛。……

十一月己卯，太尉裕至江陵，……裕问毅府咨议参军申永曰[①]："今日何施而可？"永曰："除其宿衅，倍其惠泽，贯叙门次，显擢才能，如此而已。"裕纳之，下书宽租省调，节役原刑，礼辟名士，荆人悦之。

诸葛长民骄纵贪侈[②]，所为多不法，为百姓患，常惧太尉裕按之。及刘毅被诛，长民谓所亲曰："'昔年醢彭越[③]，今年杀韩信[④]'，祸其至矣。"乃屏人问刘穆之曰："悠悠之言，皆云太尉与我不平，何以至此？"穆之曰："公泝流远征，以老母稚子委节下，若一豪不尽，岂容如此邪？"长民意乃小安。

长民弟辅国大将军黎民说长民曰："刘氏之亡，亦诸葛氏之惧也，宜因裕未还而图之。"长民犹豫未发，既而叹曰："贫贱常思富贵，富贵必履危机。今日欲为丹徒布

---

① 咨议参军：官名，设于各王府，备磋商计议各种事务。 ② 诸葛长民：初为桓玄参军，累官豫州刺史、淮南太守；刘裕出讨刘毅时监太尉留府事。 ③ 醢（hǎi 海）：将人剁成肉酱的酷刑。彭越：汉初人；初事项羽，后领兵归汉，卓有奇功，封梁王；最后被汉高祖所杀。 ④ 韩信：汉初时人，初属项羽，羽不用，归汉，为高祖定天下立下大功，历封齐王、楚王，终为汉高祖所杀。

衣①,岂可得邪!”因遗冀州刺史刘敬宣书曰:“盘龙狼戾专恣②,自取夷灭。异端将尽,世路方夷,富贵之事,相与共之③。”敬宣报曰:“下官自义熙以来,忝三州、七郡④,常惧福过灾生,思避盈居损。富贵之旨,非所敢当。”且使以书呈裕,裕曰:“阿寿故为不负我也⑤。”

……

冬十二月,加太尉裕太傅、扬州牧。

九年春二月,太尉裕自江陵东还,骆驿遣辎重兼行而下,前刻至日,每淹留不进。诸葛长民与公卿频日奉候于新亭⑥,辄差其期。乙丑晦⑦,裕轻舟径进,潜入东府⑧。三月丙寅朔旦,长民闻之,惊趋至门。裕伏壮士丁旿于幔中,引长民却人间语,凡平生所不尽者皆及之,长民甚悦。丁旿自幔后出,于座拉杀之,舆尸付廷

---

① 丹徒布衣:诸葛长民为琅邪阳都人,侨居丹徒,故称。② 盘龙:刘毅小字。③“富贵”二句:实际意思是:今后我们相互依靠,共同来保持富贵;即要与刘敬宣结为死党。但在字面上也可解释为目前世道很好,我们应相互勉励督促,保全晚节,以便长享富贵。④ 忝三州七郡:刘敬宣曾投奔南燕,返晋后历任晋陵太守、江州刺史、寻阳太守、宣城内史、襄阳太守、镇蛮护军、安丰太守、梁国内史、青州刺史、冀州刺史,故说愧任三州、七郡。⑤ 阿寿:刘敬宣字万寿,故刘裕称之为阿寿。⑥ 新亭:亭名,在今江苏南京南。⑦ 晦:农历每月的最后一天称晦。⑧ 东府:尚书府的别名。

尉。……

三月戊寅，加裕豫州刺史，裕固让太傅、州牧。秋九月，再命太尉裕为太傅、扬州牧，固辞。

十年。司马休之在江陵①，颇得江、汉民心。子谯王文思在建康，性凶暴，好通轻侠，太尉裕恶之。三月，有司奏文思擅捶杀国吏，诏诛其党而宥文思。休之上疏谢罪，请解所任，不许。裕执文思送休之，令自训厉，意欲休之杀之。休之但表废文思，并与裕书陈谢。裕由是不悦，以江州刺史孟怀玉兼督豫州六郡以备之。

十一年春正月，太尉裕收司马休之次子文宝、兄子文祖，并赐死；发兵击之。诏加裕黄钺，领荆州刺史。……辛巳，太尉裕发建康，……雍州刺史鲁宗之自疑不为太尉裕所容，与其子竟陵太守轨起兵应休之。二月，休之上表罪状裕，勒兵拒之。

……

太尉裕使参军檀道济、朱超石将步骑出襄阳②。……江夏太守刘虔之将兵屯三连③，立桥聚粮以

---

① 司马休之：晋宗室，当时官都督荆、雍、梁、秦、宁、益六州军事、平西将军、荆州刺史、假节。当时江陵为荆州治所。
② 襄阳：县名，治所在今湖北襄阳。 ③ 三连：地名，具体所在无考，参以上下文，当在今湖北安陆与荆州之间，又为自襄阳赴荆州所必经。

待，道济等积日不至。鲁轨袭击虔之，杀之。裕使其婿振威将军东海徐逵之统参军蒯恩、王允之、沈渊子为前锋，出江夏口。逵之等与鲁轨战于破冢①，兵败，逵之、允之、渊子皆死，独蒯恩勒兵不动。轨乘胜力攻之，不能克，乃退。……

裕军于马头②，闻逵之死，怒甚；三月壬午，帅诸将济江。鲁轨、司马文思将休之兵四万临峭岸置陈，军士无能登者。裕自被甲欲登，诸将谏不从，怒愈甚。太尉主簿谢晦前抱持裕，裕抽剑指晦曰："我斩卿！"晦曰："天下可无晦，不可无公。"建武将军胡藩领游兵在江津，裕呼藩使登，藩有疑色。裕命左右录来③，欲斩之。藩顾曰："正欲击贼，不得奉教。"乃以刀头穿岸，劣容足指④，腾之而上，随之者稍多。既登岸，直前力战，休之兵不能当，稍引却。裕兵因而乘之，休之兵大溃，遂克江陵。……

……

诏加太尉裕太傅、扬州牧，剑履上殿，入朝不趋，赞拜不名。

秋八月甲子，太尉裕还建康，固辞太傅、州牧，其余

① 破冢：地名，在今湖北荆州东南。 ② 马头：城名，在今湖北公安西北，北隔长江与荆州相望。 ③ 录：逮捕。 ④ 劣：仅仅，刚好。

受命。

十二年春正月，加太尉裕兖州刺史、都督南秦州①，凡都督二十二州。

三月，加太尉裕中外大都督。裕戒严，将伐秦，加裕领司、豫二州刺史。

夏五月癸巳，加太尉领北雍州刺史②。

秋八月，……丁巳，（裕）发建康。

冬十一月，太尉裕遣左长史王弘还建康，讽朝廷求九锡③。时刘穆之掌留任，而旨从北来，穆之由是愧惧发病。……十二月壬申，诏以裕为相国④，总百揆，扬州牧，封十郡为宋公，备九锡之礼，位在诸侯王上，领征西将军、司、豫、北徐、雍四州刺史如故⑤。裕辞不受。

十三年春正月，太尉裕引水军发彭城。

三月，太尉裕将水军自淮、泗入清河⑥，将泝河西上，先遣使假道于魏。魏人以数千骑随裕军西行，裕遣兵击

---

① 南秦州：东晋十六国前秦苻坚所置郡名，治所在今甘肃成县西北。 ② 北雍州：即雍州，在今陕西西安西北；为区别东晋太和中侨置于今湖北襄阳的雍州而称。 ③ 九锡：古代帝王赐给有大功或有权势的诸侯、大臣的九种器物，后世权臣篡位前，往往先受赐九锡。 ④ 相国：官名，是辅佐皇帝综理全国政务的最高行政官，又称丞相。 ⑤ 北徐：州名，治所在今江苏徐州。 ⑥ 清河：国名，治所在今山东临清东北。

之，魏军奔溃。

秋八月，太尉裕至潼关[①]，王镇恶大破秦兵于渭桥[②]，姚泓将妻子群臣诣镇恶降[③]。九月，裕至长安，以秦金玉、缯帛颁赐将士，送姚泓至建康，斩之。

……

冬十月，诏进宋公爵为王，增封十郡，辞不受。

十一月辛未，穆之卒。太尉裕以根本无托，决意东还。十二月，太尉裕发长安。

十四年春正月，太尉裕至彭城，解严。

夏六月，太尉裕始受相国、宋公、九锡之命，赦国中殊死以下。

……

宋公裕以谶云“昌明之后尚有二帝[④]”，乃使中书侍郎王韶之与帝左右密谋酖帝，而立琅邪王德文。德文常在帝左右，饮食寝处，未尝暂离。韶之伺之经时，不得

---

① 潼关：地名，在今陕西潼关东北黄河南岸。 ② 渭桥：桥名，在今陕西咸阳东北秦咸阳城南渭河上。 ③ 姚泓：东晋十六国的后秦之主，于义熙十二年即位，年号永和。 ④ 谶：古代巫师或方士制作的一种隐语或预言，作为凶吉的符验或征兆。昌明：东晋孝武帝司马曜的字；孝武帝为晋安帝之父。

间。会德文有疾，出居于外，戊寅，韶之以散衣缢帝于东堂①。……裕因称遗诏，奉德文即皇帝位，大赦。

恭帝元熙元年春正月甲午，征宋公裕入朝，进爵为王，裕辞。

……

秋七月，宋公裕始受进爵之命。八月，移镇寿阳②。……

九月，宋王裕自解扬州牧。

冬十二月辛卯，宋王裕加殊礼，进王太妃为太后，世子为太子。

宋武帝永初元年春正月，宋王欲受禅而然于发言，乃集朝臣宴饮，从容言曰："桓玄篡位，鼎命已移③。我首唱大义，兴复帝室，南征北伐，平定四海，功成业著，遂荷九锡。今年将衰暮，崇极如此，物忌盛满，非可久安；今欲奉还爵位，归老京师。"群臣惟盛称功德，莫谕其意。日晚，坐散。中书令傅亮还外乃悟，而宫门已闭，亮叩扉请见，王即开门见之。亮入但曰："臣暂宜还都。"王解其意，无复他言，直云："须几人自送？"亮曰："数十人可

---

① 散衣：日常穿的衣服，也即并非礼服。东堂：正寝东侧的堂屋。 ② 寿阳：县名，东晋孝武帝改寿春县而置，治所即今安徽寿县。 ③ 鼎命：古代把鼎作为立国的重器，鼎命即国家的命脉，这里指帝位。

也。"即时奉辞。……

夏四月，征王入朝。……

六月壬戌，王至建康，傅亮讽晋恭帝禅位于宋，具诏草呈帝，使书之。帝欣然操笔，谓左右曰："桓玄之乱，晋氏已无天下，重为刘公所延，将二十载。今日之事，本所甘心。"遂书赤纸为诏。甲子，帝逊于琅邪第，百官拜辞。……

丁卯，王为坛于南郊，即皇帝位。……

……

奉晋恭帝为零陵王，优崇之礼，皆仿晋初故事。……

……

二年。初，帝以毒酒一罂授前琅邪郎中令张伟①，使酖零陵王。伟叹曰："酖君以求生，不如死。"乃于道自饮而卒。……太常褚秀之，侍中褚淡之，皆王之妃兄也，王每生男，帝辄令秀之兄弟方便杀之。王自逊位，深虑祸及，与褚妃共处一室，自煮食于床前，饮食所资，皆出褚妃，故宋人莫得伺其隙。九月，帝令淡之与兄右卫将军叔度往视妃，妃出就别室相见。兵人逾垣而入，进药于王。王不肯饮，曰："佛教，自杀者不复得人身。"兵人以

① 罂(yīng 婴)：同"罂"，一种口小腹大的盛酒瓦器。

被掩杀之。帝帅百官临于朝堂三日。

【翻译】

晋安帝隆安三年(399)。起初,彭城人刘裕生下来母亲就死了,父亲刘翘寄居京口,家道贫困,将要遗弃刘裕。同郡人刘怀敬的母亲是刘裕的姨母,生下怀敬还没满月,跑去把他救了下来,断了怀敬的奶来喂刘裕。刘裕长大后,勇敢强健,胸有大志。勉强认识文字,以卖鞋子为职业,喜欢赌博,被乡里所轻视。刘牢之攻打孙恩时,引用刘裕为参军事。

元兴三年(404)。桓玄作乱时,刘裕入朝觐见。……

刘裕与何无忌秘密策划举事以恢复晋室,刘迈的弟弟刘毅也和无忌商量讨伐桓玄,于是相互通气,共谋起兵。刘裕攻克京口,桓玄恐惧,渡江向南逃跑。刘裕进入建康,王谧推举刘裕为使持节、都督扬、徐、兖、豫、青、冀、幽、并八州诸军事、徐州刺史。桓玄来到寻阳,逼迫安帝向西走,刘毅等人追赶他们。桓玄胁持安帝到达江陵,刘毅等人从寻阳向西行进,和桓玄相逢,桓玄的人大败逃散,桓玄胁持安帝向西逃跑,冯迁袭击并杀了他,让安帝坐轿子返回江陵。……

(义熙元年)三月,安帝到达建康,以刘裕为侍中、车骑将军、都督中外诸军事。刘裕坚决推让，不肯接受，多次请求返归藩镇，安帝命令臣僚们诚恳劝说，安帝亲临他的住室。刘裕又到安帝的宫殿陈述请求，安帝才听凭他返归藩镇。

夏四月，刘裕回到其所镇守的京口，改授都督荆、司等十六州诸军事的官职，外加兼任兖州刺史。

六月，刘裕派使者向秦国求和，并且索取南乡等几个郡，秦王姚兴答应了他。于是分割南乡、顺阳、新野、舞阴等十二个郡归属晋。

二年冬十月，尚书核定倡义的功劳，奏请封刘裕为豫章郡公。

四年春正月，刘毅等不希望刘裕进朝廷辅政，商议以中领军谢混为扬州刺史；也有人想叫刘裕在丹徒兼任扬州刺史，而把扬州刺史在京城内所应管的政事交给孟昶。派尚书右丞皮沈拿这两个意见去询问刘裕，皮沈先去看刘裕的秘书、录事参军刘穆之，把朝廷里的意见全都说了。穆之假装起身上厕所，秘密写条子给刘裕说："皮沈的话不能信从。"刘裕既已会见皮沈，就叫他暂且到外面去，而把穆之叫来询问。穆之说："晋朝政治腐败已经很久了，天命已不属于晋。……扬州是天下的根本所维系的地方，不可以给别人。以前把它交给王谧，其事出于权宜之计；如今再把它给其他人，就立即受别人的控制。一旦失去权力，就无法再得到，将来的危害，难以仔细估计。现在朝廷里这样商议，理应给他们答复，一定说要自己当，措辞又很难，只好说‘京都是治国的根本之地，宰辅地位崇高、职务重要，这件事极其重大，不是远距离讨论能说清楚的。因而想暂时到朝廷来一次，跟大家一起把自己的意见说出来讨论’。你到了京都，他们肯定不敢越过你再把此官给别人，这是很明显的。”刘裕听从了他的话。朝廷于是依然征召刘裕为侍中、车骑将军、开府仪同三司、扬州刺史、录尚书事，并仍兼任徐、兖二州刺史。刘裕上书辞去兖州刺史的兼职。以诸葛长民为青州刺史，镇守丹徒；刘道怜为并州刺史，防守石头。

五年春三月，刘裕征讨南燕。

……

六年六月，以刘裕为太尉、中书监，加赐黄钺。刘裕接受了黄钺，其余的坚持辞让。……

七年春正月己未，刘裕回建康。三月，刘裕才接受太尉、中书监的官职。

八年夏四月，以后将军豫州刺史刘毅为卫将军、都督荆、宁、秦、雍四州诸军事、荆州刺史。刘毅对左卫将军刘敬宣说：“我惭愧地接受了镇守西方的任命，想委屈你当南蛮校尉府的长史，你有辅助我的意思吧！”敬宣恐惧，把它告诉了太尉刘裕。刘裕笑道："只要我平安无事，一定不会发生意料之外的事。"

刘毅性格傲慢固执，自以为倡义之功和刘裕相等，内心深处居功自夸，虽然把执政大权让给了刘裕，但心里不服气。得到担任地方长官后，常常怏怏不得志。刘裕总是柔弱地顺从他，刘毅就越来越骄傲放纵。他曾经说："很遗憾没遇上刘邦、项羽，和他们争夺中原！"等到在桑落打了败仗，知道形势人心已经失去，更加愤恨激动。刘裕向来没学问，而刘毅颇涉猎文学风雅之事，所以朝廷官吏中有高洁名声的人大多归附他，和尚书仆射谢混、丹杨尹郗僧施互相结纳、彼此依靠。僧施是郗超的侄子。刘毅据守上流后，暗中产生了消灭刘裕的打算，请求兼统交、广二州，刘裕答允了他。刘毅又奏请任郗僧施为南蛮校尉府后军司马，毛脩之为南郡太守，刘裕也答应了，让刘穆之接替僧施当丹杨尹。刘毅上书请求到京口去告别祖宗的坟墓，刘裕前往倪塘和他会面。宁远将军胡藩对刘裕说："您以为刘卫军一直能居于您的底下吗？"刘裕沉默了很久，说："你认为怎么样？"胡藩说："聚集百万大军，每攻必胜，每战必克，就这点来说刘毅对您固然是佩服的，但在涉猎传记、雅谈吟咏方面，他却自己称许为雄才豪杰。因此士大夫、白面书生像车轮的辐木集于轴心一样地归附他。恐怕他终于不肯居于您的底下，不如借会面的机会逮捕他。”刘裕说：“我和刘毅都有克敌复晋的功劳，他的过失没有显露出来，不可以自己人互相图谋啊。”

秋九月，刘毅到达江陵，大量调换地方官，擅自从豫州的文武官吏、江州的兵力中划出一万多人来跟随自己。恰好刘毅病势严重，郗僧施等害怕刘毅死后，他的同党处境危险，就劝刘毅请求让堂弟兖州刺史刘藩来作自己的副手，太尉刘裕假装答应了他。刘藩从广陵入京朝见，己卯，刘裕用诏书陈述刘毅的罪状，说他和刘藩及谢混一起图谋造反，拘捕刘藩及谢混，恩赐他们自杀。

……

壬午，刘裕率领大部队从建康出发，参军王镇恶请求给予一百艘船，作为先驱。丙申，到达姑孰，以镇恶为振武将军，和龙骧将军蒯恩一起带领一百艘船先出发。刘裕告诫他们说：“假如贼兵可以攻击，就攻击他们；不行的话，就烧毁他们的战船，停下来驻守水边等待我。”于是镇恶日夜加倍赶路，扬言是刘兖州到上流地区来了。

冬十月己未，镇恶到达豫章口，离江陵城二十里时，弃船步行前进。蒯恩的部队在前，镇恶在后，每只船留一二个人，在岸上与每一只船相对的部位都树立六七面旗帜，旗帜下面放好鼓，对留下来的人说：“估计我将要到达城里时，就猛烈、急促地擂鼓，要擂得像后面有大部队的样子。”又分别派人烧掉江津的战船。镇恶直接进军攻打城池，对前面的士兵说：“有询问的，只要说刘兖州到了。”守卫渡口的士兵以及老百姓都安然不动，毫不怀疑。在距城五六里的地方，遇见刘毅的主要将领朱显之要出江津去，他问：“刘兖州在哪里？”士兵说：“在后面。”显之来到军队后面没看见刘藩，却看到战士们挑着盾牌武器，望见江津的战船已被烧毁，擂鼓的声音很大，知道不是刘藩上来了，就策马疾驱去报告刘毅，一路上命令关闭各个城门。镇恶也疾驱进城，城门没来得及上栓，战土们因而得以入城。……镇恶和城里的士兵作战，并且攻打城里的牙城，从午饭时打到下午，城里的人战败逃散。镇恶在牙城城墙上穿破一个洞，带兵从洞中进入，派人将诏书以及赦免文书连同刘裕的亲笔信拿给刘毅看，刘毅全把它们烧了不看，和司马毛脩之等人督促士兵奋力作战。城里的人还不相信刘裕亲自来了，跟随刘毅从东部来这里的战士，与王镇恶所带禁军好多是中表亲戚，一边作战一边交谈，得知刘裕确是亲自来了，便人心涣散惊骇。到了夜里，官府前的士兵全部溃散，把刘毅的勇将赵蔡杀了，刘毅身边的士兵仍然关闭东、西阁门力拒抗战。镇恶担心黑暗中自相伤害冲突，就带领部队退出并包围了牙城，只留了南面不围。刘毅担心南面有伏兵，半夜时，率领身边的大约三百个人，开启北门突围而出。……

刘毅在夜里投奔牛牧佛寺。当初桓蔚失败时，逃去投奔牛牧寺的和尚昌，昌把他隐藏保护起来，刘毅杀了昌。到这时，寺里的和尚拒绝他说："从前先师容纳桓蔚，被刘卫军杀了，如今实在不敢容纳不相干的人了。"刘毅叹息道："作法自弊，竟然落到这个境地！"于是上吊死了。第二天，当地的人向有关部门报告了这件事，于是在闹市上砍下他的头，连同儿子、侄子都被处死。……

（冬）十一月己卯，太尉刘裕到达江陵，……询问刘毅府署的咨议参军申永道："如今做什么才好？"申永说："除去刘毅在任时危害人民的措施，比他加倍地施以恩惠，按门第高下依次录用和奖励人才，突出地提拔奇才异能之士，就不过这些罢了。"刘裕采纳了这些建议，下达书面命令：宽缓租税，减省征调，节制劳役，恕免罪犯，以礼征聘名士。荆州人对此很高兴。

诸葛长民骄傲放纵、贪婪奢侈，所做大多不合法，成为老百姓的祸害，经常怕太尉刘裕查处他。等到刘毅被诛灭，长民对亲近的人说："'往年醢杀彭越，今年杀害韩信'，大祸要临头了吧。"于是屏退别人问刘穆之说："众人传闻，都说太尉对我不满，为什么会到这个地步？"穆之说："太尉逆流而上，远距离地去征讨，把老母小孩托付给您，要是存有一丝一毫的隔阂，怎么可能这样做呢？"长民心里才稍微安定一些。

长民的弟弟辅国大将军黎民劝说长民道："刘毅的灭亡，也是诸葛氏的恐惧啊，应该趁刘裕还没有回来就想法解决他们。"长民犹豫不决，然后叹息道："贫贱时常想富贵，富贵后肯定会遇上危机。如今想做丹徒的老百姓，如何办得到呢！"因而写信给冀州刺史刘敬宣说："盘龙像狼一样贪婪凶残，专横放纵，自取灭亡。怀有贰心的人消灭殆尽，世道正趋于平坦，富贵之事，我们共同来保持吧。"敬宣回信说："敝人自从义熙年来，不称职地担任过三个州、七个郡的长官，常常惧怕幸福过头、灾祸横生，寻思着避免盈满、处于谦抑之境。您信中所说关于富贵的那一节，不是我所敢承当的。"并且派人把长民的信上给刘裕，刘裕说："阿寿果然不辜负我。"

……

冬十二月，加太尉刘裕太傅、扬州牧的官职。

九年春二月，太尉刘裕从江陵向东返回，不断派遣载着军用物资的车辆加倍赶路向下游行进，但原先规定某日要到达某处，却总是故意停滞，没一处准时到达。诸葛长民和大臣们连日在新亭恭恭敬敬地等候，总是没能等到。乙丑晦日，刘裕乘坐轻捷的船只直接行进，暗自进入东府。三月丙寅朔清晨，长民听说这一消息，惊慌赶到府门前。刘裕叫勇士丁旿隐伏在帐幕中，拉着长民、屏退众人说闲话，凡是平生所没有说过的都谈到了，长民非常高兴。丁旿从帐幕后出来，在座位上扭着长民的身体把他杀死了，用车载着尸体交付廷尉。……

三月戊寅，加刘裕豫州刺史的官，刘裕坚持辞让太傅和扬州牧的官职。秋九月，再次任命太尉刘裕为太傅、扬州牧，仍坚持辞让。

十年。司马休之在江陵，很符合江、汉百姓的心意。他的儿子谯王文思在建康，生性凶暴，喜欢和那些轻举妄动的侠士交往，太尉刘裕嫌恶他。三月，官吏上书说文思擅自打死国中的小官，安帝下令把他的同党杀了而赦免文思。休之上书认罪，请求解除所任的官职，不允许。刘裕拘捕文思送交休之，叫他亲自教诲鞭策，意思是想叫休之把他杀了。休之只是上表废除文思的爵位，并且给刘裕写信表示道歉。刘裕因此不高兴，以江州刺史孟怀玉兼任豫州六郡的都督，以此来防备他。

十一年春正月，太尉刘裕拘捕司马休之的次子文宝、哥哥的儿子文祖，并且恩赐他们自杀，发兵向他进攻。安帝下令加授刘裕以黄金为饰的钺，兼任荆州刺史。……辛巳，太尉刘裕从建康出发。……雍州刺史鲁宗之怀疑自己不被太尉刘裕所容，和他的儿子竟陵太守鲁轨发兵响应休之。二月，休之上书陈诉刘裕的罪状，统率部队抵抗他。

……

太尉刘裕派参军檀道济、朱超石率领步兵和骑兵从襄阳出兵。……江夏太守刘虔之带领部队驻守三连，设置桥梁、囤积粮食等待他们，道济等连日不到。鲁轨袭击虔之，把他杀了。刘裕派他的女婿振威将军东海人徐逵之统率参军蒯恩、王允之、沈渊之为前锋，从江夏口出兵。逵之等与鲁轨在破冢打了一仗，被鲁轨打败，逵之、允之、渊之都死了，只有蒯恩按兵不动。鲁轨乘胜奋力向他进攻，不能攻克，才撤退。

刘裕驻扎在马头，听说逵之死了，非常愤怒。三月壬午，统帅众将渡江。鲁轨、司马文思率领休之的士兵四万人面对峻峭的江岸置设战阵，战士没有人能登岸。刘裕亲自穿上铠甲想登岸，众将领劝说他也不听，而且更加愤怒了。太尉主簿谢晦上前抱住刘裕，刘裕抽出剑来指着谢晦说："我杀了你！"谢晦说："天下可以没有谢晦，却不可以没有您！"建武将军胡藩率领流动部队在江津，刘裕呼喊胡藩，叫他登岸，胡藩神色迟疑。刘裕命令左右人把他抓来，想杀了他。胡藩回头看着他说："正想攻击贼军，现在不能接受你的教训。"于是把刀头插进江岸，勉强能容纳脚趾，踏着刀身迅速向上跳，跟从他的人慢慢多起来。登岸后，直冲向前奋力作战，休之的部队不能抵挡，渐渐退却。刘裕的部队乘机追逐，休之部队大溃散，于是攻克江陵。……

安帝下诏加授太尉刘裕太傅、扬州牧，可以佩剑穿履朝见皇帝，进朝廷时不用疾走，拜见皇帝时司仪赞礼时不直呼他的名字。

秋八月甲子，太尉刘裕还建康，坚持谦让太傅、州牧的官职，其余的接受命令。

十二年春正月，加授太尉刘裕兖州刺史、都督南秦州，到这时，由他都督的共有二十二个州。

三月，加授太尉刘裕中外大都督。刘裕发布戒严令，准备讨伐后秦，加授刘裕兼任司、豫二州的刺史。

夏五月癸巳，加授太尉兼任北雍州刺史。

秋八月……丁巳，（刘裕）从建康出发。

冬十一月，太尉刘裕派左长史王弘回建康，讽示天子，请求九锡。当时刘穆之执掌留守的重任，而请求九锡的事却由刘裕自己从北方把意图传了过来，穆之因此惭愧恐惧而生了病。……十二月壬申，安帝下诏以刘裕为相国，统帅百官，扬州牧，封为宋公，分封给他十个郡，给以九锡的礼遇，地位在诸侯王之上，仍旧兼任征西将军、司、豫、北徐、雍四州刺史。刘裕推辞不接受。

十三年春正月，太尉刘裕带领水军从彭城出发。

三月，太尉刘裕率领水军从淮水、泗水进入清河，准备沿着黄河向西进发，先派使者向魏借道。魏人派数千名骑兵跟随刘裕的部队向西行进，刘裕派兵袭击他们，魏的部队逃亡溃散。

秋八月，太尉刘裕到达潼关，王镇恶在渭桥把秦的部队打得大败，姚泓带着妻子孩子和众大臣前往镇恶的部队投降。九月，刘裕到达长安，用秦的金玉、缯帛分赏将领士兵，把姚泓送到建康杀了。

……

冬十月，安帝命令进封宋公的爵位为王，增封十郡，刘裕推辞不接受。

十一月辛未，穆之去世。太尉刘裕因为根本之地无人可以依托，下决心东归。十二月，太尉刘裕从长安出发。

十四年春正月，太尉刘裕到达彭城，解除戒严令。

夏六月，太尉刘裕才接受相国、宋公、九锡的诏命，赦免国内死刑以下的罪犯。

……

宋公刘裕因为谶书上说“昌明之后还有二位皇帝”，于是派中书侍郎王韶之和安帝左右的人秘密策划用毒酒杀害安帝，而立琅邪王德文。德文常在安帝左右，吃饭睡觉，未曾有一刻离开过。韶之时常窥伺他，得不到机会。后来正好德文生病，搬出外面居住，戊寅，韶之用散衣在东堂把安帝勒死了。刘裕因而声称安帝留下遗命，拥戴德文登皇帝位，大赦。

恭帝元熙元年(419)春正月甲午，征召宋公刘裕入朝廷，进爵为王，刘裕推辞。

……

秋七月，宋公刘裕才接受进爵的命令。八月，移镇寿阳。……

九月，宋王刘裕自己解除自己扬州牧的职务。

冬十二月辛卯，加给宋王刘裕特殊的礼遇，进封王太妃为太后，世子为太子。

宋武帝永初元年(420)春正月，宋王想接受禅让却又难以开口说，于是召集朝中大臣设宴喝酒，不慌不忙地说道："桓玄篡夺帝位时，帝位已经转移了。我首先倡导大义，复兴帝室，南征北战，平定四海，成功立业，于是承受九锡。如今年龄即将衰老，地位的尊崇到了这样的极点，万物忌惮充盈富足，不可以就此长久安居。如今想恭恭敬敬地退还爵位，在京师辞官养老。"众大臣只是极力称颂他的功业德行，不理解他的用意。天已晚了，筵席散了。中书令傅亮走到外面才领悟，可是宫门已经关闭，傅亮敲门请求接见，宋王立即开门接见了他。傅亮进宫后只说："我应该暂时回京都去一次。"宋王明白他的意思，不再说别的话，直截了当地说："需要几个人护送你？"傅亮说："几十个人就可以了。"立即恭恭敬敬地告辞。……

夏四月，召宋王进朝廷。……

六月壬戌，宋王到达建康，傅亮婉言劝说晋恭帝把皇位禅让给宋王，把准备好的诏书草稿呈送给晋恭帝，让他抄写一下。恭帝欣然拿起笔，对左右人说："桓玄作乱时，晋朝已经没有天下了，重新被刘公所延续，将近二十年。今天的事情，本来是我所心甘情愿做的。"于是用红色的纸写了诏书。甲子，恭帝退位到原来当琅邪王时的府第，全体官员跪拜告别。……

丁卯，宋王在南郊设立高台，登皇帝位。……

尊封晋恭帝为零陵王，优待尊崇的礼节，全部效仿晋初的先例。……

二年。起初，宋武帝把一罐毒酒交给原先的琅邪王郎中令张伟，叫他去毒死零陵王。张伟叹息道："毒死君主来谋求生存，还不如死了。"于是在半路上自己喝了毒酒而死。……太常褚秀之和侍中褚淡之都是零陵王王妃的哥哥，零陵王一生儿子，宋武帝就命令秀之兄弟找机会把他杀掉。零陵王自从退位以后，很担心灾祸降临，与褚妃共同住在一个屋里，亲自在床前烧食物，吃喝的东西，全都由褚妃提供，所以宋武帝的人没办法钻空子。九月，宋武帝命令淡之和哥哥右卫将军叔度去看望褚妃，褚妃走出住室到别的房间里与他们相见。军人翻越墙头进去，向零陵王送毒药。零陵王不肯喝，说：“佛教导说，自杀的人不能再投胎人身。”军人用被子把他闷死了。宋武帝率领全体官员到灵堂去哭吊了三天。

隋讨高丽

公元589年，在北方由杨坚建立的隋王朝消灭了南方的陈王朝，中国重新归于统一。604年杨坚去世，其子杨广继位，是为隋炀帝。炀帝在位做了两件大事，一件是开运河，另一件就是征高丽。这两件大事都耗费了巨大的人力物力，人民为此作了很大的牺牲。开运河对国家的经济发展有利，在隋亡以后仍长期发挥着重要的经济作用；征高丽则除了使两国人民都受到损害以外，没有任何好处。由于国内人民在这事件中牺牲太大，终于纷起反抗，隋朝也就此走向灭亡。本篇所述，就是直接影响隋朝存亡的征高丽事件。它对隋炀帝征高丽的动机、战争进行的具体过程、不能成功的原因、人民和战士的巨大牺牲，都有相当清楚的交代，从中可以分明看出专制、独裁制度的严重危害。

隋文帝开皇十七年。高丽王汤闻陈亡①，大惧，治兵积谷，为拒守之策。是岁，上赐汤玺书②，责以“虽称藩附，诚节未尽”。且曰：“彼之一方，虽地狭人少，今若黜王，不可虚置，终须更选官属，就彼安抚。王若洒心易行，率由宪章，即是朕之良臣，何劳别遣才彦？王谓辽水之广何如长江？高丽之人多少陈国？朕若不存含育，责王前愆，命一将军，何待多力！殷勤晓示，许王自新耳。”汤得书惶恐，将奉表陈谢，会病卒。子元嗣立，上使使拜元为上开府仪同三司，袭爵辽东公③。元奉表谢恩，因请封王，上许之。

十八年春二月，高丽王元帅靺鞨之众万余寇辽西④，

① 陈：朝代名，为南朝的最后一个王朝，建于557年，589年被隋朝所灭。② 玺书：原指以印信封记的文书，秦以后专指皇帝的诏书。③ 辽东公：高汤于周武帝时曾拜辽东郡公，封地在今辽宁西部。④ 靺鞨（mò hé 莫河）：古代北方民族名，地处高丽北面。辽西：郡名，治所柳城，在今辽宁朝阳；隋朝曾在那里设置营州总管府。

营州总管韦冲击走之①。上闻而大怒，乙巳，以汉王谅、王世积并为行军元帅②，将水陆三十万伐高丽。以尚书左仆射高颎为汉王长史③，周罗睺为水军总管④。夏六月丙寅，下诏黜高丽王元官爵。汉王谅军出临渝关⑤，值水潦，馈运不继，军中乏食，复遇疾疫。周罗睺自东莱泛海趣平壤城⑥，亦遭风，船多飘没。秋九月己丑，师还，死者什八九。高丽王元亦惶惧，遣使谢罪，上表称"辽东粪土臣元"，上于是罢兵，待之如初。

……

炀帝大业六年。帝之幸启民帐也⑦，高丽使者在启民所，启民不敢隐，与之见帝。黄门侍郎裴矩说帝曰："高丽本箕子所封之地⑧，汉、晋皆为郡县，今乃不臣，别

---

① 营州：州名，治所龙城，在今辽宁朝阳。总管：官名，隋朝在各要州置大总管府，其余的州设总管府，负责督军镇守。总管即总管府的长官。 ② 王世积：当时为上柱国、凉州总管。 ③ 颎：读作炯(jiǒng)。 ④ 周罗睺(hóu 侯)：当时为大将军。 ⑤ 临渝关：开皇三年所置关名，即今河北抚宁东榆关镇。 ⑥ 东莱：郡名，治所在今山东掖县。平壤城：当时高丽王国的首都，即今朝鲜首都平壤市。 ⑦ 启民：即启民可汗，为当时突厥族的最高统治者。隋炀帝亲临启民所居庐帐在大业三年。 ⑧ 黄门侍郎：官名，掌管机密文件，备皇帝顾问。箕子：商纣族父，封爵于箕(今山西太谷东北)；周武王时封于高丽。

为异域。先帝欲征之久矣，但杨谅不肖，师出无功。当陛下之时，安可不取，使冠带之境遂为蛮貊之乡乎①？今其使者亲见启民举国从化，可因其恐惧，胁使入朝。”帝从之，敕牛弘宣旨曰②：“朕以启民诚心奉国，故亲至其帐。明年当往涿郡③，尔还日语高丽王，宜早来朝，勿自疑惧。存育之礼，当如启民。苟或不朝，将帅启民往巡彼土。”高丽王元惧藩礼颇阙，帝将讨之，课天下富人买武马，匹至十万钱；简阅器仗，务令精新，或有滥恶，则使者立斩。

七年春二月乙亥，帝自江都行幸涿郡④。壬午，下诏讨高丽。敕幽州总管元弘嗣往东莱海口造船三百艘。官吏督役，昼夜立水中，略不敢息，自腰以下皆生蛆，死者什三四。夏四月庚午，车驾至涿郡之临朔宫⑤，文武从官九品以上，并令给宅安置。先是，诏总征天下之兵，无问远近，俱会于涿。又发江、淮以南水手一万人，弩手三万人，岭南排镩手三万人⑥。于是四远奔赴如流。五月，

① 蛮貊(mò 莫)：古代称东北地区的民族为貊；封建统治者通常把华夏中原民族以外的少数民族看作野蛮人，故称蛮貊。 ② 牛弘：当时为吏部尚书。 ③ 涿郡：郡名，隋大业三年改幽州而置，治所在今北京西南。 ④ 江都：郡名，隋大业初以扬州改置，治所在今江苏扬州。 ⑤ 临朔宫：为隋朝新建于涿郡的宫殿。 ⑥ 排镩：排即盾牌；镩是一种比较小的矛。

敕河南、淮南、江南造戎车五万乘送高阳①，供载衣甲幔幕，令兵士自挽之；发河南、北民夫以供军须。秋七月，发江、淮以南民夫及船，运黎阳及洛口诸仓米至涿郡②。舳舻相次千余里③，载兵甲及攻取之具，往还在道常数十万人，填咽于道，昼夜不绝，死者相枕，臭秽盈路，天下骚动。

八年春正月，四方兵皆集涿郡。……

壬午，诏左十二军出镂方、长岑、溟海、盖马、建安、南苏、辽东、玄菟、扶余、朝鲜、沃沮、乐浪等道④，右十二军出粘蝉、含资、浑弥、临屯、候城、提奚、蹋顿、肃慎、碣石、东暆、带方、襄平等道⑤，骆驿引途，总集平壤。凡一百一十三万三千八百人，号二百万，其馈运者倍之。宜

① 高阳：县名，治所即今河北高阳县东旧城。 ② 黎阳：县名，治所在今河南浚县东北，县中有黎阳仓。洛口仓：一名兴洛仓，隋大业二年建造，在今河南巩县东南。 ③ 舳（zhú 逐）：船尾，船后舵；舻：船头；舳舻泛指船只。 ④ 镂方、长岑、溟海、盖马、建安、南苏、辽东、玄菟、扶余、朝鲜、沃沮、乐浪：皆为地名；其地均靠近今中朝边境，一部分在中国，一部分在朝鲜。 ⑤ 粘蝉、含资、浑弥、临屯、候城、提奚、蹋顿、肃慎、碣石、东暆、带方、襄平：皆为地名；其地均靠近今中朝边境，一部分在中国，一部分在朝鲜。

社于南桑干水上①，类上帝于临朔宫南②，祭马祖于蓟城北③。帝亲授节度：每军大将、亚将各一人；骑兵四十队，队百人，十队为团；步卒八十队，分为四团，团各有偏将一人；其铠胄、缨拂、旗旛④，每团异色；受降使者一人，承诏慰抚，不受大将节制；其辎重散兵等亦为四团，使步卒挟之而行；进止立营，皆有次叙仪法。癸未，第一军发。日遣一军，相去四十里，连营渐进。终四十日发乃尽，首尾相继，鼓角相闻，旌旗亘九百六十里。御营内合十二卫、三台、五省、九寺⑤，分隶内、外、前、后、左、右六军，次后发，又亘八十里。近古出师之盛，未之有也。

……

癸巳，上始御师进至辽水。众军总会，临水为大陈。高丽兵阻水拒守，隋兵不得济。……帝命工部尚书宇文

---

① 宜：祭名，祭社称宜。社：土地神。桑干水：河名，源出山西马邑桑平山，东入河北及北京郊外，下流入今永定河。② 类：祭名，古代祭天称类。③ 马祖：马神名，即天驷星。蓟：县名，治所在今北京西南。④ 胄(zhòu 宙)：头盔。缨拂：装在兵器等器具上的缨，以其有拂除尘污的作用，故古称缨拂。⑤ 十二卫：指左、右翊卫，左、右骁卫，左、右武卫，左、右屯卫，左、右御卫，左、右候卫这十二支禁卫军。三台：隋称谒者、司隶、御史为三台。五省：隋以殿内、尚书、门下、内史、秘书为五省。九寺：隋以太常、光禄、卫尉、宗正、太仆、大理、鸿胪、司农、太府为九寺。

恺造浮桥三道于辽水西岸，既成，引桥趣东岸，桥短不及岸丈余。高丽兵大至，隋兵骁勇者争赴水接战，高丽兵乘高击之，隋兵不得登岸，死者甚众。……乃敛兵，引桥复就西岸。……更命少府监何稠接桥①，二日而成。诸军相次继进，大战于东岸，高丽兵大败，死者万计。诸军乘胜进围辽东城，即汉之襄平城也。车驾度辽，引曷萨那可汗及高昌王伯雅观战处以慑惮之②。因下诏赦天下。命刑部尚书卫文昇、尚书右丞刘士龙抚辽左之民③，给复十年④，建置郡县，以相统摄。

诸将之东下也，帝亲戒之曰："今者弔民伐罪，非为功名。诸将或不识朕旨，欲轻兵掩袭，孤军独斗，立一身之名以邀勋赏，非大军行法。公等进军，当分为三道，有所攻击，必三道相知，毋得轻军独进，以致失亡。又凡军事进止，皆须奏闻待报，毋得专擅。"辽东数出战不利，乃婴城固守⑤。帝命诸军攻之，又敕诸将："高丽若降，即宜抚纳，不得纵兵。"辽东城将陷，城中人辄言请降，诸将奉

---

① 少府监：官名，炀帝大业五年分太府为少府监，设监及少监，主管尚方织染等官署。 ② 曷萨那可汗：即突厥（古代阿尔泰山一带的游牧民族）曷萨那部落的最高统治者。 ③ 辽左：辽东的别称，相当于今辽河以东地区。 ④ 给复：给指赐予，复指免除赋税或劳役。 ⑤ 婴城固守：围绕城池四周进行坚守。婴为环绕之意。

旨，不敢赴机，先令驰奏。比报至，城中守御亦备，随出拒战。如此再三，帝终不悟。既而城久不下，六月己未，帝幸辽东城南，观其城池形势，因召诸将诘责之曰："公等自以官高，又恃家世，欲以暗懦待我邪？在都之日，公等皆不愿我来，恐见病败耳。我今来此，正欲观公等所为，斩公辈耳！公今畏死，莫肯尽力，谓我不能杀公邪！"诸将咸战惧失色。帝因留止城西数里，御六合城①。高丽诸城各坚守不下。

……

左翊卫大将军宇文述出扶余道，右翊卫大将军于仲文出乐浪道，左骁卫大将军荆元恒出辽东道，右翊卫将军薛世雄出沃沮道，右屯卫将军辛世雄出玄菟道，右御卫将军张瑾出襄平道，右武候将军赵孝才出碣石道，涿郡太守检校左武卫将军崔弘昇出遂城道②，检校右御卫虎贲郎将卫文昇出增地道③，皆会于鸭绿水西④。述等

---

① 六合城：一种木结构的城，上下四方皆以厚木板制成，朝外的一面蒙上布头，布上画成城墙、城楼等形状。 ② 遂城：县名，隋初置，治所即今河北徐水县西北遂城。 ③ 增地：县名，汉置，治所在今朝鲜清川江入海处。 ④ 鸭绿水：江名，源出白头山，经集安至丹东南入黄海，为今我国与朝鲜的天然分界水之一。

兵自泸河、怀远二镇①，人马皆给百日粮，又给排甲、枪矟并衣资、戎具、火幕②，人别三石已上③，重莫能胜。致下令军中"遗弃米粟者斩"，士卒皆于幕下掘坑埋之，才行及中路，粮已将尽。

高丽遣大臣乙支文德诣其营诈降，实欲观虚实。于仲文先奉密旨："若遇高元及文德来者，必擒之。"仲文将执之，尚书右丞刘士龙为慰抚使，固止之。仲文遂听文德还。既而悔之，遣人绐文德曰："更欲有言，可复来。"文德不顾，济鸭绿水而去。仲文与述等既失文德，内不自安。述以粮尽欲还；仲文议以精锐追文德，可以有功。述固止之，仲文怒曰："将军仗十万之众，不能破小贼，何颜以见帝！且仲文此行，固知无功。何则？古之良将能成功者，军中之事，决在一人。今人各有心，何以胜敌！"时帝以仲文有计画，令诸军咨禀节度，故有此言。由是述等不得已而从之，与诸将渡水追文德。文德见述军士有饥色，故欲疲之，每战辄走。述一日之中七战皆捷，既恃骤胜，又逼群议，于是遂进，东济萨水，去平壤城三十

① 泸河：镇名，隋置，在今辽宁义县境。怀远：镇名，在今辽宁辽中附近。 ② 排甲：盾牌和铠甲。枪：尖头长柄的刺击兵器。矟(shuò 朔)：在马上使用的矛类兵器。戎具：即戎器，泛指兵器。火幕：类似于行军灶的炊事用具。 ③ 石：重量单位，一石为一百二十斤。

里，因山为营。文德复遣使诈降，请于述曰："若旋师者，当奉高元朝行在所。"述见士卒疲弊，不可复战，又平壤城险固，度难猝拔，遂因其诈而还。述等为方陈而行，高丽四面钞击，述等且战且行。秋七月壬寅，至浐水，军半济，高丽自后击其后军，右屯卫将军辛世雄战死。于是诸军俱溃，不可禁止，将士奔还，一日一夜至鸭绿水，行四百五十里。将军天水王仁恭为殿①，击高丽，却之。……唯卫文昇一军独全。

初，九军度辽凡三十万五千，及还至辽东城，唯二千七百人；资储、器械巨万计，失亡荡尽。帝大怒，锁系述等。癸卯，引还。

……

是行也，唯于辽水西拔高丽武厉逻②，置辽东郡及通定镇而已③。八月，敕运黎阳、洛口、太原等仓谷向望海顿④，使民部尚书庐江樊子盖留守涿郡。九月庚寅，车驾至东都⑤。

---

① 天水：县名，南朝梁置，治所在今江西彭泽东。殿：即殿军，行军时居于部队尾部。 ② 武厉逻：高丽设于辽水之西以警戒度辽者的哨所名。 ③ 辽东郡：郡名，治所在今辽宁新民东北辽滨塔。通定镇：在今辽宁新民西北辽河西岸。④ 望海顿：地名，在今辽宁锦县东南。 ⑤ 东都：隋大业五年改东京洛阳为东都。

宇文述素有宠于帝，且其子士及尚帝女南阳公主，故帝不忍诛。甲申，与于仲文等皆除名为民。斩刘士龙以谢天下。萨水之败，高丽追围薛世雄于白石山，世雄奋击破之，由是独得免官。以卫文昇为金紫光禄大夫①。诸将皆委罪于于仲文，帝既释诸将，独系仲文。仲文忧恚发病，困笃，乃出之，卒于家。

九年春正月丁丑，诏征天下兵，集涿郡。始募民为骁果②，修辽东古城以贮军粮。二月壬午，诏："宇文述以兵粮不继，遂陷王师。乃军吏失于支料，非述之罪，宜复其官爵。"寻又加开府仪同三司。……乃复议伐高丽。……

夏四月庚午，车驾度辽。壬申，遣宇文述与上大将军杨义臣趣平壤，左光禄大夫王仁恭出扶余道。仁恭进军至新城③，高丽兵数万拒战，仁恭帅劲骑一千击破之，高丽婴城固守。帝命诸将攻辽东，听以便宜从事。飞楼、橦、云梯、地道四面俱进④，昼夜不息，而高丽应变拒之，二十余日不拔，主客死者甚众。……

---

① 金紫光禄大夫：金紫即金印紫绶；魏晋以后左右光禄大夫、光禄大夫都是银章青绶，若加金章紫绶，称作金紫光禄大夫。 ② 骁果：勇捷果敢，这里指敢死之士。 ③ 新城：县名，在今辽宁抚顺东苏子河与浑河合流处的西面。 ④ 飞楼、云梯：均为攻城的战具。橦：同"幢"，古代的陷阵车。

辽东城久不拔，帝遣造布囊百余万口，满贮土欲积为鱼梁大道，阔三十步，高与城齐，使战士登而攻之。又作八轮楼车，高出于城，夹鱼梁道，欲俯射城内。指期将攻，城内危蹙。会杨玄感反书至①，帝大惧。兵部侍郎斛斯政素与玄感善，玄感之反，政与之通谋。玄纵兄弟亡归，政潜遣之。帝将穷治玄纵等党与，政内不自安，[六月]戊辰，亡奔高丽。庚午夜二更，帝密召诸将，使引军还。军资、器械、攻具积如丘山，营垒、帐幕案堵不动，皆弃之而去。众心恟惧，无复部分，诸道分散。高丽即时觉之，然不敢出，但于城内鼓噪。至来日午时，方渐出外，四远觇侦，犹疑隋军诈之。经二日，乃出数千兵追蹑。畏隋军之众，不敢逼，常相去八九十里。将至辽水，知御营毕渡，乃敢逼后军。时后军犹数万人，高丽随而抄击，最后羸弱数千人为所杀略。

……

十年春二月辛未，诏百僚议伐高丽，数日无敢言者。戊子，诏复征天下兵，百道俱进。三月壬子，帝行幸涿

---

① 杨玄感：当时任礼部尚书；玄感自以累世贵显，在朝文武大多为父亲的故吏，见朝政日紊而炀帝多猜忌，内心不安，就和几个弟弟一起阴谋作乱；炀帝讨伐高丽时，命令玄感在黎阳督运军粮，于是以讨右骁卫大将军来护儿为名，举兵造反。

郡，士卒在道，亡者相继。癸亥，至临渝宫①，祃祭黄帝②，斩叛军者以衅鼓③，亡者亦不止。夏四月甲午，车驾至北平④。

秋七月癸丑，车驾次怀远镇。时天下已乱，所征兵多失期不至；高丽亦困弊。来护儿至卑奢城⑤，高丽举兵逆战。护儿击破之，将趣平壤。高丽王元惧，甲子，遣使乞降，因送斛斯政。帝大悦，遣使持节召护儿还。……

八月己巳，帝自怀远镇班师。……冬十月丁卯，上至东都。己丑，还西京。以高丽使者及斛斯政告太庙。仍征高丽王元入朝，元竟不至。敕将帅严装⑥，更图后举，竟不果行。

初，开皇之末，国家殷盛，朝野皆以高丽为意⑦，刘炫独以为不可⑧，作《抚夷论》以刺之。至是，其言始验。十

---

① 临渝宫：宫名，在今河北抚宁东北。 ② 祃：古代出兵到达所征之地祭神叫祃。 ③ 衅鼓：把人杀了用血涂在鼓上。 ④ 北平：郡名，治所在今河北卢龙。 ⑤ 卑奢城：地名，当时属高丽国，在今辽宁金县东大黑山。 ⑥ 严装：端整装束（包括穿戴整齐等）。此处在字面上是指穿好出征的服装，实际是指做好出征准备。 ⑦ 以……为意：以……作为意向所在。以高丽为意：意在高丽，也即想把高丽灭了。 ⑧ 刘炫：字光伯，景城（治所即今河北沧州西景城）人。隋开皇（581—600）时曾为殿内将军，后又为太学博士，著书颇众。

一月丙申，杀斛斯政于金光门外①。

【翻译】

隋文帝开皇十七年(597)。高丽王高汤听说陈灭亡了，非常恐惧，练兵积粮，作抵抗防守的打算。这一年，皇上赐予高汤诏书，谴责他"虽然称为藩国、附属，可是并未完全具有诚信的臣节"。并且说："你那个地方，虽然地狭人少，但如今若是废除了你，也不能让那个地方空摆着没人管，终究得另外选派我手下的官员到那里去安顿抚恤。你如果洗心悔过、改变错误的行为，遵循典章制度，就是我的好大臣，我何必再另派才德之士到那里去呢？你说辽水的宽广与长江相比怎么样？高丽的人口与陈国相比哪个多哪个少？朕要是不存含养化育之心，而是责罚你以前的过错，只要派一名将军去，哪用花多少力气！我如今情意恳切地开导指示你，只是期望你改过自新啊。"高汤收到诏书后害怕了，准备奉上表章表示感谢，恰好生病去世。儿子高元继位，皇上派使者任命高元为上开府仪同三司，继承辽东公的爵位。高元奉上表章感谢恩德，因而请求封为王，皇上答应了。

---

① 金光门：当时首都大兴城(在今陕西西安市)西面三门之中门。

十八年春二月，高丽王高元率领靺鞨部众一万多人劫掠辽西，营州总管韦冲把他们打退了。皇上听说后非常愤怒，乙巳，任命汉王杨谅、王世积同为行军元帅，带领水陆部队三十万人讨伐高丽；派尚书左仆射高颎为汉王长史，周罗睺为水军总管。夏六月丙寅，下令罢免高丽王高元的官爵。汉王杨谅的部队出了临榆关，正好遇上大雨积水，军需运输跟不上，部队里缺少粮食，又遇上传染病。周罗睺从东莱渡海向平壤城进军，也遭到风浪，船只大多飘散沉没。秋九月己丑，部队撤还，死的人有十分之八九。高丽王高元也害怕了，派使者认罪道歉，上书称“辽东粪土臣元”，皇上于是停止发兵，对待他像原来一样。

……

隋炀帝大业六年(610)。炀帝亲临突厥启民庐帐时，高丽使者在启民那里，启民不敢隐瞒，和他一起拜见炀帝。黄门侍郎裴矩劝炀帝说：“高丽原来是箕子所分封的土地，汉、晋时一直是郡县，如今却不接受国家的统治，分裂出去成了外国。先帝早就想征讨它了，可是杨谅没本事，带兵出征而没建立功绩。在陛下在位时，怎么可以不收复、而让文明人的国土最终成为野蛮人的地方呢？如今他们的使者亲眼看到启民带领全国顺从归化，可以借着他们的恐惧，胁迫他们入朝拜见。”炀帝听从了这一建议，命令牛弘向高丽使者宣旨说："我因为启民诚心诚意地奉献自己的国家，所以亲自去他的庐帐。明年应打算到涿郡去。你回去时告诉高丽王，应该早些来朝拜，不要自己迟疑恐惧。慰问抚育的礼节，自当和启民一样。假若不来朝拜，我准备率领启民到那片土地上去巡狩。"高丽王高元由于自己一向颇缺藩臣之礼，害怕炀帝要讨伐它，就向全国的富人征税买马，每匹高达十万钱；检阅武器，要求它必须精良新锐，假如有粗滥低劣的，就立即杀了使者。

七年春二月乙亥，炀帝从江都到涿郡去。壬午，下令讨伐高丽。命令幽州总管元弘嗣到东莱出海口去造三百艘船。官吏们监督这一工程的，日夜立在水里，一刻也不敢休息，从腰部以下都生了蛆虫，死掉的有十分之三四。夏四月庚午，炀帝到达涿郡的临朔宫，命令当地给随从的九品以上的文武官员全都提供住宅安置下来。在此之前，命令全面征召天下的士兵，不论远近，都在涿郡会合。又调发江、淮以南的水手一万名，弓箭手三万人，岭南的盾矛手三万人。于是四方边远的人马都像流水一样地奔赴而来。五月，命河南、淮南和江南造五万辆战车送往高阳，用来装载衣服、铠甲、帐幕，叫战士自己拉车；调发黄河南北的民伕来供应军用物资。秋七月，调发江、淮以南的民伕和船只，把黎阳与洛口各仓库里的米运到涿郡。船只相连一千多里，运载兵器铠甲及进攻的战具，路上往来的常常有几十万人，在路上彼此挤轧，以至道途堵塞，日夜不停，死人互相压叠，满路是臭气和脏物，天下骚扰不安。

八年春正月，四面八方的部队都集中在涿郡。……

壬午，命令左十二军分别进至镂方、长岑、溟海、盖马、建安、南苏、辽东、玄菟、扶余、朝鲜、沃沮、乐浪等道出兵，右十二军分别进至粘蝉、含资、浑弥、临屯、候城、提奚、蹋顿、肃慎、碣石、东暆、带方、襄平等道出兵，相继起程，在平壤大会合。总共一百十三万三千八百人，号称二百万，运送的人数加倍。在桑干水南岸上祭祀土地神，在临朔宫南面祭祀上帝，在蓟县城北祭祀马神。炀帝亲自部署：每军大将和副将各一人；骑兵四十队，每队一百人，十队为一个团；步兵八十队，分为四个团，每团各有偏将一人；各团的盔甲、缨拂和旗帜都颜色不同；受降使者一人，奉命慰问安抚，不接受大将的制约。运带军用物资的士兵和散兵等也分为四个团，让步兵在两边保护着他们行进；进退扎营都有顺序和规则。癸未，第一军出发。每天派遣一个军，相距四十里，使军营前后相连、逐步进军。整整四十天才出发完毕。队伍首尾相连，鼓声号角相闻，旌旗连绵达九百六十里。炀帝御营里配备了十二卫、三台、五省、九寺，分别附属内、外、前、后、左、右六军，接着出发，又连绵八十里。从古以来派兵出征的盛况，没有达到这一程度的。

……

癸巳，皇上才亲自统领军队进到辽水。各路大军会合，面临辽水排列了很大的阵营。高丽的部队依仗辽水的险阻抵御防守，隋朝士兵没法渡水。……炀帝命令工部尚书宇文恺在辽水西岸造三道浮桥，造好后，把浮桥向东岸延伸，桥短了一丈多，达不到对岸。高丽部队大规模到达，隋朝部队中勇敢的人争着跳入水中交战，高丽士兵从岸上向他们袭击，隋朝士兵没法登岸，死的人很多。……于是收兵，重新把桥拉回西岸……又派少府监何稠接长桥身，两天才做好。各军依次连续不断地前进，在东岸大战，高丽部队大败，死去的人以万计。各军乘胜进军包围辽东城，即汉朝的襄平城。炀帝渡过辽水，带曷萨那可汗及高昌王伯雅到作战的地方观战来使他们畏惧。因而下令大赦天下。命刑部尚书卫文昇、尚书右丞刘士龙安抚辽左的百姓，免除徭役十年，设立郡州，以便统领。

各位将领向东进发时，炀帝亲自告诫他们说："现在是抚慰百姓、讨伐有罪的人，不是为了立功扬名。各位将领或许不知道我的意旨，想派小部队突然袭击，孤军独战，建立个人的名声来求取功勋赏赐，这不是大部队征伐的办法。你们进军，应当分为三路，要攻击的话，一定要三路互相知会，不得以小部队孤军深入，以造成损失伤亡。再者凡是军事上的进退行止，都必须上奏报告、等待答复，不得独断独行。”辽东部队几次出战不利，就环城坚守。炀帝命令各路部队进攻，又命令各位将领：“高丽如果投降，就应该安抚接纳，不准恣意作战。”辽东城将要失陷，城里人就说要求投降，各位将领遵守炀帝旨意，不敢乘机进攻，先叫人疾驱奏告。等到答复到达，城中防守也已齐备，随即出来抗战。再三这样，炀帝始终不醒悟。既而城长久攻不下来，六月己未，炀帝亲临辽东城南，观看辽东城的城墙、护城河和敌军情势，因而召集众将领责问道：“你们自以为官位高，又依仗门阀世系，想把我当作昏乱懦弱的人来对待吗？在京师的时候，你们都不愿意我来，只是害怕吃苦、打败仗罢了。我现在来到这里，正想看看你们的所作所为，然后把你们杀掉！如今你们怕死，不肯尽力作战，以为我不能杀你们啊！”众将领都颤抖恐惧、变了脸色。炀帝因而停留在城西几里外的地方，亲临六合城。高丽各城分别坚守不降。

……

左翊卫大将军宇文述应至扶余道后出兵，右翊卫大将军于仲文应至乐浪道后出兵，左骁卫大将军荆元恒应至辽东道后出兵，右翊卫将军薛世雄应至沃沮道后出兵，右屯卫将军辛世雄应至玄菟道后出兵，右御卫将军张瑾应至襄平道后出兵，右武候将军赵孝才应至碣石道后出兵，涿郡太守检校左武卫将军崔弘昇应至遂城道后出兵，检校右御卫虎贲郎将卫文昇应至增地道后出兵，然后都在鸭绿水西岸会合。宇文述等部队从泸河、怀远两镇出发，发给人和马一百天的粮食，又发给排甲、枪矟及衣食、战具、火幕，每个士兵所带的都在三石以上，重得没法背。以致统帅虽在军中下达了"遗弃米粟的人斩首"的命令，而士兵却都在帐幕下挖掘土坑把粮食埋掉。才走到半路，粮食已快吃完了。

高丽派大臣乙支文德到隋朝军营假装投降，其实是想看看他们的虚实情况。于仲文事先接到炀帝的秘密命令："假如碰见高元和文德来的话，一定要逮住他们。"仲文准备拘捕他，尚书右丞刘士龙是慰抚使，坚持制止这样做。仲文就听任文德回去了。事后对此后悔，派人骗文德说："还有话要说，可以再来。"文德不理睬，渡鸭绿江回去了。仲文与宇文述等把文德放走以后，心里很不安宁。宇文述因为粮食吃完了想回去；仲文建议派精锐部队追文德，可以立功。宇文述坚持制止他，仲文发怒道："将军凭藉十万人的兵力，不能击破小贼，哪有脸去见皇帝！况且仲文这次出兵，本来就知道不会有功劳。什么道理？古代的优秀将领之所以能成功，是因为军队里的事情由一个人决定。如今各人有各人的想法，怎么能战胜敌人！”当时炀帝因为仲文有计谋，命令各军都要将重大的决定、措施向他请教、报告，所以有这样的话。因此宇文述等不得已而听从他，和各位将领渡江追文德。文德看见宇文述的将领士兵有饥饿的脸色，故意要让他们疲劳，每一交战就逃跑。宇文述一天之中打了七仗都告捷，既仗着多次胜利，又迫于大家的议论，于是就进军了，向东渡过萨水，离平壤城三十里，靠山扎营。文德又派使者假意投降，向宇文述请求道：“假如退兵的话，理当侍奉高元至皇帝的住处朝拜。”宇文述看见士兵疲劳困顿，不能再作战了，而且平壤城险阻坚固，估计难以一下子攻克，就顺应他的欺诈退兵了。宇文述等摆下方形的阵势退离，高丽从四面包抄突袭，宇文述等边战边退。秋七月壬寅，来到浐水，部队渡到一半，高丽从后面袭击他们的后边的部队，右屯卫将军辛世雄作战而死。于是各路部队全都逃散，无法禁止，将领士兵逃亡回来，一天一夜到达鸭绿水，行程四百五十里。将军天水人王仁恭担任殿军，阻击高丽，把他们打退了。……只有卫文昇一支部队独自保全。

起初，九军渡辽水时总共三十万五千，等回到辽东城，只有二千七百人；储粮、武器多达万万计，丢弃遗失，全都完了。炀帝大怒，囚禁宇文述等。癸卯，领兵返回。

……

这次出兵，只在辽水西岸攻克了高丽的武厉逻，设置辽东郡和通宝镇而已。八月，命令把黎阳、洛口、太原等仓的粮食运往望海顿，派民部尚书庐江人樊子盖留下守卫涿郡。九月庚寅，炀帝到达东都。

宇文述一向受炀帝的宠爱，而且他的儿子士及娶了炀帝的女儿南阳公主，所以炀帝不忍心杀他。甲申，和于仲文等人都除去仕宦的名籍，当老百姓。把刘士龙杀了来向天下人道歉。萨水战败时，高丽把薛世雄追赶到并包围在白石山上，世雄奋力作战打败了他们，因此独自得以免除官职而不除名。任命卫文昇为金紫光禄大夫。众将领都把罪责推到于仲文身上，炀帝把众将领释放了，只囚禁仲文。仲文忧郁怨恨而生病，病重垂危，才放他出狱，在家里去世。

九年春正月丁丑，下令征召天下士兵，在涿郡集中。开始招募平民成立敢死队，修筑辽东古城来贮存军粮。二月壬午，下诏说："宇文述因为军粮断绝，才使国家的部队失陷。这是军中小官在供应军需上失职，不是宇文述的罪过，应该恢复他的官职爵位。"不久又加任开府仪同三司。……于是重又商议讨伐高丽。……

夏四月庚午，炀帝渡过辽水。壬申，派宇文述和上大将军杨义臣迅速向平壤进发，左光禄大夫王仁恭从扶余道出兵。仁恭进军到达新城，高丽士兵几万人抵抗作战，仁恭带领一千名精壮的骑兵打败了他们，高丽部队环城固守。炀帝命令各将领攻打辽东，听随他们见机行事。飞楼、橦、云梯、地道，从四面八方一起进攻，日夜不停，而高丽人随机应变抵抗他们，二十多天攻不下，攻守双方死的人都很多。……

辽东城长时间攻不下，炀帝派人造一百多万条布袋子，装满泥土，想堆积成鱼脊状的大道，三十步宽，和城一样高，让战士登上大道去攻城。又造八个轮子的楼车，比城还高，夹在鱼脊状的大道两边，准备俯射城内的士兵。指定日期准备攻城，城里人忧惧紧迫。正好杨玄感反叛的奏书送到，炀帝非常恐惧。兵部侍郎斛斯政一向与玄感友好，玄感的造反，斛斯政和他一起策划。玄纵兄弟逃亡回去，是斛斯政暗地里让他走的。炀帝准备彻底惩处玄纵等同党，斛斯政心里不安宁，[六月]戊辰，逃出去投降高丽了。庚午夜里二更时，炀帝秘密召集各位将领，叫他们退兵回去。军用物资、武器、攻城的器具堆积得像小山一样，营垒、帐幕照原样不动，他们把这些都扔在了那里而自己离去。大家心里震惊恐惧，不再按部分队，只是向各条道路分头乱窜。高丽人立即发觉了这一情形，然而不敢出来追击，只在城里击鼓呼叫。到了第二天午时，才逐渐走出城外，向四处远方窥视侦察，还怀疑隋朝部队是在用计欺骗他们。过了两天，才出动几千名士兵追击跟踪。害怕隋朝部队人多，不敢进逼，总是相离八九十里。即将到达辽水，知道炀帝的军营渡水完毕，才敢迫近后面的军队。当时后面的军队还有几万人，高丽部队尾随并包抄袭击，最后几千个衰弱的人被高丽人所杀害俘虏。

……

十年春二月辛未，命令众官僚商议讨伐高丽，好几天没人敢发言。戊子，下令再次征召天下的士兵，各路一起进发。三月壬子，炀帝亲临涿郡，士兵走在路上，逃亡的人接连不断。癸亥，到达临渝宫，在那里祭祀黄帝，斩杀从军中叛逃的人，用他们的血涂在战鼓上来举行血祭，但逃亡者还是不停止。夏四月甲午，炀帝到达北平。

秋七月癸丑，炀帝到了怀远镇。当时天下已经混乱，所征召的士兵大多过了规定的期限还未到；高丽也窘迫疲惫。来护儿到达卑奢城，高丽发兵迎战。护儿打败了他们，准备迅速进军平壤。高丽王高元恐惧了，甲子，派使者乞求投降，把斛斯政囚禁后送还。炀帝非常高兴，派使者拿着符节召呼护儿回来。……

八月己巳，炀帝从怀远镇撤兵回去。……冬十月丁卯，皇上到达东都。己丑，回到西京。用高丽使者和斛斯政祭告太庙。仍旧召高丽王高元入朝觐见，高元竟然不到。因而命令将帅做好出征的准备，谋求在以后再次举兵，但最终没有成行。

起初，开皇末年时，国家富足兴盛，朝廷与在野人士都想把高丽灭了，只有刘炫认为不可以，写了《抚夷论》来讥刺这事。到这时，他的话才开始应验。十一月丙申，在金光门外把斛斯政杀了。

奸臣聚敛

开元(713—741)盛世的后期，唐朝政府的统治发生了危机。唐玄宗任用宇文融实行“检括户口”的办法，在经济上搜刮民脂，竭泽而渔。即使在宇文融犯罪受罚之后，唐玄宗仍继续重用帮他聚敛的“奸臣”。这些“奸臣”除了会竭泽而鱼之外，并无真正的振兴经济的办法，而唐玄宗所要求的也不过是那些肯不顾自己名誉而大肆搜括的人，并不真的需要在经济方面有才能的人。杨钊不过是在宫中赌博时管赌账管得清楚，就被调去担任负责国家经济方面的官职，就是一个典型的事例。唐王朝任用一批善于搜括的小人来暂时解决困难，这自然只能是饮鸩止竭。用奸臣聚敛之事足以表明唐王朝盛极而衰的时代已经来临了。

唐玄宗开元九年春正月，监察御史宇文融上言①，天下户口逃移，巧伪甚众，请加检括。融，弼之玄孙也②，源乾曜素爱其才③，赞成之。二月乙酉，敕有司议招集流移、按诘巧伪之法以闻。

丁亥，制："州县逃亡户口听百日自首，或于所在附籍，或牒归故乡④，各从所欲。过期不首，即加检括，谪徙边州。公私敢容庇者抵罪。"以宇文融充使，括逃移户口及籍外田，所获巧伪甚众，迁兵部员外郎兼侍御史⑤。融奏置劝农判官十人，并摄御史，分行天下。其新附客户，免六年赋调⑥。使者竞为刻急，州县承风劳扰，百姓苦

① 监察御史：官名，负责分察百官、巡按郡县、纠视刑狱、肃整朝仪等，品秩不高但权限很广。 ② 宇文弼（bì 必）：隋炀帝时官礼部尚书，炀帝忌惮他职显望重，把他杀了。 ③ 源乾曜：当时为黄门侍郎、同平章事、侍中。 ④ 牒：公文。 ⑤ 兵部员外郎：官名，唐代尚书分吏、礼、户、工、刑、兵六部，各部设司，员外郎为各司的次官，协助郎中处理司中事务。侍御史：官名，属御史台，掌纠举百僚，推究审查狱讼。 ⑥ 赋：田租。调：古代赋税的一种，唐代每年随乡土所产按户交纳一定数量的绫、绢、絁、布、棉、麻等纺织品或原料，称作调。

之。阳翟尉皇甫憬上疏言其状[①]；上方任融，贬憬盈川尉[②]。州县希旨，务于获多，虚张其数，或以实户为客，凡得户八十余万，田亦称是。

十一年秋八月，敕："前令检括逃人，虑成烦扰，令所在州县安集，遂其生业。"

十二年夏六月壬辰，制听逃户自首，辟所在闲田，随宜收税，毋得差科征役，租庸一皆蠲免[③]。仍以兵部员外郎兼侍御史宇文融为劝农使，巡行州县，与吏民议定赋役。

秋八月己亥，以宇文融为御史中丞，乘驿周流天下。事无大小，诸州先牒上劝农使，后申中书[④]，省司亦待融指㧑，然后处决。时上将大攘四夷，急于用度，州县畏融，多张虚数，凡得客户八十余万，田亦称是。岁终，增缗钱数百万[⑤]，悉进入宫，由是有宠。议者多言烦扰，不利百姓，上令集百寮于尚书省议之，公卿已下畏融恩势，

---

① 阳翟：县名，治所即今河南禹州。 ② 盈川：县名，治所在今四川筠连境。 ③ 租：成年男子根据一顷田输粟二石的比例每年交纳粮食。庸：成年男子每年无偿服役二十天；如不服役，每天交绢三尺。租庸调制为唐代的税收制度。④ 中书：官署名，即中书省。唐代中书与门下、尚书三省同为中央行政总汇，由中书决策，验门下后交尚书省执行。 ⑤ 缗钱：一种用线穿连成串的贯钱。以一千钱为一缗。

皆不敢立异。惟户部侍郎杨瑒独抗议，以为“括客免税，不利居人。征籍外田税，使百姓困弊，所得不补所失”。未几，瑒出为华州刺史①。

十三年。以宇文融兼户部侍郎②。制以所得客户税钱均充常平仓本钱③。

十四年。中书令张说恶御史中丞宇文融之为人④，且患其权重，融所建白，多抑之。夏四月壬子，融及御史大夫崔隐甫、御史中丞李林甫共弹说“引术士占星，徇私僭侈，受纳贿赂”。庚申，罢说中书令。

十五年春正月，御史大夫崔隐甫、中丞宇文融恐右丞相张说复用，数奏毁之，各为朋党。上恶之，二月乙巳，制说致仕，隐甫免官侍母，融出为魏州刺史⑤。

乙卯，制：“诸州逃户，先经劝农使括定按比，后复有逃来者，随到准白丁例输当年租庸⑥，有征役者免差。”

---

① 华州：州名，治所在今陕西华县。 ② 侍郎：官名，唐代中书、门下、尚书三省所属各部长官的副职。 ③ 常平仓：政府为调整粮价而设。丰年谷贱，政府出资收购粮食，储于常平仓内，免致粮价暴跌，伤害农民；荒年谷价暴涨，则由政府从常平仓内取出粮食以较低价格出卖，以压低谷价。 ④ 中书令：官名，为中书省的长官，往往由有特殊资望者担任。 ⑤ 魏州：州名，治所在今河北大名东北。 ⑥ 白丁：不隶属兵籍的壮年男子。

十六年春正月甲寅，以魏州刺史宇文融为户部侍郎兼魏州刺史，充河北道宣抚使①。丙寅，以魏州刺史宇文融检校汴州刺史②，充河南北沟渠堤堰决九河使。融请用《禹贡》九河故道，开稻田③，并回易陆运钱，官收其利。兴役不息，事多不就。

十七年。宇文融性精敏，应对辩给，以治财赋得幸于上，始广置诸使，竞为聚敛，由是百官浸失其职，而上心益侈，百姓皆怨苦之。为人疏躁多言，好自矜伐，在相位，谓人曰："使吾居此数月，则海内无事矣。"信安王祎以军功有宠于上，融疾之。祎入朝，融使御史李寅弹之，泄于所亲。祎闻之，先以白上。明日，寅奏果入，上怒。九月壬子，融坐贬汝州刺史④，凡为相百日而罢。是后言财利以取贵仕者，皆祖于融。

冬十月，宇文融既得罪，国用不足，上复思之，谓裴

---

① 河北道：道名，治所在今河北大名东北，辖境相当于今北京市、河北省、辽宁省大部，河南、山东古黄河以北地区。宣抚使：官名，派遣巡视经战乱或自然灾害地区的朝官，称宣慰安抚使或宣抚使。 ② 检校：指由皇帝正式任命而不到任的官。宇文融的检校汴州刺史即是；正式担任汴州刺史的另有其人。汴州：州名，治所在今河南开封。 ③《禹贡》：《尚书》中的篇名，是保存我国古代地理资料的重要篇章。 ④ 汝州：州名，治所在今河南临汝。

光庭等曰①："卿等皆言融之恶，朕既黜之矣，今国用不足，将若之何？卿等何以佐朕？"光庭等惧，不能对。会有飞状告融赃贿事，又贬平乐尉②。至岭外岁余，司农少卿蒋岑奏融在汴州隐没官钱巨万计③，制穷治其事，融坐流岩州④，道卒。

二十一年。太府卿杨崇礼，政道之子也⑤，在太府二十余年，前后为太府者莫能及。时承平日久，财货山积，尝经杨卿者无不精美。每岁钩驳省便⑥，出钱数百万缗。是岁，以户部尚书致仕，年九十余矣。上问宰相："崇礼诸子谁能继其父者？"对曰："崇礼三子，慎余、慎矜、慎名，皆廉勤有才，而慎矜为优。"上乃擢慎矜自汝阳令为监察御史⑦，知太府出纳；慎名摄监察御史，知含嘉仓出给；亦皆称职。上甚悦之。慎矜奏诸州所输布帛有渍污穿破者，皆下本州征折估钱，转市轻货。征调始繁矣。

---

① 裴光庭：当时为中书侍郎、同平章事。 ② 平乐：县名，治所在今广西平乐西平乐溪北岸。 ③ 司农少卿：官名，唐有司农寺，设卿、少卿等官，主管粮食积储、京官禄米及园池果实等。巨万：万万，有时也可泛指多数。此处是前一种意思。④ 岩州：州名，治所在今广西北流境。 ⑤ 政道：隋炀帝的孙子，齐王暕的儿子。 ⑥ 钩：指查考收支情况。驳：其属下有人开虚账时加以驳正。便：因势取便，这里指以此来从事贸易、增加收入。 ⑦ 汝阳：县名，治所即今河南汝南。

天宝元年春三月，以长安令韦坚为陕郡太守①，领江、淮租庸转运使②。初，宇文融既败，言利者稍息。及杨慎矜得幸，于是韦坚、王铁之徒竞以利进。百司有事权者，稍稍别置使以领之，旧官充位而已。坚，太子之妃兄也，为吏以干敏称。上使之督江、淮租运，岁增巨万；上以为能，故擢任之。王铁，方翼之曾孙也③，亦以善治租赋为户部员外郎兼侍御史。

二年春三月，江、淮南租庸等使韦坚，引浐水抵苑东望春楼下为潭，以聚江、淮运船，役夫匠通漕渠，发人丘垄，自江、淮至京城，民间萧然愁怨。二年而成。丙寅，上幸望春楼观新潭。坚以新船数百艘，遍榜郡名，各陈郡中珍货于船背。陕尉崔成甫著锦半臂，缺胯绿衫而裼之，红袙首，居前船唱《得宝歌》，使美妇百人盛饰而和之，连樯数里。坚跪进诸郡轻货，仍上百牙盘食。上置宴，竟日而罢。观者山积。夏四月，加坚左散骑常侍④，

---

① 陕郡：郡名，治所在今河南三门峡西旧陕县。② 转运使：官名，掌管粮食、财赋的转运事务，唐代多以大臣兼领。③ 王方翼：自唐高宗时起，历任庭州（在今新疆吉木萨尔北）刺史、夏州（今陕西靖边东北）都督，多次平定西域，封太原郡公，武后朝时流放而卒。④ 散骑常侍：官名，唐代分隶门下省者称左散骑常侍，在中书省者称右散骑常侍；无实际职权，但官位尊贵，多由将相大臣兼任，备顾问。

其僚属吏卒褒赏有差，名其潭曰广运①。

四载秋九月癸未，以陕郡太守、江淮租庸转运使韦坚为刑部尚书，罢其诸使，以御史中丞杨慎矜代之。

冬十月，上以户部郎中王铁为户口色役使②，敕赐百姓复除。铁奏征其辇运之费，广张钱数，又使市本郡轻货，百姓所输乃甚于不复除。旧制：戍边者免其租庸，六岁而更。时边将耻败，士卒死者皆不申牒，贯籍不除。王铁志在聚敛，以有籍无人者皆为避课，按籍戍边六岁之外，悉征其租庸，有并征三十年者，民无所诉。上在位久，用度日侈，后宫赏赐无节，不欲数于左、右藏取之③。铁深知上指，岁贡额外钱帛百亿万，贮于内库，以供宫中宴赐，曰："此皆不出于租庸调，无预经费。"上以铁为能富国，益厚遇之。铁务为割剥以求媚，中外嗟怨。丙子，以铁为御史中丞、京畿采访使④。

---

① 广运潭：今陕西西安东。 ② 色役：唐代徭役的一种。唐各级品官和官衙所用仆役，均由官府派人户担当，分别拨给。户口色役使即为负责这种徭役的使者。 ③ 左、右藏：国库。唐代左藏存放钱帛、杂采、天下赋调所得，右藏存放铜铁毛骨、玩异之物、金玉珠宝及诸方贡献杂物。 ④ 京畿：道名，为十五道之一。治所在今陕西西安，辖境相当于今陕西东南部关中平原。采访使：官名，采访处置使的简称，开元时改各道按察使而置，掌举劾所属州县官吏。

杨钊侍宴禁中①，专掌樗蒲文簿，钩校精密。上赏其强明，曰“好度支郎”。诸杨数征此言于上，又以属王铁，铁因奏充判官。

七载。度支郎中兼侍御史杨钊善窥上意所爱恶而迎之，以聚敛骤迁，岁中领十五余使。夏六月甲辰，迁给事中兼御史中丞，专判度支事，恩幸日隆。

……

八载春二月戊申，引百官观左藏，赐帛有差。是时州县殷富，仓库积粟、帛动以万计。杨钊奏请所在糶变为轻货，及征丁租地税皆变布帛输京师。屡奏帑藏充牣，古今罕俦，故上帅群臣观之。赐钊紫衣、金鱼以赏之②。上以国用丰衍，故视金帛如粪壤，赏赐贵宠之家，无有极限。

【翻译】

唐玄宗开元九年（721）春正月，监察御史宇文融上书说，天下逃亡迁移的户口中，奸诈虚伪的很多，请求加以检核搜求。宇文融是宇文弼的玄孙，源乾曜一向爱惜

---

① 杨钊：杨贵妃的从祖兄，当时为金吾兵曹参军，可以与供奉官（即中书、门下省官）一样出入宫禁。 ② 紫衣：紫色的衣服，是贵官公服。金鱼：唐代三品以上官服紫，佩金符，刻鲤鱼形，称作金鱼。

他的才能，赞成这一建议。二月乙酉日，皇上命令有司商议招集流亡迁移、查问奸诈虚伪的办法，向他汇报。

丁亥日，颁下制书说："州县逃亡的户口听任他们在一百天内自首，或者让他们在所在的地方归籍，或者备好公文，把他们遣送回乡，分别听从他们各自的意愿。过了规定时间不自首的，就要检核搜求了，查出来的罚他们迁徙边远州县。不论公私胆敢容纳庇护的，处以应得之罪。"以宇文融充当使者，搜求逃亡迁移的户口以及户籍以外的田地，他所查获的奸诈虚伪情事很多，所以被升为兵部员外郎兼侍御史。宇文融奏请设置劝农判官十个人，并都兼代理御史之职，分别巡行天下。那些刚刚附籍的外来户口，免除六年赋税。使者竞相采取苛刻严峻的措施，州县官承顺他们的意图，大肆骚扰，百姓因此而困苦。阳翟尉皇甫憬上书陈说这一情状；皇上正在任用宇文融，把皇甫憬贬为盈川尉。州县官迎合上头的意旨，力求搜出更多的逃移户口，虚假地扩大数目，或者把实在的户口当作从外地逃移过来隐瞒不报的，一共获得户口八十多万家，田地也与此相称。

十一年秋八月，发布敕令："以前下令检核搜求逃亡人口，担心被变成烦扰百姓的现象，特令逃移户口所在的各州县，把他们安顿下来，顺应各自的职业。"

十二年夏六月壬辰，诏命听任逃亡的户口自首，其所开垦的荒田，按情况收税，不得征派劳役，租庸一并免除。仍然以兵部员外郎兼侍御史宇文融为劝农使，巡视各州县，与官吏百姓商定赋税和劳役。

秋八月己亥，以宇文融为御史中丞，乘驿车周游天下。凡是在其所辖范围内的事不论大小，各州先用文书上报劝农使，然后申报中书省，省司也要等待宇文融的意见，然后再处理决定。这时皇上准备大规模征讨四夷，正为费用开支着急，由于州县官害怕宇文融，大量开列虚报的数目，一共获得客籍户口八十多万家，田地也与此相称，年底增加了缗钱几百万，全部进入皇宫，宇文融因此得宠。评论者大多说这样繁琐纷扰，不利于老百姓，皇上命令把百官集中在尚书省商议这件事。公卿以下害怕宇文融的恩宠势力，都不敢提出不同意见。只有户部侍郎杨瑒独自抗议，认为“搜求客户而免除他们赋税，不利于定居一地的人们。征收籍外田的租税，使老百姓贫穷困顿，得不偿失”。不久，杨瑒被调出去担任华州刺史。

十三年。以宇文融兼任户部侍郎。诏命把所获得的客户税钱全部充作常平仓的本钱。

十四年。中书令张说厌恶御史中丞宇文融的为人，并且担忧他权势太大，对宇文融所提出的意见，大多加以抑制。夏四月壬子，宇文融以及御史大夫崔隐甫、御史中丞李林甫共同弹劾张说“引荐术士观星象以测吉凶，营私舞弊，过分奢侈，接受贿赂”。庚申，罢免张说中书令的官职。

十五年春正月，御史大夫崔隐甫、中丞宇文融害怕右丞相张说再被任用，多次上书诋毁他，各自结为朋党。皇上对此厌恶，二月乙巳，诏命张说辞职回家，隐甫罢官侍养母亲，宇文融出任魏州刺史。

乙卯，颁布制书说：“各州县的逃亡户口，先前业已经过劝农使搜求核实，其后再有逃亡而来的，一到就按白丁的条例交纳当年的租税，如州县在当年要征人服役，他们可以免役。”

十六年春正月甲寅，任命魏州刺史宇文融为户部侍郎兼魏州刺史，充当河北道宣抚使。丙寅，以魏州刺史宇文融为检校汴州刺史，充任治理黄河南北沟渠堤堰决口的九河使者。宇文融请求恢复《禹贡》所记载的九河河道，这样可以增加稻田，并且（由此所增加的水上交通，其运费较陆运为省）将水上运费折合为陆运的费用而计算其差额，由官府收取其利益。他不断地兴建工程，事情却往往不成功。

十七年。宇文融生性精干敏捷，对答时能言善辩，以治理财赋而受皇上宠信，开始广泛设置各种使者，竞相搜刮财物，因此众官吏逐渐失去了各自的职守，而皇上的心越来越不满足,老百姓对此很感怨苦。宇文融为人疏阔浮躁而话多,喜欢居功自夸。居相位时,对人说:“让我任此官几个月,海内就没事了。”信安王李祎因为作战有功而得宠于皇上,宇文融忌妒他,李祎入朝,宇文融派御史李寅弹劾他,此事被其所亲近的人泄漏了出去。李祎听说后,先把它告诉皇上。第二天,李寅的奏章果然入宫,皇上发了怒。九月壬子,宇文融因此获罪贬为汝州刺史。一共当了一百天宰相就罢免了。从此以后,用言讲财利来获取贵官显位的人,都效仿宇文融。

冬十月,宇文融既已获罪,国家的开支不够了,皇上又想念他,对裴光庭说:“你们都说宇文融的罪过,我已经把他贬谪了,如今国家开支不够,将怎么办呢?你们怎么来辅佐我呢?”光庭等人恐惧,回答不上。正好有匿名文书举报宇文融贪污受贿的事,又把他贬为平乐尉。到达岭外一年多,司农少卿蒋岑上书说宇文融在汴州隐瞒吞没公家的钱以万万计,诏命彻底追查这件事,宇文融获罪流放岩州,半路上去世了。

二十一年。太府卿杨崇礼,是政道的儿子,在太府二十多年,先后任太府卿的都比不上他。当时太平日子长了,钱财货物堆得像山一样高,只要经过杨卿管理的,没有不精美的。每年认真考核收支、杜绝虚假账目,多方节省,因势取便以增加收入。生财几百万缗钱。这一年，他以户部尚书的职位致仕回家，年龄九十多岁了。皇上询问宰相："崇礼的几个儿子谁能接他父亲的班？"回答说："崇礼有三个儿子，慎余、慎矜和慎名，都清廉勤勉而有才能，而慎矜更好。"皇上于是把慎矜从汝阳令提升为监察御史，掌管太府的出纳；慎名代理监察御史，掌管含嘉仓的出入；也都称职。皇上对此很高兴。慎矜进奏：各州所运来的布帛有弄脏磨破的，都要将耗损折合现钱，向本州征收，并命本州把钱转买轻便易运的东西送上京来。这样一来，征调便开始繁多起来了。

天宝元年(742)春三月，以长安令韦坚为陕郡太守，兼任江、淮租庸转运使。起初，宇文融失败后，讲财利的人稍微少了些。等到杨慎矜受宠信，于是韦坚、王鉷这伙人竞相以财利进用。各官署有财利之权的职务，都渐渐由上头另外安排使者来兼管，原先担任这职务的官只是摆在位置上充数罢了。韦坚是太子妃子的哥哥，做官以干练敏捷著称。皇上派他监督江、淮租税钱粮的运输，年年增财很多；皇上认为他有才能，所以提拔任用他。王鉷是王方翼的曾孙，也因为善于管理租税而当上了户部员外郎兼侍御史。

二年春三月。江、淮以南租庸等使韦坚把浐水引到禁苑东面的望春楼下造成水潭，用来聚集江、淮运输的船只，驱使役夫工匠疏通用作漕运的渠道，掘除人们的坟墓。从江、淮直到京城，民间骚动愁怨。两年才成功。丙寅，皇上亲临望春楼观看新建的水潭。韦坚用几百艘新船，全都标上郡县的名称，分别在船背上陈列郡县中珍贵的货物。陕尉崔成甫穿着锦缎的短袖衣，把绿色衣衫的下摆撩起敞开，戴上红色的头巾，乘着前面的船唱《得宝歌》，叫一百个美女穿着盛装和唱，船桅相连，长达几里。韦坚跪拜进献各郡轻便的货物，还奉上一百盘用牙盘盛放的食物。皇上设置宴席，从早到晚才结束。观看的人聚集得像山一样。夏四月，加任韦坚为左散骑常侍，所属官吏差役各有不同程度的奖赏，命名这个水潭为广运。

四载秋九月癸未，任命陕郡太守、江淮租庸转运使韦坚为刑部尚书，免去他的江淮租庸转运使等职务，让御史中丞杨慎矜替代他。

冬十月，皇上以户部郎中王铁为户口色役使，下敕恩赐老百姓免除徭役。王铁进言向老百姓征收陆运的费用，并扩大运费的数目，再让购买本郡的轻便货物，老百姓所交纳的比不免除徭役还多。按照原先的制度：戍守边疆的人免除租税，六年而换一次。当时边防将领以战败为耻辱，士兵阵亡的都不申报，户口不注销。王铁立志搜刮钱财，把有户籍而没人口的都当作逃避课税处理，按照户籍戍守边疆六年之外，全数征收他们的租税，有一次征收三十年的，老百姓没地方去诉苦。皇上登位日久，花费一天比一天奢侈，后宫的赏赐没有节制，不愿老是从国库里拿。王铁深切了解皇上的意旨，每年进贡额外的钱帛百亿万，藏在内库，用来供应宫中的宴席和赏赐，说："这都不来自租庸调，与日常开支无关。"皇上认为王铁能使国家富裕，对他更加优厚。王铁力求搜刮掠夺来讨好皇帝，中外官民都哀叹怨恨。丙子，任命王铁为御史中丞、京畿采访使。

杨钊在宫禁里侍侯宴席，专管博戏文书，查对精密。皇上赏识他的强记聪明，称他"好度支郎"。杨家诸人多次在皇上面前证实这话，又用它来叮嘱王铁，王铁因而进奏让他当了判官。

七载。度支郎中兼侍御史杨钊善于窥探皇上心里的好恶而加以迎合，因搜刮钱财而急速升官，一年里兼任了超过十五个"使"的职务。夏六月甲辰，升给事中，兼任御史中丞，专门裁决度支上的事，恩遇宠信一天比一天大。

……

八载春二月戊申，带领众官观看左藏，按等级赏赐丝织品。这时州县殷实富裕，仓库里存积的粮食、布匹动辄以万来计数。杨钊上书请求所在地方把粮食变卖为轻便的货物，甚至把征收的丁租地税都变卖为布帛运往京师。多次上书说国库充盈，古今难比，所以皇上率领群臣去观看。赏赐杨钊紫衣、金鱼符来褒奖他。皇上因为国家的财用充足，所以把金银丝帛看得像粪土一样，赏赐显贵宠信的家族，没有限度。

朋党之祸

唐王朝后期，政治上有三项痼疾：藩镇割据、宦官乱政和士大夫的朋党之争。本篇所述，即朋党之争。朋党之争，也称牛李党争，前后贯穿了好几十年，波及面相当广。所以，要把这一斗争过程梳理清楚是很不容易的；我们无论是读《资治通鉴》本身还是读新、旧《唐书》，都不能很容易地掌握其要领，但本篇却把事情的脉络理得相当清楚。这也正是纪事本末体的优点所在。

本篇揭露了牛李党争的实质，不过是争权夺利的斗争。一个政权中的上层人物，竟会如此无休止地斗争下去，且竟有这么多人卷入，也正说明了这个政权本身存在着严重问题。所以，与其说朋党之争危害了唐朝后期的统治，还不如说唐朝后期的政治危机导致了朋党之争。

唐穆宗长庆元年。翰林学士李德裕[1]，吉甫之子也[2]，以中书舍人李宗闵尝对策讥切其父[3]，恨之。宗闵又与翰林学士元稹争进取有隙。右补阙杨汝士与礼部侍郎钱徽掌贡举[4]，西川节度使段文昌、翰林学士李绅各以书属所善进士于徽[5]。及榜出，文昌、绅所属皆不预焉，及第者郑朗，覃之弟[6]；裴撰，度之子；苏巢，宗闵之婿；杨殷士，汝士之弟也。文昌言于上曰："今岁礼部殊不公，所取进士皆子弟，无艺，以关节得之[7]。"上以问诸

---

① 翰林学士：官名，为唐代皇帝亲近的顾问兼秘书官，负责值宿内廷，承命撰拟有关任免将相、册后立太子等事的文告，往往由有文学资望的朝臣担任。 ② 吉甫：唐宪宗元和初年曾任宰相。 ③ 中书舍人：官名，负责撰拟诏旨，唐代时常以有文学资望的人充任。对策：封建社会以考试取士，应试者对皇帝有关政治、经义的策问的回答，称为对策。李宗闵在对策时讥刺李德裕父亲李吉甫的事，发生在宪宗元和三年(808)。 ④ 补阙：官名，负责规谏皇帝、举荐人员；其中左补阙属门下省，右补阙属中书省。贡举：古代官吏向君主荐举人员泛指贡举，后指科举考试。 ⑤ 节度使：官名，唐代在重要地区设节度使之官，总揽一区的军、民、财、政，所辖区内的各州刺史均为其下属。 ⑥ 郑覃：宰相郑珣瑜的儿子，当时任谏议大夫。 ⑦ 关节：旧称暗中行贿、请托说情为通关节。

学士，德裕、稹、绅皆曰："诚如文昌言。"上乃命中书舍人王起等覆试。夏四月丁丑，诏黜朗等十人，贬徽江州刺史①，宗闵剑州刺史②，汝士开江令③。或劝徽奏文昌、绅属书，上必寤。徽曰："苟无愧心，得丧一致，奈何奏人私书？岂士君子所为邪④！"取而焚之，时人多之。绅，敬玄之曾孙⑤；起，播之弟也⑥。自是德裕、宗闵各分朋党，更相倾轧，垂四十年。

二年夏六月甲子，裴度、元稹皆罢相，以兵部尚书李逢吉为门下侍郎、同平章事⑦。

三年。户部侍郎牛僧孺，素为上所厚。初，韩弘之子右骁卫将军公武为其父谋⑧，以财结中外，及公武卒，弘继薨，稚孙昭宗嗣，主藏奴与吏讼于御史府⑨。上怜

---

① 江州：州名，治所在今江西九江。 ② 剑州：州名，治所在今四川剑阁。 ③ 开江：县名，治所即今四川开江。 ④ 士君子：古代对有气节的士大夫的称呼。 ⑤ 李敬玄：唐高宗时曾任吏部尚书。 ⑥ 王播：当时任刑部尚书、盐铁转运使。 ⑦ 门下侍郎：官名，为门下省长官侍中的副官；唐代门下与中书省均为政务的中枢。同平章事：官名，唐代官制，冠以同中书或门下平章事名义的大臣，得以与中书、门下协商处理政务，是实际上的宰相；简称同平章事。 ⑧ 韩弘：宪宗时以平吴元济功封许国公，后入朝为司徒、中书令。右骁卫将军：官名，骁卫为禁军名称之一，唐设左、右骁卫，其中大将军各一人，将军各二人为辅。 ⑨ 主藏奴：主管库藏的家奴。

之，尽取弘财簿自阅视，凡中外主权，多纳弘货，独朱句细字曰："某年月日，送户部牛侍郎钱千万，不纳。"上大喜，以示左右，曰："果然，吾不缪知人。"三月壬戌，以僧孺为中书侍郎、同平章事。时僧孺与李德裕皆有入相之望。德裕出为浙西观察使[①]，八年不迁，以为李逢吉排己、引僧孺为相，由是牛、李之怨愈深。

李逢吉为相，内结知枢密王守澄[②]，势倾朝野。惟翰林学士李绅每承顾问，常排抑之，拟状至内庭[③]，绅多所臧否。逢吉患之，而上待遇方厚，不能远也。会御史中丞缺，逢吉荐绅清直，宜居风宪之地[④]。上以中丞亦次对官[⑤]，不疑而可之。会绅与京兆尹兼御史大夫韩愈争台参及他职事[⑥]，

① 浙西：唐方镇名，是浙江西道的简称，唐穆宗时治所在今江苏镇江。观察使：官名，掌考察州县官吏政绩，后兼理民事；唐代凡不设节度使的地方，观察使即为所辖地区的行政长官。 ② 知枢密：官名，枢密院长官枢密使的别称；唐代宗起以宦官任职，往往干预朝政，甚而废立君主，权极重。③ 内庭：当时翰林学士院在内庭，故以内庭代称翰林学士院。④ 风宪之地：即御史台。古代御史的职守为观民风、正吏治，故称"风宪"。 ⑤ 次对官：唐有待制官和巡对官，在宰相之后得以依次引对，备顾问，称为次对官。 ⑥ 台参：当时惯例，新任京兆尹必须参谒台臣；而御史大夫为御史台长官，韩愈既以京兆尹而兼御史大夫，也就有了免台参的理由。因此，在韩愈与李绅之间就这种情况是否应台参的问题展开了争论。其实，逢吉让韩愈任京兆尹兼御史大夫，正是想激怒李绅。

文移往来，辞语不逊。逢吉奏二人不协，冬十月丙戌，以愈为兵部侍郎，绅为江西观察史。韩愈、李绅入谢，上各令自叙其事，乃深寤。壬辰，复以愈为吏部侍郎，绅为户部侍郎。

四年。初，穆宗既留李绅，李逢吉愈忌之。绅族子虞颇以文学知名，自言不乐仕进，隐居华阳川①。及从父耆为左拾遗②，虞与耆书，求荐，误达于绅。绅以书诮之，且以语于众人。虞深怨之，乃诣逢吉，悉以绅平日密论逢吉之语告之。逢吉益怒，使虞与补阙张又新及从子前河阳掌书记仲言等伺求绅短③，扬之于士大夫间。且言"绅潜察士大夫，有群居议论者，辄指为朋党，白之于上"，由是士大夫多忌之。

及敬宗即位④，逢吉与其党快绅失势，又恐上复用之，日夜谋议，思所以害绅者。楚州刺史苏遇谓逢吉之党曰⑤："主上初听政，必开延英⑥，有次对官，惟此可防。"其党以为然，亟白逢吉曰："事迫矣，若俟听政，悔不可追。"逢吉乃令王守澄言于上曰："陛下所以为储贰，臣

① 华阳川：地名，在今河南灵宝南。 ② 拾遗：官名，分属门下、中书两省，职掌与左、右补阙相同。 ③ 河阳：县名，治所在今河南孟州南。掌书记：官名，为唐代节度使的属官，掌管签奏。 ④ 敬宗：穆宗长子。 ⑤ 楚州：州名，治所在今江苏淮安。 ⑥ 延英：宫殿名。

备知之，皆逢吉之力也。如杜元颖、李绅辈①，皆欲立深王②。”度支员外郎李续之等继上章言之。上时年十六，疑未信。会逢吉亦有奏，言“绅谋不利于上，请加贬谪”。上犹再三覆问，然后从之。二月癸未，贬绅为端州司马③。逢吉仍帅百官表贺。既退，百官复诣中书贺。逢吉方与张又新语，门者弗内。良久，又新挥汗而出，旅揖百官曰：“端溪之事④，又新不敢多让。”众骇愕辟易⑤，惮之。右拾遗、内供奉吴思独不贺⑥，逢吉怒，以思为吐蕃告哀使⑦。丙戌，贬翰林学士庞严为信州刺史⑧，蒋防为汀州刺史⑨。严，寿州人⑩，与防皆绅所引也。给事中于敖素与严善，封还敕书；人为之惧，曰：“于给事为庞、蒋直冤，犯宰相怒，诚所难也！”及奏下，乃言贬之太轻，逢吉由是奖之。

张又新等犹忌绅，日上书言贬绅太轻，上许为杀之。

---

① 杜元颖：当时为中书侍郎、同平章事。 ② 深王：名察，改名悰，穆宗之弟。 ③ 端州：州名，治所在今广东高要。司马：官名，唐朝时州郡的佐官。 ④ 端溪之事：即指李绅贬为端州司马这件事。端溪在端州界内。 ⑤ 辟易：惊退。 ⑥ 内供奉：官名，在皇帝左右供职的人。 ⑦ 吐蕃：中国古代藏族政权名。告哀使：宣告穆宗死讯的使者。 ⑧ 信州：州名，治所在今江西上饶西北。 ⑨ 汀州：州名，治所在今福建长汀。⑩ 寿州：州名，治所在今安徽寿县。

朝臣莫敢言，独翰林侍读学士韦处厚上疏①，指述“绅为逢吉之党所谗，人情叹骇。绅蒙先朝奖用，借使有罪，犹宜容假，以成三年无改之孝②；况无罪乎”！于是上稍开寤。会阅禁中文书，有穆宗所封一箧，发之，得裴度、杜元颖、李绅疏请立上为太子，上乃嗟叹，悉焚人所上谮绅书，虽未即召还，后有言者，不复听矣。

夏四月乙未，以布衣姜洽为补阙，试大理评事陆洿、布衣李虞、刘坚为拾遗③。时李逢吉用事，所亲厚者张又新、李仲言、李续之、李虞、刘栖楚、姜洽及拾遗张权舆、程昔范，又有从而附丽之者。时人恶逢吉者，目之为八关、十六子④。

敬宗宝历元年春正月，中书侍郎、同平章事牛僧孺，以上荒淫，嬖幸用事，又畏罪不敢言，但累表求出。乙卯，升鄂、岳为武昌军⑤，以僧孺同平章事，充武昌节度使。

---

① 翰林侍读学士：官名，为翰林学士的属官。 ② 三年无改之孝：源出《论语》：“孔子曰：三年无改于父之道，可谓孝矣。”意思是说，在父亲死后的三年之内不改变其所制订的方针，才可称得上孝。 ③ 大理评事：官名，大理寺是唐代的中央审判机关，评事是大理寺职位较低的官员，负责出使推核。④ 八关：指张又新、李仲言、李续之、李虞、刘栖楚、姜洽、张权舆、程昔范八人。 ⑤ 鄂：州名，治所在今湖北武汉武昌。岳：州名，治所在今湖南岳阳。武昌军：唐方镇名，治所在今湖北武汉武昌。

夏四月癸巳，群臣上尊号曰文武大圣广孝皇帝，赦天下。赦文但云“左降官已经量移者宜与量移①”，不言未量移者。翰林学士韦处厚上言：“逢吉恐李绅量移，故有此处置。如此，则应近年流贬官，因李绅一人皆不得量移也。”上即追赦文改之，绅由是得移江州长史。

冬十月，前河阳掌书记李仲言坐陈留武昭之狱②，流象州③。

十二月，言事者多称裴度贤，不宜弃之藩镇④。上数遣使至兴元劳问度⑤，密示以还期，度因求入朝。逢吉之党大惧。

二年春正月壬辰，裴度自兴元入朝，李逢吉之党百计毁之。先是，民间谣云：“绯衣小儿坦其腹，天上有口被驱逐⑥。”又长安城中有横亘六冈，如乾象⑦，度宅偶居

① 量移：古代遇赦时，把因罪被贬到边远地方的官吏酌量移近任职，称作“量移”。 ② 陈留武昭之狱：指陈留人武昭以不得用而怨执政，后被李逢吉谗构而死的案子。 ③ 象州：州名，治所在今广西象州。 ④ 藩镇：唐代于边要诸州地设置方镇，由节度使统领，称为“藩镇”。 ⑤ 兴元：府名，治所在今陕西汉中东。 ⑥ 绯衣：即“裴”字，指裴度。天上有口：即“吴”字，指吴元济。这里指裴度于元和十二年攻破蔡州，擒获吴元济，暂时结束当时藩镇叛乱局面的情形，隐谓裴度才能可用。 ⑦ 乾：六十四卦之一，卦形为☰，故说长安城里六条横贯的土冈形状像乾卦。

第五冈。张权舆上言："度名应图谶，宅占冈原，不召而来，其旨可见。"上虽年少，悉察其诬谤，待度益厚。

冬十一月甲申，以门下侍郎、同平章事李逢吉同平章事，充山南东道节度使①。

文宗太和三年秋八月，征浙西观察使李德裕为兵部侍郎，裴度荐以为相。会吏部侍郎李宗闵有宦官之助，甲戌，以宗闵同平章事。(九月)壬辰，以李德裕为义成节度使②；李宗闵恶其逼己，故出之。

四年春正月辛巳，武昌节度使牛僧孺入朝。李宗闵引荐牛僧孺。辛卯，以僧孺为兵部尚书、同平章事。于是二人相与排摈李德裕之党，稍稍逐之。

裴度以高年多疾，恳辞机政。六月丁未，以度为司徒、平章军国重事③，俟疾损，三五日一入中书。初，裴度征淮西④，奏李宗闵为观察判官⑤，由是渐获进用。至

---

① 山南东道：唐方镇名，治所在今湖北襄阳。② 义成：即义成军，唐方镇名，治所在今河南滑县东。③ 平章军国重事：官名，唐代凡非侍中、中书令而居宰相职者，往往加同中书门下平章事，简称同平章事。至于平章军国重事，则是让他参预对军国重事的决策，一般性的事件就不再参预了，与同平章事有所不同。④ 淮西：唐方镇名，治所在今河南汝南。征淮西即指元和年讨吴元济事。⑤ 观察判官：官名，由观察使选任、以备差遣的非正式官员。

是，怨度荐李德裕，因其谢病，九月壬午，以度兼侍中，充山南东道节度使。

冬十月戊申，以义成节度使李德裕为西川节度使①。

五年秋九月，吐蕃维州副使悉怛谋请降②，李德裕遣行维州刺史虞藏俭将兵入据其城，具奏其状。牛僧孺曰："吐蕃之境，四面各万里，失一维州，未能损其势。徒弃诚信，有害无益。"上以为然，诏德裕以城归吐蕃，执悉怛谋归之，吐蕃诛之于境上。德裕由是怨僧孺益深。

六年冬十一月乙卯，以荆南节度使段文昌为西川节度使③。西川监军王践言入知枢密④，数为上言"缚送悉怛谋以快虏心，绝后来降者，非计也"，上亦悔之，尤中书侍郎、同平章事牛僧孺失策。附李德裕者因言"僧孺与德裕有隙，害其功"，上益疏之，僧孺内不自安。会上御延英，谓宰相曰："天下何时当太平，卿等亦有意于此乎？"僧孺对曰："太平无象。今四夷不至交侵，百姓不至流散，虽非至理，亦谓小康。陛下若别求太平，非臣等所及。"退，谓同列曰："主上责望如此，吾曹岂得久居此地

---

① 西川：唐方镇名，全称剑南西川，治所在今四川成都。② 维州：州名，治所在今四川理县东北。③ 荆南：唐方镇名，治所在今湖北江陵。④ 监军：官名，负责监督军务；唐代常设于各镇及出征讨叛之军中，由宦官担任，往往与统帅分庭抗礼。

乎！”因累表请罢。十二月乙丑，以僧孺同平章事，（充）淮南节度使①。

丁未，以前西川节度使李德裕为兵部尚书。初，李宗闵与德裕有隙，及德裕还自西川，上注意甚厚，朝夕且为相，宗闵百方沮之，不能。京兆尹杜悰，宗闵党也，尝诣宗闵，见其有忧色，曰：“得非以大戎乎②？”宗闵曰：“然。何以相救？”悰曰：“悰有一策，可平宿憾，恐公不能用。”宗闵曰：“何如？”悰曰：“德裕有文学而不由科第，常用此为慊慊。若使之知举，必喜矣。”宗闵默然有间，曰：“更思其次。”悰曰：“不则用为御史大夫。”宗闵曰：“此则可矣。”悰再三与约，乃诣德裕。德裕迎揖曰：“公何为访此寂寥？”悰曰：“靖安相公令悰达意③。”即以大夫之命告之。德裕惊喜泣下，曰：“此大门官④，小子何足以当之！”寄谢重沓。宗闵复与给事中杨虞卿谋之，事遂中止。虞卿，汝士之从弟也。

七年春二月丙戌，以兵部尚书李德裕同平章事。德裕入谢，上与之论朋党事，对曰：“方今朝士三分之一为

---

① 淮南：唐方镇名，治所在今江苏扬州。 ② 大戎：兵部掌管戎政，长官为尚书，故以隐语称兵部尚书为大戎。 ③ 靖安相公：指李宗闵，因其居住于靖安坊。 ④ 大门官：唐朝制度，大朝会时御史大夫率领其属僚正百官之班序，天亮时分列于两班，所以称御史大夫为大门官。

朋党。"时给事中杨虞卿与从兄中书舍人汝士、弟户部郎中汉公、中书舍人张元夫、给事中萧澣等善交结，依附权要，上干执政，下挠有司，为士人求官及科第，无不如志。上闻而恶之，故与德裕言首及之，德裕因得以排其所不悦者。初，左散骑常侍张仲方尝驳李吉甫谥①；及德裕为相，仲方称疾不出。三月壬辰，以仲方为宾客分司②。

庚戌，以杨虞卿为常州刺史③，张元夫为汝州刺史④。他日上复言及朋党，李宗闵曰："臣素知之，故虞卿辈臣皆不与美官。"李德裕曰："给、舍非美官而何?"宗闵失色。丁巳，以萧澣为郑州刺史⑤。

夏六月壬申，以工部尚书郑覃为御史大夫。初，李宗闵恶覃在禁中数言事，奏罢其侍讲。上从容谓宰相曰："殷侑经术颇似郑覃⑥。"宗闵对曰："覃、侑经术诚可尚，然议论不足听。"李德裕曰："覃、侑议论，他人不欲

---

① 驳李吉甫谥：李吉甫死后，有关部门建议谥为敬宪；张仲方曾加以反驳，认为李吉甫不配得到这一谥号。 ② 宾客：官名，太子宾客的简称，为太子官属中的最高级，往往备高级官员之升转，无实职。分司：唐代中央职官有分在陪都(洛阳)执行职务者，称为分司。 ③ 常州：州名，治所在今江苏常州。 ④ 汝州：州名，治所在今河南临汝。 ⑤ 郑州：州名，治所在今河南郑州。 ⑥ 殷侑：当时任刑部尚书，以经术进，前后有论时政得失的上书八十四通。

闻，惟陛下欲闻之。"后旬日，宣出，除覃御史大夫。宗闵谓枢密使崔潭峻曰："事一切宣出，安用中书？"潭峻曰："八年天子，听其自行事亦可矣。"宗闵愀然而止。

乙亥，以中书侍郎、同平章事李宗闵同平章事，充山南西道节度使①。

八年。初，李仲言流象州，遇赦，还东都。会留守李逢吉思复入相②，仲言自言与郑注善，逢吉使仲言厚赂之。注引仲言见王守澄，守澄荐于上，云仲言善《易》③，上召见之。时仲言有母服，难入禁中，乃使衣民服，号王山人。仲言仪状秀伟，倜傥尚气，颇工文辞，有口辩，多权数。上见之，大悦，以为奇士，待遇日隆。仲言既除服，秋八月辛卯，上欲以仲言为谏官，置之翰林。李德裕曰："仲言曩所为，计陛下必尽知之，岂宜置之近侍！"上曰："然岂不容其改过？"对曰："臣闻惟颜回能不贰过④。彼圣贤之过，但思虑不至，或失中道耳。至于仲言之恶，著于心本，安能悛改邪？"上曰："李逢吉荐之，朕不欲食言。"对曰："逢吉身为宰相，乃荐奸邪以误国，亦罪人

---

① 山南西道：唐方镇名，治所在今陕西汉中。 ② 留守：官名，唐代陪京和行都设此官，以地方行政长官兼任。 ③《易》：《周易》的简称，为儒家重要经典之一。 ④ 颜回：春秋时鲁人，为孔子最满意的弟子。

也。”上曰：“然则别除一官。”对曰：“亦不可。”上顾王涯[①]，涯对曰：“可。”德裕挥手止之，上回顾，适见，色殊不怿而罢。始涯闻上欲用仲言，草谏疏极愤激；既而见上意坚，且畏其党盛，遂中变。

寻以仲言为四门助教[②]，给事中郑肃、韩佽封还敕书。德裕将出中书，谓涯曰：“且喜给事中封敕。”涯即召肃、佽，谓曰：“李公适留语，令二阁老不用封敕。”二人即行下。明日，以白德裕，德裕惊曰：“德裕不欲封还，当面闻，何必使人传言！且有司封驳，岂复禀宰相意邪？”二人怅恨而去。

九月辛亥，征昭义节度副使郑注至京师[③]。王守澄、李仲言、郑注皆恶李德裕，以山南西道节度使李宗闵与德裕不相悦，引宗闵以敌之。壬戌，诏徵宗闵于兴元。

冬十月庚寅，以李宗闵为中书侍郎、同平章事。甲午，以中书侍郎、同平章事李德裕同平章事，充山南西道节度使。是日，以李仲言为翰林侍讲学士。给事中高铢、郑肃、韩佽、谏议大夫郭承嘏、中书舍人权璩等争

① 王涯：当时任中书侍郎、同平章事，兼度支、盐铁转运使。 ② 四门助教：学官名，唐代四门学隶国子监，与国子学、太学一样教授儒家经典，但学生家庭出身品级较低，四门主管为博士，助教为副。 ③ 昭义：即昭义军，唐方镇名，治所在今山西长治。

之，不能得。承嘏，晞之孙[①]；璩，德舆之子也[②]。

李德裕见上自陈，请留京师；丙午，以德裕为兵部尚书。十一月，李宗闵言李德裕制命已行，不宜自便。乙亥，复以德裕为镇海节度使[③]，不复兼平章事。时德裕、宗闵各有朋党，互相挤援。上患之，每叹曰："去河北贼易，去朝中朋党难。"

九年。初，李德裕为浙西观察使，漳王傅母杜仲阳坐宋申锡事[④]，放归金陵[⑤]，诏德裕存处之。会德裕已离浙西，牒留后李蟾使如诏旨。至是，左丞王璠、户部侍郎李汉奏德裕厚赂仲阳[⑥]，阴结漳王，图为不轨。上怒甚，召宰相及璠、汉、郑注等面质之。璠、汉等极口诬之，路隋曰："德裕不至此。果如所言，臣亦应得罪。"言者稍息。夏四月，以德裕为宾客分司。丙申，以门下侍郎、同平章事路隋同平章事，充镇海节度使，趣之赴镇，不得面

---

① 郭晞：代宗广德二年(764)累官至御史中丞，后以太子宾客卒。 ② 权德舆：元和五年曾任礼部尚书、平章事。 ③ 镇海：即镇海军，唐方镇名，治所在今江苏苏州。 ④ 漳王：名凑，文宗之弟。傅母：女师，是教导漳王的女性亲属的。宋申锡事：指文宗欲与申锡谋诛宦官，谋泄，而郑注、王守澄诬申锡谋立漳王，致其贬开州司马而死的事。 ⑤ 金陵：地名，今江苏南京的别称。 ⑥ 左丞：官名，唐尚书省分左、右丞，左丞总辖吏、户、礼三部，右丞总辖兵、刑、工三部。

辞，坐救李德裕故也。

初，京兆尹河南贾𫗧性褊躁轻率①，与李德裕有隙，而善于李宗闵、郑注。上巳，赐百官宴于曲江②。故事：尹于外门下马，揖御史。𫗧恃其贵势，乘马直入，殿中侍御史杨俭、苏特与之争③，𫗧骂曰："黄面儿敢尔！"坐罚俸。𫗧耻之，求出，诏以为浙西观察使。尚未行，戊戌，以𫗧为中书侍郎、同平章事。

庚子，制以曏日上初得疾，王涯呼李德裕奔问起居，德裕竟不至，又在西蜀征逋悬钱三十万缗，百姓愁困，贬德裕袁州长史④。

京城讹言郑注为上合金丹，须小儿心肝，民间惊惧，上闻而恶之。郑注素恨京兆尹杨虞卿，与李训共构之，云"此语出于虞卿家人"。上怒，六月，下虞卿御史狱。注求为两省官，中书侍郎、同平章事李宗闵不许，注毁之于上。会宗闵救杨虞卿，上怒，叱出之。壬寅，贬明州刺史⑤。

左神策中尉韦元素、枢密使杨承和、王践言久居中

① 河南：县名，治所在今河南洛阳西郊。 ② 曲江：池名，故址在今陕西西安东南，为当时都中第一胜景。 ③ 殿中侍御史：官名，掌宫廷仪卫及京城的纠察。 ④ 袁州：州名，治所在今江西宜春。 ⑤ 明州：州名，治所在今浙江宁波。

用事[1]，与王守澄争权不叶，李训、郑注因之出承和于西川、元素于淮南、践言于河东[2]，皆为监军。秋七月甲辰朔，贬杨虞卿虔州司马[3]。

初，李宗闵为吏部侍郎，因驸马都尉沈㕮结女学士宋若宪、知枢密杨承和[4]，得为相。及贬明州，郑注发其事。壬子，再贬处州长史[5]。著作郎、分司舒元舆与李训善[6]，训用事，召为右司郎中[7]，兼侍御史知杂[8]，鞫杨虞卿狱。癸丑，擢为御史中丞。元舆，元褒之兄也[9]。贬吏部侍郎李汉为汾州刺史[10]，刑部侍郎萧澣为遂州刺史[11]，皆坐李宗闵之党。

是时李训、郑注连逐三相，威震天下，于是平生丝恩

① 左神策中尉：官名，神策为唐禁军名，唐天宝十三年设于临洮西，贞元时分为左、右厢，置护军中尉，为宦官领禁兵的专职。 ② 河东：唐方镇名，治所在今山西太原西南。 ③ 虔州：州名，治所在今江西赣州。 ④ 女学士：对有文学才能的宫女的称呼。 ⑤ 处州：州名，治所在今浙江丽水西。 ⑥ 著作郎：官名，主管著作局，掌撰拟文字。 ⑦ 右司郎中：官名，尚书省属官，专职辅助右丞。 ⑧ 侍御史知杂：官名，即掌管杂事的侍御史。 ⑨ 舒元褒：江州人，官补阙；太和五年郑注等诬宋申锡谋立漳王案，元褒曾与诸大臣乞文宗将案子交外廷覆核。 ⑩ 汾州：州名，治所在今山西吉县。 ⑪ 遂州：州名，治所在今四川遂宁。

发怨无不报者。贬左金吾大将军沈议为邵州刺史①。八月丙子，又贬李宗闵潮州司户②。赐宋若宪死。戊寅，再贬沈议柳州司户③。

丙申，诏以杨承和庇护宋申锡，韦元素、王践言与李宗闵、李德裕中外连结，受其赂遗；承和可驩州安置④，元素可象州安置，践言可恩州安置⑤，令所在锢送。杨虞卿、李汉、萧澣为朋党之首，贬虞卿虔州司户，汉汾州司马，澣遂州司马。寻遣使追赐承和、元素、践言死。时崔潭峻已卒，亦剖棺鞭尸。

己亥，以前庐州刺史罗立言为司农少卿⑥。立言赃吏，以赂结郑注而得之。郑注之入翰林也，中书舍人高元裕草制，言以医药奉君亲；注衔之，奏元裕尝出郊送李宗闵。壬寅，贬元裕阆州刺史⑦。元裕，士廉之六世孙也⑧。

---

① 邵州：州名，治所在今湖南邵阳。 ② 潮州：州名，治所在今广东潮安。司户：官名，掌管州县的户口籍账之事。③ 柳州：州名，治所在今广西柳州。 ④ 驩州：州名，治所在今越南义安省荣市。 ⑤ 恩州：州名，治所在今广东恩平北。⑥ 庐州：州名，治所在今安徽合肥。司农少卿：官名，为司农寺次官，协助司农卿掌粮食积储、仓廪管理及京朝官禄米供应等事务。 ⑦ 阆州：州名，治所在今四川阆中。 ⑧ 高士廉：名俭，太宗妻文德皇后之舅。贞观中累封许国公，仕太子少师、开府仪同三司、吏部尚书等。

时注与李训所恶朝士，皆指目为二李之党，贬逐无虚日，班列殆空①；廷中恟恟，上亦知之。训、注恐为人所摇，九月癸卯朔，劝上下诏："应与德裕、宗闵亲旧及门生、故吏，今日以前贬黜之外，余皆不问。"人情稍安。

冬十一月，李训等谋诛宦官，败死。

开成元年春三月壬寅，以袁州长史李德裕为滁州刺史②。夏四月乙卯，以潮州司户李宗闵为衡州司马③。凡李训所指为李德裕、宗闵党者，稍稍收复之。

三年春正月，杨嗣复欲援进李宗闵，恐为郑覃所沮，乃先令宦官讽上。上临朝，谓宰相曰："宗闵积年在外，宜与一官。"郑覃曰："陛下若怜宗闵之远，止可移近北数百里，不宜再用。用之，臣请先避位。"陈夷行曰④："宗闵曩以朋党乱政，陛下何爱此纤人？"杨嗣复曰："事贵得中，不可但徇爱憎。"上曰："可与一州。"覃曰："与州太优，止可洪州司马耳⑤。"因与嗣复互相诋讦以为党。上曰："与一州无伤。"覃等退，上谓起居郎周敬复、舍人魏

① 班列：百官朝见皇帝时，按其职务排成固定的队伍，此即所谓班列。现因被贬斥的太多，朝见时几乎空荡荡的了，所以说"班列殆空"。 ② 滁州：州名，治所在今安徽滁州。 ③ 衡州：州名，治所在今湖南衡阳。 ④ 陈夷行：当时官翰林学士、工部侍郎、同中书门下平章事。 ⑤ 洪州：州名，治所在今江西南昌。

謩曰[1]："宰相喧争如此，可乎！"对曰："诚为不可。然覃等尽忠愤激，不自觉耳。"丁酉，以衡州司马李宗闵为杭州刺史[2]。李固言与杨嗣复、李珏善，故引居大政以排郑覃、陈夷行。每议政之际，是非锋起，上不能决也。

五年春正月，文宗崩，武宗即位[3]。夏五月己卯，门下侍郎、同平章事杨嗣复罢为吏部尚书。秋八月庚午，门下侍郎、同平章事李珏罢为太常卿[4]。

初，上之立非宰相意，故杨嗣复、李珏相继罢去。召淮南节度使李德裕入朝。九月甲戌朔，至京师，丁丑，以德裕为门下侍郎、同平章事。

庚辰，德裕入谢，言于上曰："致理之要，在于辨群臣之邪正。夫邪正二者，势不相容，正人指邪人为邪，邪人亦指正人为邪，人主辨之甚难。臣以为正人如松柏，特立不倚；邪人如藤萝，非附他物不能自起。故正人一心事君，而邪人竞为朋党。先帝深知朋党之患，然所用卒皆朋党之人，良由执心不定，故奸邪得乘间而入也。夫宰相不能人人忠良，或为欺罔，主心始疑，于是旁询小

---

① 起居郎：官名，唐于门下省设起居郎、起居舍人，负责记录皇帝言行。 ② 杭州：州名，治所在今浙江杭州。 ③ 武宗：名瀍，穆宗第五子。 ④ 太常卿：官名，为太常寺长官，掌邦国礼乐、郊庙、社稷之事。

臣，以察执政。如德宗末年，所听任者惟裴延龄辈[1]，宰相署敕而已，此政事所以日乱也。陛下诚能慎择贤才以为宰相，有奸罔者立黜去之，常令政事皆出中书，推心委任，坚定不移，则天下何忧不理哉！”又曰：“先帝于大臣好为形迹，小过皆含容不言，日累月积，以致祸败。兹事大误，愿陛下以为戒。臣等有罪，陛下当面诘之。事苟无实，得以辨明；若其有实，辞理自穷。小过则容其悛改，大罪则加之诛谴。如此，君臣之际无疑间矣。”上嘉纳之。

初，德裕在淮南，敕召监军杨钦义，人皆言必知枢密，德裕待之无加礼，钦义心衔之。一旦，独延钦义，置酒中堂，情礼极厚，陈珍玩数床，罢酒，皆以赠之，钦义大喜过望。行至汴州[2]，敕复还淮南，钦义尽以所饷归之。德裕曰：“此何直！”卒以与之。其后钦义竟知枢密。德裕柄用，钦义颇有力焉。

武宗会昌元年秋八月，以前山南东道节度使、同平章事牛僧孺为太子太师[3]。先是，汉水溢[4]，坏襄州民

① 裴延龄：德宗时累官户部侍郎，颇得德宗亲厚；宰相陆贽认为他不可信任，结果为延龄陷害而罢相贬外。 ② 汴州：州名，治所在今河南开封市西北。 ③ 太子太师：为辅导太子的官，多为大官所加的虚衔。这里任命牛僧孺为太子太师，貌似恩宠，实际上是变相地罢免了他的官职。 ④ 汉水：长江最长的支流。

居①,故李德裕以为僧孺罪而废之。

二年春二月,淮南节度使李绅入朝。丁丑,以绅为中书侍郎、同平章事。

三年夏五月,李德裕言太子宾客分司李宗闵与刘从谏交通②,不宜置之东都。戊戌,以宗闵为湖州刺史③。

四年秋闰七月壬戌,以中书侍郎李绅同平章事,充淮南节度使。

九月,李德裕怨太子太傅东都留守牛僧孺、湖州刺史李宗闵,言于上曰:"刘从谏据上党十年④,太和中入朝,僧孺、宗闵执政,不留之,加宰相纵去,以成今日之患,竭天下力乃能取之,皆二人之罪也。"德裕又使人于潞州求僧孺、宗闵与从谏交通书疏⑤,无所得,乃令孔目官郑庆言从谏每得僧孺、宗闵书疏⑥,皆自焚毁。诏追庆下御史台按问,中丞李回、知杂郑亚以为信然。河南少

---

① 襄州:州名,治所在今湖北襄阳。 ② 刘从谏:宝历元年(825)被任命为昭义节度使。在生前已有不尊重朝廷的倾向,死前又欲其侄刘稹继承其节度使之位,并作了安排。会昌三年从谏死后,刘稹果欲自任为节度使,并欲迫使朝廷承认。朝廷遂出兵讨伐。推源祸首,刘从谏也就成了罪人。故李德裕以交通刘从谏作为李宗闵的罪名。 ③ 湖州:州名,治所在今浙江湖州。 ④ 上党:县名,治所在今山西长治。 ⑤ 潞州:州名,治所在今山西长治。 ⑥ 孔目官:官名,掌管各种文书档案。

尹吕述与德裕书①，言稹破报至②，僧孺出声叹恨。德裕奏述事，上大怒，以僧孺为太子少保分司，宗闵为漳州刺史③。戊子，再贬僧孺汀州刺史，宗闵漳州长史。冬十一月，复贬牛僧孺循州长史④，李宗闵长流封州⑤。

五年春正月，淮南节度使李绅按江都令吴湘盗用程粮钱⑥，强娶所部百姓颜悦女，估其资装为赃，罪当死。湘，武陵之兄子也⑦。李德裕素恶武陵。议者多言其冤。谏官请覆按，诏遣监察御史崔元藻、李稠覆之。还言"湘盗程粮钱有实。颜悦本衢州人⑧，尝为青州牙推⑨，妻亦士族，与前狱异"。德裕以为无与夺，二月，贬元藻端州

① 河南：府名，治所在今河南洛阳。少尹：官名，唐开元后在诸都各置尹一人、少尹二人，掌佐尹通判府事。 ② 刘稹：刘从谏侄子，从谏死前任命其为牙内都知兵马使，掌握实权。从谏死后，稹欲继任为节度使，朝廷命稹护送从谏灵柩回东都，刘稹不从。朝廷出兵讨伐，刘稹举兵反叛，最终被杀。刘稹被破在会昌四年八月。 ③ 漳州：州名，治所在今福建漳州。 ④ 循州：州名，治所在今广东惠州东北。 ⑤ 封州：州名，治所在今广东封开东南封川镇。 ⑥ 江都：县名，治所在今江苏扬州。程粮钱：古代官吏、使者因公远行，根据路程发给粮食，粮重无法携带的，就折价发钱，称为程粮钱。 ⑦ 吴武陵：信州人，吴元济反，武陵先以诗晓谕之，后以献策讨平之，太和初为太学博士，后出为韶州刺史，以赃贬潘州司户参军卒。 ⑧ 衢州：州名，治所在今浙江衢州。 ⑨ 青州：州名，治所在今山东青州。牙推：州郡的下级官员。

司户、稠汀州司户。不复更推，亦不付法司详断，即如绅奏，处湘死。谏议大夫柳仲郢、敬晦皆上疏争之，不纳。稠，晋江人①；晦，昕之弟也②。

李德裕以柳仲郢为京兆尹；素与牛僧孺善，谢德裕曰："不意太尉恩奖及此，仰报厚德③，敢不如奇章公门馆④！"德裕不以为嫌。

（冬十月）李德裕秉政日久，好徇爱憎，人多怨之。自杜悰、崔铉罢相，宦者左右言其太专；上亦不悦。给事中韦弘质上疏，言宰相权重，不应更领三司钱谷⑤。德裕奏称："制置职业，人主之柄。弘质受人教导，所谓贱人图柄臣⑥，非所宜言。"十二月，弘质坐贬官。由是众怒愈甚。

---

① 晋江：县名，治所即今福建泉州。 ② 敬昕：会昌三年被任命为河阳节度、怀孟观察使。 ③ 仰报：报答。为了表示自己比对方低得多，必须仰起面来才能看到对方并与之交接，故加一"仰"字以示尊敬。 ④ 奇章公：指牛僧孺。僧孺之先牛弘在隋朝封奇章为公，故时人袭呼之。 ⑤ 三司：唐以御史大夫、中书、门下为三司。 ⑥ 贱人图柄臣：《汉书·杨胡朱梅云传》载匡衡引《传》说："下轻其上爵，贱臣图柄臣，则国家动摇而人不静。"这几句意思是，地位低的人轻视帝王的爵禄，地位低的臣子谋求重要的官职，那么国家就不安宁，人心也不稳定。

六年春三月甲子，上崩，以李德裕摄冢宰①。丁卯，宣宗即位②。宣宗素恶德裕之专，即位之日，德裕奉册。既罢，谓左右曰："适近我者，非太尉邪？每顾我，使我毛发洒淅。"夏四月辛未朔，上始听政。壬申，以门下侍郎、同平章事李德裕同平章事，充荆南节度使。德裕秉权日久，位重有功，众不谓其遽罢，闻之莫不惊骇。甲戌，贬工部尚书、判盐铁转运使薛元赏为忠州刺史③，弟京兆少尹权知府事元龟为崖州司户④，皆德裕之党也。

秋七月壬寅，淮南节度使李绅薨。八月，以循州司马牛僧孺为衡州长史，封州流人李宗闵为郴州司马⑤。宗闵未离封州而卒。九月，以荆南节度使李德裕为东都留守，解平章事。

宣宗大中元年。初，李德裕执政，引白敏中为翰林学士。及武宗崩，德裕失势，敏中乘上下之怒，竭力排之，使其党李咸讼德裕罪，德裕由是自东都留守以太子

---

① 冢宰：相传为周之官名。《周礼·天官》："乃立天官冢宰，使率其属而掌邦治。"唐代职官中并无冢宰，但在皇帝刚死、新皇帝尚未听政之际，命一位宰相（通常是宰相中最有权的一位）"摄冢宰"（"摄"是代理的意思），主持政务，这时其权较平时宰相为大。 ② 宣宗：名怡，后改名忱，宪宗第十二子。 ③ 忠州：州名，治所在今重庆忠县。 ④ 崖州：州名，治所在今海南海口琼山。 ⑤ 郴州：州名，治所在今湖南郴州。

少保分司。

秋九月乙酉，前永宁尉吴汝纳讼其弟湘罪不至死①，“李绅、李德裕相表里，欺罔武宗，枉杀臣弟，乞召江州司户崔元藻等对辩”。丁亥，敕御史台鞫实以闻。冬十二月庚戌，御史台奏：“据崔元藻所列吴湘冤状，如吴汝纳之言。”戊午，贬太子少保分司李德裕为潮州司马。

二年秋九月甲子，再贬潮州司马李德裕为崖州司户。

三年冬闰十一月己未，崖州司户李德裕卒。

【翻译】

唐穆宗长庆元年(821)。翰林学士李德裕是李吉甫的儿子，因为中书舍人李宗闵曾经在对策时讥刺责备他的父亲，就恨宗闵。宗闵又与翰林学士元稹因争夺升官机会而产生怨隙。右补阙杨汝士和礼部侍郎钱徽主持贡举，西川节度使段文昌、翰林学士李绅分别写信向钱徽嘱托和自己关系好的进士。等到录取名单公布时，文昌、李绅所委托的人都没排上名单，录取的人中，郑朗是郑覃的弟弟，裴撰是裴度的儿子，苏巢是宗闵的女婿，杨殷士是杨汝士的弟弟。文昌在皇上面前说：“今年的礼

① 永宁：县名，治所在今河南宜阳西北。

部考试极不公正，所录取的进士都是一些官员的儿子、弟弟，没什么才能，是通过关节而考取的。”皇上向众学士询问此事，德裕、元稹、李绅都说：“确实像文昌所说的那样。”皇上于是派中书舍人王起等对取中进士加以复试来审核他们的实才。夏四月丁丑，皇帝下令撤销郑朗等十人的录取资格，把钱徽降调为江州刺史，宗闵为剑州刺史，汝士为开江县令。有人劝钱徽把文昌、李绅的嘱托信件进呈皇上，皇上肯定会醒悟。钱徽说：“要是心中无愧，得和失是一样的，怎么能把别人的私信进呈皇上？这哪里是士君子应有的行为！”把信拿出来烧了，当时人都称赞他。李绅是敬玄的曾孙，王起是王播的弟弟。从此以后，德裕和宗闵各自区分朋党，相互之间不断排挤倾轧，将近四十年。

二年夏六月甲子，裴度、元稹全都免除了宰相的职位，任命兵部尚书李逢吉为门下侍郎、同平章事。

三年。户部侍郎牛僧孺一向受到皇上的优待。起初，韩弘的儿子右骁卫将军韩公武为他父亲图谋，用钱财结交朝廷内外的人。等到公武死后，韩弘接着去世，年幼的孙子韩昭宗继任祖父的官位，他家的主藏奴和官吏在御史府打官司。穆宗可怜他，把韩弘的账簿全部拿来自己查看，看到凡是朝廷内外有事权的官吏，大多接受韩弘的贿赂，只有一句用红颜色小字写的话说：“某年某月某日，送给户部牛侍郎钱一千万，没有接受。”皇上非常高兴，把这句话给左右人看，说：“果真这样，我没有看错人。”三月壬戌，任命僧孺为中书侍郎、同平章事。当时僧孺和李德裕都有进朝廷当宰相的希望。德裕出朝去当浙西观察使，八年没有提升，认为李逢吉排挤自己、推荐僧孺当宰相，因此牛、李之间的怨恨愈来愈深。

李逢吉当宰相时，在宫内勾结知枢密王守澄，权势足以倾动朝廷和民间。只有翰林学士李绅每当承蒙穆宗的咨询时，常常排斥贬抑他。他拟定任免名单的文书到了翰林院，李绅也多所议论。逢吉对此感到担忧，然而皇上正好对李绅很优厚，不能使他们疏远。碰巧御史中丞缺人，逢吉推举李绅清廉正直，适合在御史台任职。皇上认为中丞也是次对官，没生怀疑就答应了。恰好李绅和京兆尹兼御史大夫韩愈争论参谒台臣及职务上的其他一些事，公文往来，措辞语言不谦恭。逢吉奏言二人不和协，冬十月丙戌，任命韩愈为兵部侍郎，李绅为江西观察使。韩愈、李绅进皇宫谢恩，皇上分别让他们自己陈述那件事，才深刻醒悟。壬辰，再任命韩愈为吏部侍郎，李绅为户部侍郎。

四年。当初穆宗把李绅留下来后，李逢吉对他更加忌惮。李绅同族兄弟的儿子李虞凭借文学而颇为出名，自己说不喜欢进身做官，在华阳川隐居。等到从父李耆当了左拾遗，李虞给李耆写信，请求推荐，这封信错送给了李绅。李绅写信讥讽他，并把这件事在众人面前说了。李虞对此深切怨恨，就去拜访逢吉，把李绅平时私下里议论逢吉的话全部告诉了他。逢吉更加恼怒，派李虞和补阙张又新及侄子前河阳掌书记仲言等人侦察寻找李绅的缺点，把它们在士大夫中间张扬出来。并且说："李绅暗中察访士大夫，发现有几个人在一起议论的，就指控他们是朋党，向皇上报告。"因此士大夫大多忌恨他。

等到敬宗登上皇位，逢吉和他的同党很高兴李绅失去了权势，又害怕敬宗再重用他，日夜计谋商议，考虑加害李绅的办法。楚州刺史苏遇对逢吉的同党说："主上刚刚执政，肯定会开延英殿，听取次对官的意见，只有这一点应该防备。"逢吉的同党认为他说得对，立即告诉逢吉说："事情紧迫了，假如等到皇上听政，后悔就来不及了。"逢吉于是叫王守澄在敬宗面前说道："陛下之所以当上皇位的继承人，我完全知道，都是逢吉的功劳啊。像杜元颖、李绅那伙人，都想立深王。"度支员外郎李续之等接着上奏章说这件事。皇上当时十六岁，怀疑不信。正好逢吉也有奏章，说："李绅企图对皇上不利，请求加以降官外调。"皇上仍然再三审察讯问，然后听从了这一请求。二月癸未，贬谪李绅为州外司马。逢吉仍然率领百官上表祝贺敬宗贬谪李绅。退朝之后，百官又到中书省祝贺。逢吉正好在和张又新说话，守门人不让大家进去。过了很久，又新擦着汗走出来，向百官依次作揖道："端溪的事，又新不敢多谦让。"众人惊骇退走，对此感到害怕。只有右拾遗、内供奉吴思不祝贺，逢吉恼怒，让吴思充当吐蕃告哀使。丙戌，贬谪翰林学士庞严为信州刺史，蒋防为汀州刺史。庞严是寿州人，和蒋防都是李绅推荐的人。给事中于敖和庞严一向友好，把敕书封好退还，人们为他担忧，说："于给事为庞严、蒋防伸冤，惹宰相发怒，真是难得啊！"等到奏章发下来，却是说对他们贬得太轻。逢吉因此褒奖他。

张又新等仍然忌惮李绅，天天上书说李绅贬得太轻，敬宗准许把他杀了，在朝大臣不敢发表意见，只有翰林侍读学士韦处厚上疏，直言陈述"李绅被逢吉的同党所谗害，人们心里都叹息惊骇。李绅承蒙前朝褒奖任用，即使有罪，还应当宽容，以成就'三年无改于父'的孝道，何况没有罪孽呢！"于是皇上略微开窍醒悟。恰好翻阅宫禁里的文书，有穆宗所封闭的一个小箱子，打开箱子，看到了裴度、杜元颖、李绅请求立敬宗为太子的疏奏，于是皇上嗟叹，把人们所奏上的诬陷李绅的奏疏全都烧毁了，虽然没有立即把李绅召还朝廷，以后有人再这样说，就不再听信了。

夏四月乙未，任命平民姜洽为补阙，试任大理评事陆洿、平民李虞、刘坚为拾遗。当时李逢吉执政，所亲近厚遇的有张又新、李仲言、李续之、李虞、刘栖楚、姜洽以及拾遗张权舆、程昔范。又有跟随这些人而依附李逢吉的。当时憎恶逢吉的人，把他们看作"八关十六子"。

敬宗宝历元年(825)春正月，中书侍郎、同平章事牛僧孺因为皇上荒淫，其所宠爱的小人当权，又害怕得罪而不敢说，只是多次上表请求出朝。乙卯，把鄂州、岳州升为武昌军，任命僧孺以同平章事的官职充任武昌节度使。

夏四月癸巳，众大臣奏上皇帝的尊号，叫作文武大圣广孝皇帝，在全国范围内大赦。赦书只说"贬谪的官吏已经酌情调至近地的，再给予酌情调近一些"，不提尚未酌情调近的。翰林学士韦处厚上书说："逢吉害怕李绅酌情调近，所以有这样的处理安排。这样的话，那就是近年来流放贬谪的人，因为李绅一个人全都不可以酌情调近了。"皇上立即追回赦书作了修改，李绅因此得以调任江州长史。

冬十月，前河阳掌书记李仲言因陈留武昭的案子而得罪，流放象州。

十二月，商谈政事的人大多称赞裴度贤能，不应该把他遗弃在藩镇的地位上。皇上多次派使者去兴元慰劳问候裴度，秘密地告诉他返回的日期，裴度因而请求进京朝见皇帝。逢吉的同党大为惊恐。

二年春正月壬辰，裴度从兴元入朝，李逢吉的党羽千方百计诋毁他。在这之前，民间谚谣说："绯衣小儿坦其腹，天上有口被驱逐。"再者，长安城里有六条横贯的高坡，形状像乾卦，裴度的住宅偶然位于第五个高坡。张权舆上书说："裴度名字和图谶相应，住宅占据山坡上，没有召唤就自己来了，他的意图可以看得出。"皇上虽然年纪还小，却完全察觉出了他们的诬蔑诽谤，对待裴度更加优厚。

冬十一月甲申，任命门下侍郎、同平章事李逢吉以同平章事的官职充任山南东道节度使。

文宗太和三年(829)秋八月，征召浙西观察使李德裕为兵部侍郎，裴度推荐他做宰相。正好吏部侍郎李宗闵有宦官的帮助，甲戌，以宗闵同平章事。(九月)壬辰，以李德裕为义成节度使。李宗闵恨他逼迫自己，所以把他赶出了朝廷。

四年春正月辛巳，武昌节度使牛僧孺入京朝见。由于李宗闵荐举牛僧孺，辛卯，任命僧孺为兵部尚书、同平章事。于是两人一起排斥摈弃李德裕的党羽，渐渐把他们驱逐掉。

裴度因为年老多病，诚恳辞去了机要的职务。六月丁未，以裴度为司徒、平章军国重事，等病情好转，隔三天五天到中书省去一次。起初，裴度征讨淮西，奏请任命李宗闵当观察判官，宗闵因此慢慢获得提升任用。到这时，他怨恨裴度推荐李德裕，就借他因病引退的机会，九月壬午，让裴度兼任侍中，充当山南东道节度使。

冬十月戊申，任命义成节度使李德裕为西川节度使。

五年秋九月，吐蕃维州副使悉怛谋请求投降，李德裕派行维州刺史虞藏俭带领部队进驻维州城，并向朝廷报告了这一情况。牛僧孺说："吐蕃的疆界，四面各有一万里，失掉一个维州，不能削减它的势力。徒然破坏了双方的真诚信任，有坏处而没有好处。"文宗认为他说得对，命令德裕把城市归还吐蕃，把悉怛谋抓起来还给吐蕃，吐蕃在边境上把他杀了。德裕因此更加怨恨僧孺。

六年冬十一月乙卯，以荆南节度使段文昌为西川节度使。西川监军王践言入京担任知枢密的工作，多次对文宗说："把悉怛谋捆绑起来送还吐蕃而使敌人心里痛快，断绝以后前来投降的人，不是好计策啊。"文宗也对此感到后悔，责怪中书侍郎、同平章事牛僧孺失策。依附李德裕的人因而说"僧孺和德裕有怨隙，妒忌他的功劳"，文宗对牛僧孺更加疏远。僧孺自己心里感到不安。恰巧文宗驾临延英殿议政，对宰相说："天下什么时候能够太平，你们也有意于取得太平吗？”僧孺回答说：“太平没有迹象。如今四方的外族不来交相侵略，老百姓不至于流离失散，虽未达到大治的程度也可称得上小康了。陛下假如要另外求取太平，不是我们所能达到的。”退出延英殿后，对同事说：“皇上这样责难抱怨，我们难道能长久处于这里吗！”因而接连上表请求罢官。十二月乙丑，命僧孺以同平章事的官职充任淮南节度使。

丁未，以原来的西川节度使李德裕为兵部尚书。起初，李宗闵和德裕有怨隙，等到德裕从西川还朝廷，文宗对他非常关注，早晚与他相商事情，宗闵千方百计阻止，却不能达到目的。京兆尹杜悰是宗闵的同党，曾经拜访宗闵，看到他神色忧虑，说：“莫非是因为大戎？”宗闵说：“是的。用什么办法来补救？”杜悰说：“我有一条计策，可以平息原来的怨恨，恐怕您不能用。”宗闵说：“怎么样？”杜悰说：“德裕有文学却不由科举登第出仕，常常因此而心里不痛快，假如让他主持科举考试，他一定高兴。”宗闵沉默了一会儿，说：“再想想别的办法。”杜悰说：“否则任用他作御史大夫。”宗闵说：“这就行了。”杜悰和他再三相约，才去拜访德裕。德裕作揖迎接说：“您为何来访问这个冷落的地方？”杜悰说：“靖安相公叫我来转达他的心意。”就把御史大夫的任命告诉了他。德裕惊喜地流下了眼泪，说：“这是大门官，我怎么有资格做呢！”再三托他致谢。宗闵又和给事中杨虞卿商量，这件事就中止了。虞卿是杨汝士的堂弟。

七年春二月丙戌，以兵部尚书李德裕同平章事。德裕进朝廷谢恩，文宗和他议论朋党的事情，他回答说："如今朝廷的官吏有三分之一的人结成朋党。"当时给事中杨虞卿和堂兄中书舍人汝士、弟弟户部郎中汉公、中书舍人张元夫、给事中萧澣等善于交结，依附有权有势的人，在上干涉执政，在下阻挠各部门官吏照章办事，替读书人请求官职和科举登第，没有不如意的。文宗听说后对此很讨厌，所以和德裕谈话首先就提到这件事，德裕因而能借此排斥自己所不喜欢的人。起初，左散骑常侍张仲方曾经反对李吉甫的谥号，等到德裕做了宰相，仲方就声言有病不出来工作。三月壬辰，以仲方为宾客分司。

庚戌，以杨虞卿为常州刺史，张元夫为汝州刺史。后来，文宗又说到朋党，李宗闵说："我向来知道这件事，所以虞卿等人我都不给好官。"李德裕说："给事中与中书舍人不是好官是什么？"宗闵惊慌得变了脸色。丁巳，以萧澣为郑州刺史。

夏六月壬申，以工部尚书郑覃为御史大夫。起初，李宗闵憎恨郑覃在皇宫里多次对皇上谈论政事，上奏罢免了他的侍讲官职。文宗不慌不忙地对宰相说："殷侑在经学方面的成就和见解和郑覃很像。”宗闵回答道：“郑覃、殷侑的经学确实可以崇尚，然而议论不值得听信。”李德裕说：“郑覃、殷侑的议论，别人不想听，只有陛下想听。”十天之后，皇帝直接发出命令，授予郑覃御史大夫。宗闵对枢密使崔潭峻说：“所有的事情都由皇帝直接发布命令，哪里还用得着中书省！”潭峻说：“已经做了八年的皇帝，听随他自行其事也行了。”宗闵神色忧惧而不再说下去了。

乙亥，以中书侍郎、同平章事李宗闵为同平章事，充任山南西道节度使。

八年。起初，李仲言流放象州，遇到赦免，回到东都。正好留守李逢吉想再进朝廷做宰相，仲言自称和郑注要好，逢吉派仲言重重地贿赂郑注。郑注介绍仲言和王守澄见面，守澄把他推荐给文宗，说仲言擅长《易经》，文宗召见了他。当时仲言正在给母亲戴孝，难以到皇宫里去，就让他穿上老百姓的服装，号称王山人。仲言仪表俊秀，身材高大，洒脱不羁，崇尚意气，很擅长文辞，能说会道，多权谋术数。文宗见到他，非常高兴，认为他是才华出众的人，对待他一天比一天优厚。仲言脱去丧服后，秋八月辛卯，文宗想任命仲言为谏官，把他安排在翰林院里。李德裕说：“仲言从前的所作所为，想来陛下一定全都知道，怎么适宜把他安排在亲近的官署里呢！”文宗说："可是难道就不容许他改正错误了?"德裕答道："我听说只有颜回能够不重犯错误。他们圣贤犯错误，只是思索考虑不周到，偶尔偏失中庸之道罢了。至于仲言的罪过，存在于内心根本，怎么可能悔改呢?"文宗说："李逢吉推荐了他，我不想背弃诺言。"德裕回答说："逢吉身为宰相，却推荐奸诈邪恶的人来贻误国政，也是罪人了。"文宗说："那么另外授予一个官职吧。"德裕答道："也不可以。"文宗回头看着王涯，王涯回答说："可以。"德裕挥手制止他，文宗回头一看，正好看到，脸色非常不愉快地作罢了。开始时，王涯听说文宗要任用仲言，就起草了谏止的奏疏，极其愤慨激昂，后来看到文宗要用仲言的意志很坚定，并且害怕仲言一伙势力大，就中途改变了主意。

不久，以仲言为四门助教，给事中郑肃、韩佽把敕书封合退还。德裕将要离开中书省时，对王涯说："且喜给事中把敕书封合退还了。"王涯马上把郑肃、韩佽叫来，对他们说："李公刚才留下话，叫两位阁老用不着把敕书封合退还。"二人就把敕书发下去了。第二天，把这件事告诉德裕，德裕吃惊地说："德裕不想让你们封还敕书，应该当面让你们知道，何必叫人传信！况且有关部门的官员把敕书封还或驳正，难道还要按照宰相的意见办吗?"二人惆怅愤恨地离开了。

九月辛亥，征召昭义节度副使郑注到京师。王守澄、李仲言、郑注全都憎恶李德裕，因山南西道节度使李宗闵和德裕相互不喜欢，就引进宗闵来对抗他。壬戌，皇帝下令把宗闵从兴元召来。

冬十月庚寅，以李宗闵为中书侍郎、同平章事。甲午，以中书侍郎、同平章事李德裕为同平章事，充当山南西道节度使。同一天，以李仲言为翰林侍讲学士。给事中高铢、郑肃、韩佽、谏议大夫郭承嘏、中书舍人权璩等直言谏止，没能成功。承嘏是郭晞的孙子；权璩是德舆的儿子。

李德裕朝见文宗陈述自己的想法，请求留在京师。丙午，以德裕为兵部尚书。十一月，李宗闵说李德裕调官的诏命已经发布，不应当听任他以自己的便利来行事。乙亥，又以德裕为镇海节度使，不再兼平章事。当时德裕、宗闵各自有朋党，互相排挤攀援。文宗对此很忧虑，常常叹息道："除掉河北的反贼容易，除掉朝廷中的朋党困难。"

九年。起初，李德裕当浙西观察使，漳王府中的女师杜仲阳因宋申锡的事情获罪而贬谪回到金陵，命令德裕抚养安置她。恰好德裕已经离开浙西，就把公文留给后任李蟾，叫他按诏书上的旨意行事。到这时，左丞王璠、户部侍郎李汉上奏说德裕重重地贿赂仲阳，私下结交漳王，企图做大逆不道的事。文宗极其恼火，把宰相及王璠、李汉、郑注等叫来当面对质。王璠、李汉等尽力诬蔑李德裕，路隋说："德裕不至于到这个地步。如真像他们所说的，我也应当获罪。"说的人才略略平息。夏四月，以德裕为宾客分司。丙申，以门下侍郎、同平章事路隋为同平章事，充当镇海节度使，催促他赶快去其镇守之所，不准向文宗当面告辞。就是因为他解救了李德裕的缘故。

起初，京兆尹河南人贾悚生性褊窄，浮躁轻率，和李德裕有怨隙，而与李宗闵、郑注友好。上巳节，赏赐群臣在曲江宴会。按照先例，京兆尹要在外面的门前下马，揖让御史。贾悚依仗自己位尊势大，骑着马直接进去，殿中侍御史杨俭、苏特和他争执，贾悚骂道："黄面儿怎么敢这样！"因此而被罚俸。贾悚对此感到耻辱，请求离开朝廷，皇帝命令他做浙西观察使。还没有成行，戊戌，以贾悚为中书侍郎、同平章事。

庚子，皇帝颁下制书，因为昔日自己刚刚生病时，王涯叫李德裕急速前往问候起居，德裕竟敢不到，又在西蜀征收民间逃亡者拖欠的租税钱三十万贯，老百姓穷愁困顿，把德裕贬为袁州刺史。

京城里谣传郑注为文宗制金丹，需要用小孩子的心肝，老百姓惊慌恐惧，文宗听说后非常憎恶。郑注一向怨恨京兆尹杨虞卿，和李训一起陷害他，说“这种话是由虞卿家人传出来的”。文宗愤怒，六月，把虞卿投入御史台的监狱。郑注请求做门下、中书两省的官，中书侍郎、同平章事李宗闵不允许，郑注就在文宗面前诋毁他。正好宗闵为救杨虞卿而去向文宗陈述自己的意见，文宗恼怒，大声喝斥，把他轰了出去。壬寅，把他贬为明州刺史。

左神策中尉韦元素、枢密使杨承和、王践言长期在禁中执政，和王守澄争夺权利，互相不和，李训、郑注因此驱逐承和到西川，元素到淮南，践言到河东，都当监军。秋七月甲辰朔，把杨虞卿贬为虔州司马。

起初，李宗闵当吏部侍郎，依靠驸马都尉沈㸘结交女学士宋若宪、知枢密杨承和而得以做宰相。等到被贬明州，郑注揭发了这些事，壬子，又贬为处州刺史。著作郎、分司舒元舆和李训友好，李训掌权后，把他叫来做右司郎中，兼侍御史知杂，审理杨虞卿的案子。癸丑，升为御史中丞。元舆是元褒的哥哥。贬吏部侍郎李汉为汾州刺史，刑部侍郎萧澣为遂州刺史，都因为是李宗闵的同党而获罪。这时李训、郑注连续驱逐三个宰相，威名震动天下，于是一生之中的小恩小怨——哪怕小到一丝一毫——没有不报的。又把左金吾大将军沈㸘贬为邵州刺史。八月丙子，又把李宗闵贬为潮州司户。宋若宪被赐死。戊寅,再次贬谪沈议为柳州司户。

丙申,颁下诏书:因为杨承和包庇宋申锡,韦元素、王践言和李宗闵、李德裕在朝廷内外相勾结,接受他们的贿赂馈赠,承和可安置驩州,元素可安置象州,践言可安置恩州,命令所在地的官署给他们戴上木枷后送去;杨虞卿、李汉、萧瀚是朋党的首脑,贬谪虞卿为虔州司户,李汉为汾州司马,萧瀚为遂州司马。不久就派使者追去赐承和、元素、践言自杀。当时崔潭峻已经死了,也把棺材劈开来鞭挞尸体。

己亥,以先前的庐州刺史罗立言为司农少卿。立言是赃官,因为贿赂结交郑注而获得这一官职。郑注进翰林院时,中书舍人高元裕起草诏命,说他用医药侍奉君主,郑注怨恨他,上奏说元裕曾经走出郊外去送李宗闵。壬寅,把元裕贬为阆州刺史。元裕是士廉的第六代子孙。

当时郑注和李训将其所憎恨的朝中官吏,都指称为二李的同党,对他们的贬谪驱逐几乎没有停过一天,朝见时,百官的班列空荡荡的,朝廷里惊恐不安,文宗也觉察了这一情形。李训、郑注害怕被别人所动摇,九月癸卯朔,劝文宗下令:"所有与德裕、宗闵有亲戚朋友关系的人以及两人的门生、老部下,除了在今日之前已贬谪罢免的以外,其余的全都不问罪。"人们的情绪才稍稍安定下来。

冬十一月，李训等人设谋杀害宦官，事情失败而死。

开成元年(836)春三月壬寅，以袁州长史李德裕为滁州刺史。夏四月乙卯，以潮州司户李宗闵为衡州司马。凡是李训所指斥为李德裕、宗闵同党的人，稍稍收用复官。

三年春正月，杨嗣复想引进李宗闵，恐怕被郑覃所阻止，就先叫宦官婉言劝说文宗。文宗来到朝廷，对宰相说："宗闵多年在外地，应该给他一个官做。"郑覃说："陛下要是可怜宗闵处地僻远，只可以向北移近几百里，不适宜再任用。假如要用他，我请求先辞去宰相的位子。"陈夷行说："宗闵往日用营私结党来扰乱朝政，陛下何必爱惜这种小人。"杨嗣复说："凡事都要适可而止，不能光凭自己的爱憎。"文宗说："可以让他管一个州。"郑覃说："管一个州太优厚了，只可以任命为洪州司马罢了。"因而和嗣复互相诋毁、攻击对方结党营私。文宗说："给一个州不碍事。"郑覃等人退朝后，文宗对起居郎周敬复、起居舍人魏谟说："宰相像这样七嘴八舌地大声争论，难道可以吗？"回答说："确实不可以。然而郑覃等人竭尽忠贞，愤怒而心情激动，这只是一种不自觉的举动罢了。"丁酉，任命衡州司马李宗闵为杭州刺史。李固言和杨嗣复、李珏相友好，所以引进他们来执掌大政，以此来排挤郑覃和陈夷行。每当讨论政事的时候,总是争执得很激烈,文宗不能作出决断。

五年春正月,文宗去世,武宗登帝位。夏五月己卯,门下侍郎、同平章事杨嗣复罢免原职而任命为吏部尚书。秋八月庚午,门下侍郎、同平章事李珏罢免原职而任命为太常卿。

当初,武宗的登位不是宰相的本意,所以杨嗣复、李珏先后罢免相位。召淮南节度使李德裕入朝。九月甲戌朔,德裕到了京师,丁丑,任命德裕为门下侍郎、同平章事。

庚辰,德裕进朝廷谢恩,在武宗面前说:“达到治理的要点,在于辨别众多臣僚的邪恶与正直。邪恶和正直这两种人,其势互相不能容忍。正直的人指邪恶的人为邪恶,邪恶的人也指正直的人为邪恶,天子很难辨别他们。我认为正直的人像松柏,具有独立的操守而不依附别人,邪恶的人像藤萝,不依附其他东西就不能自立。所以正直的人一心一意侍奉君主,而邪恶的人争着结为朋党。先帝深刻了解朋党的危害,然而所任用的最终都是结为朋党的人,实是因为坚持本心不够坚定,所以奸诈邪恶的人得以乘虚而入。宰相不能人人忠正贤能,有的人会做欺骗蒙蔽的事,天子心里才产生怀疑,于是从旁询问职位低的官吏,借以考察执政的大臣。例如德宗末年，所听从信任的只有裴延龄那伙人，宰相只不过在命令上签字而已，这是政事一天比一天混乱的原因所在。陛下要是真的能谨慎地选择贤能的人才做宰相，有奸诈欺骗的人就立即贬谪赶走，一直让政事都由中书省定夺，陛下诚心委任，坚定不移，那么天下哪里用得着担心治理不好呢！”又说：“先帝对大臣喜欢注意形迹，小的过失都包涵不说，日积月累，以至于形成灾祸而失败。这种做法很误事，希望陛下引以为戒。我们这些臣子有了罪过，陛下应该当面责问。事情要是失实，就可因此而辩解清楚；假如确有其事，自然就说不出道理。小的过失就允许他们悔改，大的罪过就加以惩处贬谪。这样，君主与大臣之间就没有怀疑隔阂了。”武宗对此赞许并采纳了。

起初，德裕在淮南，皇帝以敕召请监军杨钦义回京，别人都说他一定会执掌枢密院，德裕对他却并不特别加以礼敬，钦义怀恨在心。有一天，他独自宴请钦义，在正厅里设置酒筵，情谊礼节非常优厚，陈列了好几架子珍贵的玩赏物品，喝完酒，就把它们全都送给了他，钦义喜出望外。走到汴州，皇帝命令他重回淮南。钦义把德裕所馈赠的东西全部归还他，德裕说：“这些东西值得了什么！”最终都给了钦义。后来钦义终于执掌枢密院。德裕受信任而当权，钦义出了很大的力。

武宗会昌元年(841)秋八月,任命前山南东道节度使、同平章事牛僧孺为太子太师。在此之前,汉水泛滥,毁坏了襄州百姓的住宅,所以李德裕把这作为僧孺的罪过而废弃了他。

二年春二月,淮南节度使李绅进入朝廷。丁丑,任命李绅为中书侍郎、同平章事。

三年夏五月,李德裕说太子宾客分司李宗闵与刘从谏相勾搭,不适合把他安置在东都。戊戌,以宗闵为湖州刺史。

四年秋闰七月壬戌,以中书侍郎李绅为同平章事,充当淮南节度使。

九月,李德裕怨恨太子太傅东都留守牛僧孺、湖州刺史李宗闵,对皇帝说:"刘从谏占据上党十年,太和年间入京朝见,僧孺、宗闵当权,不把他留下来,而加任宰相的官职放他回去,以致酿成今天的灾祸,穷尽天下的力量才能捕获他,这都是这两个人的罪过。"德裕又派人在潞州搜寻僧孺、宗闵和从谏相往来的书信,没有找到什么,就叫孔目官郑庆说从谏一收到僧孺、宗闵的书信,都亲自烧毁。皇帝下令追查郑庆,把他投入御史台审查询问,御史中丞李回、知杂郑亚认为属实。河南少尹吕述给德裕写信,说打败刘稹的邸报传到时,僧孺发出叹息声音表示遗憾。德裕把吕述的信呈上,武宗非常愤怒，任命僧孺为太子少保分司，宗闵为漳州刺史。戊子，再贬僧孺为汀州刺史，宗闵为漳州长史。冬十一月，又贬牛僧孺为循州长史，李宗闵长期流放封州。

五年春正月，淮南节度使李绅呈报说，查得江都令吴湘盗用程粮钱，强娶其所部百姓颜悦的女儿，把女方的嫁妆作为赃物来估价，其罪当死。吴湘是吴武陵哥哥的儿子。李德裕一向憎恨吴武陵。议论此事的人多说吴湘冤枉，谏官请求重审，有诏派监察御史崔元藻、李稠审察这个案子。他们回来说："吴湘盗窃程粮钱是事实。颜悦本来是衢州人，曾经当过青州牙推，妻子也是世家大族，和上次所述的案情不同。"德裕认为他们对解决问题没能起任何作用，二月，贬元藻为端州司户，李稠为汀州司户。他不再对案件覆审，也不交给掌管司法刑狱的官署来量刑，就根据李绅的奏章，判处吴湘死刑。谏议大夫柳仲郢、敬晦都上疏提出反对意见，不被采纳。李稠是晋江人；敬晦是敬昕的弟弟。

李德裕让柳仲郢做京兆尹，仲郢向来与牛僧孺友好，感谢德裕说："没想到太尉这样恩惠嘉奖。仰望报答深厚的恩德，我怎么敢不如在奇章公的门下时对待他那样地来敬谨报答您的深厚恩德！"德裕也没有对他的话不高兴。

（冬十月）李德裕执政的日子长了，喜欢凭自己的爱憎办事，人们大多怨恨他。自从杜悰、崔铉罢免宰相后，宦官与其他在皇帝左右的人说他太专横，武宗也不高兴。给事中韦弘质上书，说宰相权力太大，不应该再兼管三司的财政事务。德裕上奏说："朝中要设置哪些官，这些官各自应该管哪些事，这是天子的权柄。弘质受别人的教导，所谓'贱人图柄臣'，这不是他所应该说的话。"十二月，弘质获罪贬官，因此人们越来越愤怒。

六年春三月甲子，武宗去世，以李德裕"摄冢宰"。丁卯，宣宗登皇帝位。宣宗一向憎恶德裕的专横，即位的那一天，德裕进献册书。即位仪式结束后，宣宗对左右的人说："刚才在我身边的人不是太尉吗？每当看我时，总使我汗毛凛凛。"夏四月辛未朔，宣宗才开始执政。壬申，以门下侍郎、同平章事李德裕为同平章事，充当荆南节度使。德裕掌权的日子长了，官位显要，卓有功劳，大家没料到他会一下子罢相，听说这一消息后没有不感到惊骇的。甲戌，把工部尚书、判盐铁转运使薛元赏贬为忠州刺史，他的弟弟京兆少尹权知府事元龟贬为崖州司户，他俩都是德裕的同党。

秋七月壬寅，淮南节度使李绅去世。八月，以循州司马牛僧孺为衡州长史，流放封州的李宗闵为柳州司马。宗闵没离开封州就死了。九月，以荆南节度使李德裕为东都留守，解除平章事的官职。

宣宗大中元年(847)。起初,李德裕执政的时候,引进白敏中为翰林学士。等到武宗去世后,德裕失去了权势,敏中乘着朝廷上下的怨怒,竭力排斥他,派他的同党李咸揭发德裕的罪行,德裕因此从东都留守变为太子少保分司东都。

秋九月乙酉,前永宁尉吴汝讷上书为弟弟吴湘雪冤,说他的罪没有达到应判处死刑的地步,“李绅、李德裕互相勾结,欺瞒武宗,把我的弟弟冤枉地杀害了,恳求把江州司户崔元藻等人叫来对质”。丁亥,命令御史台审查清楚后上报结果。冬十二月庚戌,御史台上书说:“据崔元藻所开列的吴湘冤状,和吴汝讷说的一样。”戊午,把太子少保分司李德裕贬为潮州司马。

二年秋九月甲子,再把潮州司马李德裕贬为崖州司户。

三年冬闰十一月己未,崖州司户李德裕去世。

《古代文史名著选译丛书》编纂始末①

马樟根　安平秋

今年1月,《古代文史名著选译丛书》已经出到100种101册(其中《史记》为2册)。4月份,最后的33种也已交稿。这样,全书133种即将呈献在读者面前。② 一项服务当前、造福子孙的普及优秀古代文化、进行爱国教育的大工程将宣告完工了。回想

①《古代文史名著选译丛书》由全国高校古籍整理研究工作委员会主持,古委会直接联系的18个古籍整理研究所为主要承担机构,章培恒、安平秋、马樟根任主编。本文于1992年4月,在《中国典籍与文化》杂志发表时题目是《衣带渐宽终不悔——〈古代文史名著选译丛书〉编纂始末》。这次将此文作为2011年修订版附录时,去掉原正标题,以原副标题为正式题目。 ② 至1994年4月最后定稿时,全书为135部。2011年修订版出版时,全书为134部。

这一套丛书动员18所院校，投入100余人，从1985年筹划，1986年起步，到今天已度过了六七年的岁月，个中甘辛令人难以忘怀。

一、北大·苏州·北大

——酝酿与筹划

编纂这样一套丛书，起因于1981年7月。当时陈云同志派人到北京大学召开了小型座谈会。来人告诉与会人员陈云同志最近在考虑两个问题：一个是粮食，一个是古籍整理。对古籍整理，特别讲到陈云同志说："整理古籍，为了让更多的人看得懂，仅作标点、注释、校勘、训诂还不够，要有今译，争取做到能读报纸的人多数都能看懂。有了今译，年轻人看得懂，觉得有意思，才会有兴趣去阅读。今译要经过选择，要列出一个精选的古籍今译的目录，不要贪多。"这就是后来收入《陈云文选》的那段话。1981年9月，中共中央关于整理我国古籍的文件中一字不差地强调了这段话。1983年，教育部成立了全国高校古籍整理研究工作委员会（简称古委会）。古委会主任周林同志根据中央和陈云同志意见，提出了组织力量今译古籍。但在当时，经过"文革”后的古籍整理工作百废待兴，加之一些学者对今译重要性的认识远非今日之深，这一工作一拖便是两年。

1985年5月，全国高校古委会在苏州召开了一届二次会议。周林同志在会上作了“人才培养和古代文化遗产普及问题”的专题发言，他分析了“解放三十多年来，由于‘左’的路线干扰，特别是‘文化大革命’，几乎使我们的民族文化到了中断的边缘，出现了对古代文化知之不多，或知之甚少的状况”，要教育界的同志“做好普及古代文化知识的工作”，搞好古籍的今注今译就是其中的一项重要任务，“高校古委会要在这方面多下功夫”，“高校古籍研究所无疑应担负起这个任务”。他针对当时一些人轻视古籍的今注今译思想，呼吁“我们对于选本、今译等有利于教育普及的东西，应承认它的学术价值”，“《昭明文选》、《唐诗三百首》、《古文观止》等是地道的选本，流传几百年，发生那么大的影响，能说没有水平？”“专家们深入浅出的在对古文献研究基础上的译注，对普及古代优秀文化作出重大贡献，算不算高水平的成果呢？”“古文既要译得恰当、准确，又要通畅易懂，难度是很大的”，“为了社会主义精神文明建设，古籍整理这方面也要作出应有的贡献”。一石激浪，沉寂了几年的今译古籍的话题又重新活跃起来。会上作了一番认真讨论。

经过这样的酝酿，1985 年 7 月，全国高校古委会科研项目评审组的专家们聚集在北京大学勺园，筹划编纂一套古籍今译的精选本。初步定名为《古籍今译丛书》，议定了收书范围、内容，开列了 65 种书的选目。并决定由科研项目专家评审组召集人、复旦大学古籍所所长章培恒教授和参加过陈云同志在北大召开座谈会、当时古委会主管科研工作的副秘书长安平秋同志共同负责，与秘书处同志一起具体筹划。经几个月的筹备，决定由古委会直接联系的 18 个高校古籍研究所承担这一工作，组成编委会，并开列出 89 种书的选目，对选译的进度、规划亦作了设计。此时，几家出版社闻讯而至，表示愿意出版这套丛书。最早与我们联系的巴蜀书社的段文桂社长以其强烈的事业心和对古籍今译的高度重视感动了我们，于是决定邀请巴蜀书社编辑参加第一次编委会议。

二、从柳浪闻莺到桂子山上

——第一批书稿的产生

第一次编委会于 1986 年 5 月在杭州柳莺宾馆

召开。宾馆因位于西湖十景之一的柳浪闻莺而得名。全国高校18个研究所的24名学者和有关人员聚集在这风景胜地，无心观柳，亦无从闻莺，紧张地工作了三天。会上确定了这套普及读物的读者对象是具有中等以上文化程度的广大群众，收书范围是中国历代文史名著，在名著之中选精。所选书目，在原拟89种基础上，调整为116种，以形成系统性。书中选篇之下分提示、原文、今译、注释四部分，以译文为主，书前有一前言，书中加入必要的插图。每一种书约10—15万字。书名确定为《古代文史名著选译丛书》。即由到会的24位学者组成丛书编委会①，由章培恒、马樟根、安平秋三人任主编。于是，编委会立即分成三个工作小组，在会上分头拟出丛书《凡例》、《编写、审稿要求》和《文稿书写格式》，经讨论修改而形成了正式文字以供遵循。在

---

① 编委会成员按姓氏笔划排列为：
马樟根　平慧善　安平秋　刘烈茂　许嘉璐　李国祥
金开诚　周勋初　宗福邦　段文桂　董治安　倪其心
黄永年　章培恒　曾枣庄(以上为常务编委)
王达津　吕绍纲　刘仁清　刘乾先　李运益　杨金鼎
曹亦冰　常绍温　裴汝诚(以上为编委)

自报的前提下，会上确定了由18个研究所承担前40部书的今译任务，要求当年年底完成。古委会主任、丛书顾问周林同志对编委会的认真精神、紧张工作和显著效率十分赞赏，他说："有这样一个编委会，有这样一个阵容来做选译，使中国历史文化不成为专属于少数人的知识，使能看报纸的人都读懂自己民族的名著，从而树立爱国主义、建设有民族特色的精神文明，其意义之深远将会在今后愈益显露出来。"于是，有1000余万字的大工程便从这里开始了。

当年年底各研究所的今译书稿经作者完成后，由在该所的编委审改，到1987年5月和7月，先后在复旦大学、北京大学两次召开编委审稿会。这种审稿会，说是审稿，实际上是边审边改，字斟句酌，每部书稿必须经一位编委、一位常务编委审改把关，经过这样两道工序，汇总到主编手中，40部书稿通过了25部。其中部分书稿赶印了样稿征求意见。于是周林同志于7月6日在北大临湖轩邀请了在京十几位专家与正在审稿的编委一起研究样稿，探讨如何提高这套今译丛书的质量。

根据编委审稿发现的问题和在京专家们的意

见，从书亟需在已定体例的框架中条列细则；而出版单位巴蜀书社又希望所出版的第一批书为50种以便形成格局，需要布置各研究所承担新的今译任务。这样，1987年10月在华中师范大学再次召开了编委会，又请了詹锳、周振甫、刘乃和、郭预衡等先生到会指导。

这次编委会是在审看了40部书稿后，发现了一大批问题亟待解决，又是在需要布置下一步任务的状况下召开的，是一次承上启下的编委会。会议初期人们的心情和会上的气氛都带有一股子严峻与急切。会议从5日到8日开了三天半。但是在4日晚上开预备会的时候，主编章培恒先生尚未到会，亦无他是否已从上海出发的信息。5日上午就要开会了，主编不到怎么行呢？5日一早，我们还在沉睡之中，忽听有人敲门，进来的竟是章培恒！一向风神儒雅、衣装考究的章培恒先生，此时却是一身尘灰、满脸疲惫地站在我们面前。原来他从上海出发前，未能买到机票或船票，而上海到武汉又没有直达火车，只好先从上海坐火车到长沙，为了不误5日上午开会，他只好买了一张无座票，夜间从长沙出发一直站到武昌。一向走路辨不清方向的章培恒竟然在夜色未退之前一人从车站摸到了华中师大专家楼,也算是奇迹。

这次编委会,从体例的具体要求、书中选篇是否合适、每篇中的提示如何写、注释的繁简和语言的通俗性,到今译的信达雅如何把握,例如李白的"床前明月光,疑是地上霜,举头望明月,低头思故乡"这样通俗的诗是否要翻译,在在都有热烈的争论。感谢编委们的努力和学术判断力,最后终于形成了一个《细则》,一切争论都统一在这个《细则》之上。编委们在思想明确、分得新的任务之后,显出了少有的轻松与喜悦。会议结束正逢中秋节,华中师大的专家楼坐落在武昌桂子山上。入夜,桂子山上举行了赏月茶会,几张方桌,围坐着全体编委和特邀到会专家。天上明月如盘,清辉洒地,眼前桂树葱茏,桂花飘香,华中师大古籍研究所的青年们活跃席间,引得王达津先生即席赋诗,刘乃和先生清唱京戏。这气氛预示着《古代文史名著选译丛书》克服了当前的困难,第一批50种书稿有如母腹中的胎儿,快要降生了。

三、华清池畔的愁云与人民大会堂的欢欣

——第一批书出版的柳暗花明

1988年10月,编委们再一次聚会,审定第一批

50种中的最后十几部书稿、修改第二批50种中的大量书稿。这次审稿是在“东枕华山、西拒咸阳”的骊山脚下、华清池滨的一家招待所。这里古朴而不豪华，食宿低廉却又实惠，审稿之余，左近有风景可观，有古迹可寻，房内有43℃的温汤沐浴，编委们平日在校教学、科研工作劳累而生活清苦，如今有这样的环境与条件，感到少有的惬意。我们作为主编觉得这也是对编委们两年来辛勤编书的一点补偿。但这种适意之感很快就被两件事所驱散。一件事是书稿的质量。几十部书稿交来，一经审看，从注译到体例完全合格的只有寥寥可数的三四部，余下的，或需小改，或需大改，或根本不合格需退回重作。另一件事是出版发行成了问题。到会的巴蜀书社副社长黄葵同志向大家通报了即将印出的16本书征订情况，最多的为2000册，且只有一种，其他的只有800册、600册，甚至还有200余册。征订不佳，销路不畅，出书要赔钱，出版社为难，编委们又无计可施。此时哪还有心思去观赏“骊山云树郁苍苍，历尽周秦与汉唐”？也无心绪登上骊山，在烽火台前怀古。且正值“楼台八月凉”的节令，只有华清池畔秋雨飘零，秋风瑟瑟，落叶满地，不禁愁从中来。

愁则愁，还得面对现实。书稿质量不高，靠到会近20位编委十余天的逐字逐句修改，终于改定合格17部。至于出版发行问题，巴蜀书社的朋友费心经营，重新设计了封面，改进装帧，将第一批50种装成一个大礼品盒，成盒出售。从中又得到了国家新闻出版署、四川省出版局、国家教委有关司局和各省市教委的大力支持与帮助，发行面得以扩大，到了1990年下半年，首印的17000套书销售已尽，而问讯、索购者不绝，出版社决定再印30000套以供读者需要。中央领导了解到这套丛书受到读者欢迎，欣然为丛书题辞，江泽民总书记的题辞是“做好我国古代文史名著的传播普及工作，使其古为今用，以发扬爱国主义精神”，李鹏总理的题辞是“弘扬民族优秀文化，激励爱国主义精神”。李瑞环同志也为丛书题了辞。

1990年8月22日在北京人民大会堂召开了《古代文史名著选译丛书》出版座谈会。国家领导人李铁映、胡乔木、李德生、陈丕显、廖汉生、王汉斌、王光英出席，古委会主任周林同志主持会议，到会各阶层代表在发言中从不同角度肯定了这套书对促进青少年了解历史、了解国情、了解中华民族优秀传统文化、进行爱国主义教育的作用。时值盛夏，却逢喜雨，洗却了编委和出版社同志心中的忧虑，参加大会堂座谈会的13名常务编委会后又聚集在北京大学讨论深入认识编纂这套丛书的重大意义，研究审改好第二批书稿的具体措施。

四、从舜耕山庄耕作到乐山脚下

——第二批书稿审定之艰辛

第二批书稿50种50册，是1987年10月布置的。1988年10月在西安审改合格的17部书稿都已放入第一批中以替换原已通过的第一批中质量较差的书稿。这样，第二批书稿当时余下的已完成的有20余部，却都不合格，只能要求译注者和编委再行修改。一年之后，编委会汇总来重新改好和新译注交来的第二批书稿44部，1989年10月于济南千佛山下的舜耕山庄召开了常务编委审稿会。

这次审稿，发现的问题较多。有的选目不当，如有的史书重要人物的传不选却选入无关紧要而又无学习价值的人物传，有的名家的文章名篇不选却选入既无文学价值又无借鉴意义的篇章。有的选译所依据的底本不当，舍弃现有的精校本却用校勘不善的本子。有的虽有根据地改动正文却只在注释中说“原作……据别本改”,而不指明据何本改。有的注释过繁,不利于一般读者阅读;有的注释极简,该注释的地方不注,使广大读者看了译文仍无法理解全文的精妙;而更多的是注释不准确,对一字一词增字为训而歪曲了原意的毛病也较普遍。译文问题更多,有的语义不清,佶屈聱牙,把“三顾频烦天下计,两朝开济老臣心”译为“三顾茅庐频烦为天下大计,两朝事业开济尽老臣忠心”,有的为追求通俗生动把“君何往”中的“君”译为“老兄”。每篇的提示,有的写得很长变成了文章赏析,有的虽短却不中肯綮,用了类似“文革”期间的语言扣几顶大帽子了事。看这样的稿子都觉头痛,改这样的稿子更感艰难。审稿历时 12 天,参加审稿、当时 63 岁的黄永年先生向我们诉苦:“头发掉了一把!”有的编委说,千佛山古称历山,传说舜在这里开垦耕耘,十分艰辛,我们住在舜耕山庄,预示着我们为这套丛书垦荒笔耕,也要历尽千辛。这次审稿,经过审改之后,有 10 部书稿合格,有 11 部需会后再作小的修改方能通过,余下的均需作大的改动或另请人译注。

这次审稿还研究了所选戏曲部分的曲辞如何今译问题，如规定了念白中出现的诗句只注不译，上、下场诗只注不译，注而不译的文字在译文中应予保留以便参读。

到 1990 年 12 月，丛书常务编委在广州研究丛书如何体现批判继承精神、如何提高第二批书稿质量时，又有 18 部书稿完成交来。为了保证书稿质量，使 1991 年上半年召开的常务编委审稿会得以顺利进行，我们三个主编从广州匆匆赶到北京，用了一周时间审看了这 18 部书稿，通过了 7 部，11 部退改。当我们看完最后一部书稿碰头研究时，已是 12 月 31 日。在 1990 年一年内，我们仅仅通过了这 7 部书稿。加上 1989 年在舜耕山庄通过的 10 部，也仅有 17 部，尚差 33 部方足第二批的 50 部。

1991 年 5 月，常务编委来到古称嘉州的乐山市，在乐山山腰的八仙洞宾馆继续审改第二批书稿。改稿时间只有十天，要力争将 50 部推出，其繁重可知。我们在改稿过程中，不禁想到明万历年间嘉州知州袁子让的诗句“登临始觉浮生苦”，想到这套丛书从起步到这次审改已历时 5 年，当初怎么也没有想到完成这套丛书会是如此的艰辛，真是登临始觉笔耕苦啊！

这次乐山审稿，通过了13部书稿。好在余下的20部书稿只须小改即可在会后交稿，终于在1991年8月将这20部书稿全部改定交巴蜀书社。第二批50部历时近四年终于定稿了。

五、在金陵古都作光辉的一结

——第三批书稿的完成

1990年12月据出版社的要求，这套丛书出齐当为150种，到乐山会上又修正为110种至125种，最后数字的确定根据最后一次审稿结果而定，合格的即入选，不合格的不再修改选入。根据这一共识，今年4月中旬，我们一部分常务编委聚集到六朝古都南京，从已经交来的35部书稿中选择经小改合格的书稿。经过十一天的劳作，选择、改定33部，由到会的常务编委、巴蜀书社的段文桂总编和编委、巴蜀书社的刘仁清副编审带回成都，将经由他们的继续辛苦而使《古代文史名著选译丛书》以133部、1500万字之数呈献给热爱中华文化的读者。

这套丛书从1986年5月起步，历时整整六年，平日繁细工作不计，仅编委大小审稿会就开了12次之多。丛书的发起人、顾问、古委会主任周林同志先后参加了8次审稿会,每次都自始至终和大家在一起,听取审稿情况,了解遇到的问题;当我们遇到困难的时候他为我们鼓劲,当我们感到欣喜的时候他提醒我们不可大意。这次他又和我们一起来到虎踞龙蟠的石头城下,为我们督阵,看我们能否为这套丛书作出光辉的一结。

此时此刻,我们与这次会议的东道主、丛书常务编委、南京大学的周勋初先生漫步在中山陵旁,想到今译丛书已基本完成,自然感到如释重负,但理智却使我们不敢轻松,我们期待着全书133部出齐之后专家、读者的评头品足。

1992年4月26日

(原载《中国典籍与文化)1992年第1期)

古代文史名著选译丛书(修订版)总目

丛书主编:章培恒　安平秋　马樟根

书　名	译注者	审阅者	定价/元
老子注译	张玉春　金国泰	安平秋	16.00
庄子选译	马美信	章培恒	18.00
荀子选译	雪　克　王云路	董治安　许嘉璐	19.00
申鉴中论选译	张　涛　傅根清	董治安	18.00
颜氏家训选译	黄永年	许嘉璐	15.00
论语注译	孙钦善	宗福邦	28.00
孟子选译	刘聿鑫　刘晓东	黄　葵	20.00
墨子选译	刘继华	董治安	14.00
韩非子选译	刘乾先　张在义	黄　葵	19.00
新序说苑选译	曹亦冰	倪其心	25.00
论衡选译	黄中业　陈恩林	许嘉璐	22.00
管子选译	缪文远　缪　伟	董治安	18.00
列子选译	王丽萍	周勋初　倪其心	19.00
韩诗外传选译	杜泽逊　庄大钧	董治安	24.00
盐铁论选译	孙香兰　刘光胜	黄永年	13.00
诗经选译	程俊英　蒋见元	刘仁清	19.00
楚辞选译	徐建华　金舒年	金开诚	15.00
贾谊文选译	徐　超　王洲明	安平秋	17.00
司马相如文选译	费振刚　仇仲谦	安平秋	11.00
文心雕龙选译	周振甫	黄永年	17.00
庾信诗文选译	许逸民	安平秋	18.00

书　名	译注者	审阅者	定价/元
嵇康诗文选译	武秀成	倪其心	18.00
谢灵运鲍照诗选译	刘心明	周勋初	18.00
陈子昂诗文选译	王　岚	周勋初　倪其心	14.00
李白诗选译	詹　锳　等	章培恒	22.00
高适岑参诗选译	谢楚发	黄永年	23.00
元稹白居易诗选译	吴大逵　马秀娟	宗福邦	21.00
柳宗元诗文选译	王松龄　杨立扬	周勋初	18.00
李贺诗选译	冯浩菲　徐传武	刘仁清	20.00
杜牧诗文选译	吴　鸥	黄永年	14.00
李商隐诗选译	陈永正	倪其心	19.00
唐五代词选译	亦　冬	董治安	16.00
唐文粹选译	张宏生	周勋初	18.00
晚唐小品文选译	顾歆艺	平慧善	15.00
黄庭坚诗文选译	朱安群　等	倪其心	18.00
辛弃疾词选译	杨　忠	刘烈茂	24.00
元好问诗选译	郑力民	宗福邦	20.00
宋四家词选译	王晓波	倪其心	16.00
黄宗羲诗文选译	平慧善　卢敦基	马樟根	15.00
吴伟业诗选译	黄永年　马雪芹	安平秋	20.00
方苞姚鼐文选译	杨荣祥	安平秋	20.00
明代散文选译	田南池	马樟根	22.00
顾炎武诗文选译	李永祜　郭成韬	刘烈茂	23.00
张衡诗文选译	张在义　张玉春　韩格平	刘仁清	16.00
汉诗选译	张永鑫　刘桂秋	金开诚	19.00

书　名	译注者		审阅者		定价/元
阮籍诗文选译	倪其心		刘仁清		15.00
三曹诗选译	殷义祥		刘仁清		22.00
诸葛亮文选译	袁钟仁		董治安		16.00
陶渊明诗文选译	谢先俊	王勋敏	平慧善		16.00
杜甫诗选译	倪其心	吴　鸥	黄永年		17.00
王维诗选译	邓安生	等	倪其心		20.00
刘禹锡诗文选译	梁守中		倪其心		20.00
孟浩然诗选译	邓安生	孙佩君	马樟根		18.00
韩愈诗文选译	黄永年		李国祥		20.00
欧阳修诗文选译	林冠群	周济夫	曾枣庄		20.00
曾巩诗文选译	祝尚书		曾枣庄		19.00
苏轼诗文选译	曾枣庄	曾　弢	章培恒		23.00
李清照诗文词选译	平慧善		马樟根		15.00
陆游诗词选译	张永鑫	刘桂秋	黄　葵		24.00
朱熹诗文选译	黄　珅		曾枣庄		20.00
文天祥诗文选译	邓碧清		曾枣庄		20.00
袁枚诗文选译	李灵年	李泽平	倪其心		20.00
王安石诗文选译	马秀娟		刘烈茂	宗福邦	18.00
二程文选译	郭　齐		曾枣庄		25.00
范成大杨万里诗词选译	朱德才	杨　燕	董治安		26.00
萨都剌诗词选译	龙德寿		曾枣庄		28.00
王阳明诗文选译	吴　格		章培恒		18.00
徐渭诗文选译	傅　杰		许嘉璐	刘仁清	17.00
李贽文选译	陈蔚松	顾志华	李国祥	曾枣庄	17.00

书　名	译注者		审阅者	定价/元
三袁诗文选译	任巧珍		董治安	17.00
王士禛诗选译	王小舒	陈广澧	黄永年	13.00
龚自珍诗文选译	朱邦蔚	关道雄	周勋初	13.00
尚书选译	李国祥	刘韶军	宗福邦	14.00
	谢贵安	庞子朝		
礼记选译	朱正义	林开甲	宗福邦	22.00
左传选译	陈世铙		董治安	22.00
国语选译	高振铎	刘乾先	黄　葵	22.00
战国策选译	任　重	霍旭东	李国祥	21.00
吕氏春秋选译	刘文忠		董治安	17.00
吴越春秋选译	郁　默		倪其心	19.00
史记选译	李国祥	李长弓	安平秋	29.00
	张三夕			
汉书选译	张世俊	任巧珍	李国祥	22.00
后汉书选译	李国祥	杨　昶	许嘉璐	24.00
	彭益林			
三国志选译	刘　琳		黄　葵	18.00
晋书选译	杜宝元		许嘉璐	15.00
宋书选译	漆泽邦	孔　毅	李国祥	19.00
南齐书选译	徐克谦		周勋初	18.00
北齐书选译	黄永年		安平秋	16.00
梁书选译	于　白		周勋初	17.00
陈书选译	赵　益		周勋初	17.00
南史选译	漆泽邦		安平秋	22.00
北史选译	刁忠民		段文桂	20.00

书　名	译注者	审阅者	定价/元
周书选译	黄永年	安平秋	15.00
魏书选译	杨世文　郑　晔	周勋初	22.00
隋书选译	武秀成　赵　益	周勋初	20.00
新唐书选译	雷巧玲　李成甲	黄永年	16.00
旧唐书选译	黄永年	章培恒	16.00
新五代史选译	李国祥　王玉德　姚伟钧	周勋初	18.00
旧五代史选译	贾二强	黄永年	17.00
宋史选译	淮　沛　汤　墨	曾枣庄	20.00
辽史选译	郭　齐　吴洪泽	曾枣庄	21.00
金史选译	杨世文　祝尚书　李文泽　王晓波	曾枣庄	21.00
元史选译	樊善国　徐　梓	马樟根	25.00
明史选译	杨　昶	李国祥	20.00
清史稿选译	黄　毅	章培恒	22.00
贞观政要选译	裴汝诚　王义耀	黄永年	18.00
史通选译	侯昌吉　钱安琪	周勋初	16.00
资治通鉴选译	李　庆	黄永年	16.00
续资治通鉴选译	徐光烈	安平秋	24.00
通鉴纪事本末选译	谈蓓芳	章培恒	21.00
洛阳伽蓝记选译	韩结根	章培恒	22.00
梦溪笔谈选译	李文泽	曾枣庄	20.00
徐霞客游记选译	周晓薇　等	黄永年　马樟根	17.00
宋代笔记小说选译	朱瑞熙　程君健	金开诚等	19.00
关汉卿杂剧选译	黄仕忠	刘烈茂	24.00

书名	译注者	审阅者	定价/元
明代文言短篇小说选译	黄　敏	章培恒	23.00
六朝志怪小说选译	肖海波　罗少卿	刘仁清	21.00
世说新语选译	柳士镇　钱南秀	周勋初	23.00
水经注选译	赵望秦　段塔丽　张艳云	许嘉璐	19.00
唐人传奇选译	周　晨	曾枣庄	24.00
唐五代笔记小说选译	严　杰	周勋初	21.00
大慈恩寺三藏法师传选译	贾二强	黄永年	18.00
宋代传奇选译	姚　松	周勋初	22.00
聊斋志异选译	刘烈茂　欧阳世昌	章培恒	22.00
阅微草堂笔记选译	黄国声	安平秋	16.00
清代文言小说选译	王火青	周勋初	23.00
历代名画记图画见闻志选译	周晓薇　赵望秦	黄永年	17.00
容斋随笔选译	罗积勇	宗福邦	20.00
唐才子传选译	张　萍　陆三强	黄永年	24.00
西厢记选译	王立言	董治安	20.00
元代散曲选译	彭久安	刘烈茂　金开诚	21.00
日知录选译	张艳云　段塔丽	黄永年	22.00
桃花扇选译	张文澍	章培恒　段文桂	15.00
牡丹亭选译	卓连营	章培恒	14.00
长生殿选译	戚海燕	董治安	20.00